全民阅读精品文库

当代中国最具实力中青年作家作品选
杨洪军中短篇小说选

戏 法

杨洪军 著

中国言实出版社

图书在版编目（CIP）数据

戏法：杨洪军中短篇小说选 / 杨洪军著 . -- 北京：
中国言实出版社，2016.4
ISBN 978-7-5171-1873-2

Ⅰ. ①戏… Ⅱ. ①杨… Ⅲ. ①中篇小说—小说集—中
国—当代②短篇小说—小说集—中国—当代
Ⅳ. ① I247.7

中国版本图书馆 CIP 数据核字（2016）第 090945 号

出 版 人：王昕朋
责任编辑：胡　明
文字编辑：张凯琳
封面设计：水岸风创意文化

出版发行　中国言实出版社
　　　　　地　址：北京市朝阳区北苑路 180 号加利大厦 5 号楼 105 室
　　　　　邮　编：100101
　　　　　编辑部：北京市海淀区北太平庄路甲 1 号
　　　　　邮　编：100088
　　　　　电　话：64924853（总编室）　64924716（发行部）
　　　　　网　址：www.zgyscbs.cn
　　　　　E-mail：zgyscbs@263.net
经　　销　新华书店
印　　刷　北京温林源印刷有限公司
版　　次　2016 年 7 月第 1 版　　2016 年 7 月第 1 次印刷
规　　格　710 毫米 ×1000 毫米　1/16　12.25 印张
字　　数　200 千字
定　　价　40.00 元　　ISBN 978-7-5171-1873-2

目录

戏　法

关于"魏建业三件宝：儿子、杯子、花棉袄"的说法，魏建业在做云河市委书记时就有传闻，而真正流传开来却是他从人大常委会主任位子上退下来以后。

——儿子，清华大学毕业后被公派到美国加利福尼亚大学留学，先硕士、然后博士、再博士后，现在是美国硅谷一家公司的CEO。魏建业儿不离口，走到哪儿夸到哪儿；杯子，是省里一位副省长送给他的。魏建业任城建副市长时，由他挂帅兴建的世纪大道开通，受邀前来剪彩的副省长一路看下来赞不绝口。副省长早年在市里任职时，也曾分管过城建工作，随口一问就是一个专业问题，陪同的市委书记、市长都是管宏观的，哪能管到这么细枝末节的事儿啊。眼看着要难看。危难之际，魏建业挺身而出，简明扼要而又非常专业地回答了副省长的提问，副省长连番发问，魏建业对答如流。副省长很满意。临别时，副省长看着魏建业裂了几道口子的嘴唇说："主管城建是份苦差事，要注意劳逸结合啊。"副省长回去后，专门让人捎了一只茶杯给魏建业。这是一件青花釉里红作品，器型线条流畅，青花飘逸明快，釉里红红润如玉，缀绿见翠，独具一格。来人说，这只杯子是副省长在江西工作的一位老同学送的，把它转送给你，是希望你多喝水，攒足劲，为城市再造几条优质的世纪大道。此后，魏建业在副省长的关怀下一帆风顺，先市长，再市委书记，几度更迭，人到哪儿杯子就跟到哪儿。当然，这都是过去时了。如今，不仅副省长已经作古，就连魏建业也早已从市人大常委会主任位上退下多年了。

这天，魏建业正在雷打不动地苦练书法，这是魏建业退下来以后每天的必修课。虽说并无多大长进，但所见之人无不赞赏有加，魏建业理所当然地也跟着自我感觉不错。突然鹤山县委书记林高嵩将电话打了过来。林高嵩是魏建业的最后一任秘书，退位前，魏建业力排众议将他放到鹤山任县委书记。林高嵩一直对魏建业感恩戴德。"老爷子，我们鹤山旅游景区都开业近一年了，你怎么就不来视察视察呢？没听我们的广告词吗：游鹤山，犹如身临瑶池。老爷子，眼下正值阳春之时，漫山桃花，似火、似血、似一片红色的海洋，方圆15公里林幽竹秀，藤曲草软，花羞蝶意，虫鸣鸟喧，令人流连忘返。你和苑阿姨来……"

魏建业笑了："你恐怕不是专门邀我和你苑阿姨去看风景的吧？又是哪道鸿门宴，从实招来？"

"没事，就是请老爷子——"林高嵩咬死口说。

"谢谢你的好意，我无功不受禄。"

"真没事老爷子，就是请你来散散心。"

"我无心可散。"

林高嵩被逼上了绝路。他尴尬地笑了两声："是这样，明天省旅游局华明局长要到我们县来考察，咱们这地儿谁不知道他是你早年的秘书？"

"这都是老皇历了。"

"当秘书是老皇历，可华明局长至今见到你比见到省长、省委书记都规矩，这可是有目共睹的吧？"见魏建业没有否认，林高嵩又接着说道："老爷子，我就跟你实话实说吧。省里为了推进旅游产业园建设、扶持精品旅游产业项目建设、做大做强高端旅游产业项目，财政部门在今明两年安排共12亿元，用于扶持旅游产业园和山区生态旅游产业园建设。凡中标园区将获得3亿元的财政专项扶持资金——"

"干吗？让我去给你当公关小姐？"

"那哪能啊，你老爷子金口玉言，哪能随随便便就张嘴啊。你一句话不用说，只要在吃饭的时候跟他见个面就行了，剩下的工作全有我们来做。"

"3亿元啊，我魏建业能有这么大的脸？"

"这都已经屈了你老爷子了，"林高嵩听出魏建业已经松口了，赶紧在嘴上再加一把劲。"按说，低于10个亿都不该请你老爷子出马，可我这不是为了万无一失么？"

魏建业嗔怪道："你也就是这会儿想起我老头子了。我告诉你，不是为了你们鹤山县的经济发展，我才不给你抛这个头露这个面呢。不过，丑话说前头，成不成我可不敢打包票啊。"

话是这样说，英雄又找到了用武之地的那种喜悦之情在他的内心里还是情不自禁地又死水复澜、死灰复燃起来。

林高嵩事前就跟魏建业请了假，下午有个活动无法脱身，安排县长郑孝东和副县长李凤来家里接他。魏建业当即就回绝了："不用，我现在就一平民百姓，你派个车来就行了。"可当他看见郑孝东和李凤带了两辆车，还有一辆开道警车如期而至后，心里还是感觉蛮受用。但嘴上却不能不埋怨："你看这个高嵩，我跟他说多少次了就是不听，你们有事就忙你们的，完全没有必要这么兴师动众嘛！"

郑孝东不似林高嵩，在魏建业跟前敢油嘴滑舌。他毕恭毕敬地说："魏书记——"云河市官场的人都知道，魏建业最忌讳别人称呼他"老市长""老书记""老主任""老领导"之类。走马上任云河市人大常委会主任的第一天，一位过去跟他很相熟的副主任拉着他的胳膊说："你看你看，喊了这么多年的魏书记，从今天起就要改口喊魏主任了，这……"魏建业没等对方把话说完，立马把话头截住了："不知怎么喊就直呼我大名好了，我叫魏建业。"说罢扬长而去。副主任呆呆地站在原地，脸红一阵白一阵的，半天不知所措。此后，还有多人因喊"老书记"或"魏主任"，在不同场合遭到了魏建业的冷落。慢慢地大家悟出了，魏建业人是到人大了，可心还在市委安放着呢！及至后来人大开会，主持者说出的话连他自己听了都别扭："下面有请市人大常委会主任魏书记讲话，大家欢迎——"郑孝东怎么说也在官场历练多年了，常识性的错误他是不会犯的。他知道该怎样跟魏建业说话。"魏书记您客气了。我们林书记说了，魏书记亲自出面为我们鹤山父老乡亲造福，就是全县180万人民一起来接，都不足以表达我们的敬意！"

苑阿姨退下来前，是云河师范大学的政教系书记，天天主要工作就是琢磨人，她一听这话就笑了，这也太假太大了！没想到魏建业却欣然接受。

他满面笑容和蔼可亲地摆摆手，"言重了，言重了啊！好了，时候不早了，出发吧。有什么话我们路上继续。"

由于前面有警车开道，路途非常顺利，没等太阳落山，车队就到了鹤山度假村。一路上，魏建业兴致勃勃地听取了郑孝东关于鹤山旅游开发建设的工作汇报，进入鹤山地界以后，道路两旁的建筑、绿化、景观又让他目不暇接。所以，兴致极高，直到房间坐下还意犹未尽。他跟郑孝东说："离晚饭还有一段时间，让小李县长陪你苑阿姨在房间去说话，你陪我随便走走。"

苑阿姨想阻止他，但魏建业瞪了她一眼，嘴唇动了几下又合上了。

李凤先恭恭敬敬地把苑阿姨让到沙发上坐下，然后又规规矩矩地捧了一杯热茶放在了苑阿姨的面前，"苑阿姨，请你品一品我们鹤山今年的新茶。"

苑阿姨一怔，"哦，你们鹤山也出茶了？该不是抱人家的孩子，套你们的衣服吧？"

李凤脸红了，"苑阿姨，这茶真是我们鹤山茶厂自己产的。"

苑阿姨笑了笑："好，既如此，咱就英雄不问出处，任贤莫拘门第了。你等一下，我把老魏的杯子取来，给他也泡一杯尝尝。"

苑阿姨起身去里间屋取杯子，李凤闲着没事，就坐在沙发上看包装上的说明书，突然，听到里间屋里"嘭——"一声爆响，少顷，苑阿姨满脸绯红地走出屋："坏了小李县长，我把老魏的宝贝给摔了，都怪我没拿瓷实……"

李凤不知深浅："没事苑阿姨，你别急，我这就安排县办公室送一个过来。"

苑阿姨摇摇头，"你哪里知道，这只杯子是一位老领导送给他的，跟了他几十年了。人说，嗜酒如命，老魏是嗜杯如命。就是不喝水他都要捧在手里欣赏把玩。"苑阿姨看了李凤一眼，"别的不怕，我就是担心万一他急火攻心，病了，可就把你们明天的事给耽误了。"

李凤一下子明白了问题的严重性。

林高嵩是在赶往度假村的路上听到这一消息的，李凤在电话里焦躁不安地说："老板，你赶紧过来吧，出大事了！"

林高嵩的头发接着就竖起来了："快说，怎么了？不是魏书记那边有什么事吧？"

李凤就把事情的前前后后叙述了一遍。

林高嵩也意识到了问题的严重性，"是啊，这只杯子的的确确是老爷子的宝贝，就像乌骓跟着项羽转战南北一样，它从老爷子还是副市长时就跟着，后来又跟到市委，跟到人大，走南闯北，这嘭的一声说没就没了，老爷子肯定会心疼得要命！"

李凤在电话这边急得直拍头，"你看咱安排人给老爷子再买一个一模一样的去怎样？"

林高嵩摇摇头："上哪儿买一模一样的去？再说了，就是买来了老爷子能要么？他那个杯子可是有纪念意义的。"

李凤束手无策了："那咋办啊？"

林高嵩长吁了一口气："这样吧，你给郑县长去个电话，让他陪老爷子多转一会，暂时别让老爷子知道这事。你呢，全力以赴陪好苑阿姨，宽好她的心，就说我说了，一定能解决好这事。其他的事你就不要管了。"

林高嵩嘴上这样说，其实他心里一点底儿也没有。跟魏建业这么多年，领导的脾性他还是了解的，工作当前，慢说是一只茶杯，就是一只金碗，魏建业都绝不会含糊一点的，玩物丧志，把工作当儿戏这样的帽子，他就是睡着了你也扣不到他头上。天大的愤怒，魏建业也会忍辱负重、尽心尽力地帮助县里把招商引资这件大事促成。

林高嵩听人讲过一件事：魏建业任云河市委书记时，有一年，市里召开春节团拜会。刚进会场，魏建业接到电话，母亲病危，恐怕撑不了多久了，让他速去见最后一面。按议程安排，魏建业代表市四套班子向全市人民拜年，市长讲话。市长说："魏书记，你还是去看一看吧，会议就让其他同志来主持一下好了。"魏建业摇摇头："既然已经定下来了，还是按既定方针办吧。"魏建业态度决绝，市长不好讲什么了。会议刚开始，医院又打来电话，老母亲过世了。魏建业离老远从秘书的表情上就看出来了，他不动声色。整个会议，魏建业如沐春风，笑容满面地跟熟悉或不熟悉的人微笑、握手、问候。可他一走出会场，就失声痛哭起来。

林高嵩让司机把车停在路边上，愁眉不展地苦思冥想起来，他不能让老爷子还没刚一踏上鹤山的土地，就先捡个不快揣在怀里。

林高嵩一个办法一个办法地设计，然后又一个办法一个办法地否定，把脑子都想炸了，也没想出个万全之策来。他简直要崩溃了。就在他黔驴技穷、走投无路之际，一个脆生生的名字："花枝俏"蹭蹭蹭从他的脑海里跳了出来。"对，就找她！"

花枝俏是市人大分管接待工作的副秘书长。

——魏建业任建设局局长的第二年，花枝俏大学毕业分配到建设局。建设局专业技术人员多，却没几个能舞文弄墨的。魏建业听说来了个学文秘的，就有意安排她写了几次材料，没想到挺符合他的口味，而且平时讲话做事也很得体，深得魏建业赏识。于是就把她留在了身边。由于用得顺手，及至后来魏建业到市里工作，便把她也一起带了过来，先是在政府负责接待，再到市委负责接待，最后又落到了人大。花枝俏心细，人又热情勤快，把魏建业包括苑阿姨的生活起居都照顾得无微不至，让膝下无女的苑阿姨经常心生感慨："人说女儿是父母的小棉袄，我没有女儿，花枝俏就是我和老魏的小棉袄啊！"这本就是一句可心的家常话，可一经别有用心的人添油加醋这话就变了味了，于是，花枝俏就变成了魏建业的第三件宝："花棉袄"。

林高嵩来鹤山前，跟花枝俏同事多年，相处甚笃。连魏建业都说他俩是"清交素友"。林高嵩把电话打过去时，花枝俏正在回家的路上。"我的花大姐吗，不好了，出大事了啊！"

花枝俏一脚把刹车踩死。"怎么了林秘？快说！"花枝俏还保留着原来的称呼。

"老爷子的茶杯摔了。"

花枝俏立马翻了脸，"林高嵩，你觉得开这样的玩笑很有意思是吧？"

林高嵩忙不迭解释。

花枝俏听完事情的来龙去脉怒气全息，她故意逗他道："这是你自己的事，找我干什么？"

林高嵩那边仍赔着笑脸道："我的姐呀，我要是能处理的了，我敢麻烦你吗？"

花枝俏半嘲半讽地说："有事想起你姐来了，请老爷子游山玩水的时候，咋没想起我？你自己看着办吧，我没办法。"

林高嵩赶忙求饶："姐姐，姐姐，都是小弟不好，改天我亲自开车去姐姐那儿负荆请罪！"

花枝俏不露声色地笑了"你想让我怎么办？"

林高嵩略带哭腔地道："哪是我想让你怎么办，是你说让我怎么办？"

花枝俏略一思忖，"这样吧，我办公室还有一件跟老爷子一模一样的茶杯，我现在就回去，你抓紧安排人来取。记住：不要从鹤山派人来，时间来不及，就从云河市里找人，最好是你公检法的狗朋狐友，让他们开着警车送过去。"

虽是寥寥数语，林高嵩却不能不由衷地佩服花枝俏的安排细致缜密。

"你是说偷梁换柱？"

"什么偷梁换柱？说话这么难听。这叫狸猫换太子。"

"是是是，狸猫换太子。那老爷子能——"

"非常时期只能出非常之策，试试吧。兴许就管用了呢。"

林高嵩想，眼下也只有死马当作活马医了。不过没敢说出声来。

晚宴是在鹤山度假村安排的，一桌子的山珍野味，可吃饭的人就是索然无味。苑阿姨一声不吭地坐在魏建业旁边也不动筷，郑孝东、李凤等人不知深浅，也不敢吱声。一桌人就看林高嵩陪魏建业唱独角戏。

林高嵩心里其实也是忐忑不安，他一会儿接个电话，一会儿看看手表。魏建业见他心神不宁，有些不悦地问道："林书记还有事？"林高嵩吓得赶忙将手机装进口袋，"没事没事，我今天最大的事就是陪你和苑阿姨。"为了活跃桌上的气氛，林高嵩还嬉皮笑脸地讲了两个段子，不仅没能把苑阿姨逗笑，反而让魏建业也锁紧了眉头。林高嵩的一颗心悬了起来。

就在这时，县委办公室副主任提着一只纸袋出现在门口，喜形于色地冲他直摆手，林高嵩知道，到"一骑红尘妃子笑"的时候了，他起身走了出去。林高嵩一出门，副主任就赶紧忙不迭地从纸袋里取出一个锦盒，林高嵩放眼打量：鲨鱼皮质，四角包银，十分的精致和华贵。副主任打开锦盒，取出杯子，恭恭敬敬地双手捧到林高嵩眼前。

"哎哟，林书记，真是太好了！"

"这真是天助我也啊！"林高嵩的眼睛当时就直了，他小心翼翼地接过，赞不绝口地说道："白如玉，明如镜，薄如纸，声如磬。好，好，实乃景德镇瓷中之精品啊。"

林高嵩来不及问副主任取杯子的过程，把杯子递给副主任，"你别动，就在门口守着。"然后转身回到了房间。身子来不及坐下，就喜不自禁地高喊道："魏书记，苑阿姨下午就品尝过我们鹤山的雪芽了，怎么样，您也尝尝？"

苑阿姨浑身一震，内衣里不由得又汗津津一片。她知道，这出戏别管悲欢也好，离合也罢，无论怎样演，都到了该煞尾的时候了，他只是不知道林高嵩将用怎样的华彩收场。这出戏虽然由她而起，但此刻她也只能静静地站在灯火通明的舞台深处，看人家一点一点把戏做足。她的心七上八下的，晃荡得能溢出水来。

魏建业并不知道这一瞬间苑阿姨动了这么多的心思。

"哦，鹤山的雪芽？鹤山也出茶叶了？"

"老爷子不相信？"林高嵩得意地点点头。

"只有想不到，没有做不到。我没有什么不信的。好吧，要想知道梨子的滋味，就要亲口尝一尝。"魏建业哈哈一笑："有好茶喝，咱又会喝好茶，干吗不享享'清福'？"

林高嵩给李凤递眼色："李县长，你去房间把老爷子的宝贝杯子取来。"

魏建业赶忙阻拦："算了，别这么麻烦了，我也没这么多穷讲究。就用你们这儿的杯子就行。"

"那哪儿行？常言道：好马要配好鞍，好茶也要配好器皿嘛。"

魏建业不再坚持。

李凤心领神会地出去了，说话的工夫，双手捧杯款款而至。袅袅上升的水汽里，茶香弥漫。

"魏书记，鹤山雪芽来了，请您品鉴。"

淡淡的香气扑鼻而来，魏建业不着痕迹地轻轻地吮吸了两口，然后饶有兴致地把杯子端在手中，一下一下，慢慢地晃动着。但见杯中绿雪飞舞。芽叶舒展，春满晶宫。

他不说话，大家也都默不作声。

晃着，晃着，魏建业的手仿佛凝固了一般，猝然停住了，他那双云山雾罩的眼睛忽的一亮。他迟疑了一下，然后，似乎是漫不经心地把杯子往眼前近了近，细细地打量着，端详着。

他的眼里有一种深不见底的平静和遥远。

一桌人把心都提到了嗓子眼，全都屏住呼吸，目不转睛地盯着他。

只一瞬，魏建业笑了，笑容里有一种笃定的味道。他把杯子送到了嘴边，轻轻呷了一口，慢慢称道："嗯，不错。香气馥郁，滋味醇甜。好茶啊！"

一桌人如释重负。

林高嵩如释重负，"魏书记，过去跟您干秘书时，常听您说：茶喝三道，杯留余香。第一道，苦若生命；第二道，甜似爱情；第三道，淡若轻风。我们这些土包子哪懂什么雪芽雨芽？别看人家说好时，我们也跟着说是，其实心里虚虚的，一点底也没有，有您老今天这个评价，从今以后就可以理直气壮铺天盖地地去宣传我们的鹤山雪芽了。为魏书记的高度评价，我们集体干一杯，苑阿姨，您是不是也破例干一杯？"

苑阿姨爽快地站起身，一语双关地说："好，难得高嵩这么有心，我就干了这一杯。"

一桌人也都呼啦啦地跟着站了起来。

只有魏建业坐着没动，他诧异地盯着苑阿姨，半是关切半是揶揄地说："老苑同志，你可是几十年滴酒未沾了，今天怎么了？是人逢喜事了还是酒逢知己了啊？"

苑阿姨眉眼都带着笑，"我就是这么几年没到鹤山来了，感觉变化挺大的，心里高兴。"

魏建业笑了笑，"好，这个理由成立。我也干了。"

苑阿姨赶忙阻拦，"你就别干了，抿抿就行。"

"你们看看，你们看看，不讲道理了吧？她可以干了，我只能抿抿。典型的只许州官放火，不许百姓点灯。"

一桌人哄笑起来，气氛一下子就起来了，苑阿姨说："好好，你喝你喝，一会儿血压升高了，别管我要药就行。"

这天晚上，魏建业破天荒地连着喝了几大杯，以至于在回房间时腿脚都有些不听话了。

半夜里，花枝俏正睡得迷迷糊糊，林高嵩打来电话："姐，谢谢你！那个办法真行。"

花枝俏嗔怒道："几点了，还这个办法那个办法的？"

"这不是心里高兴吗？"林高嵩洋洋自得地说："神不知鬼不觉？真想不到，老爷子一世英名——"

枝俏毫不犹豫地拦住了他的话头："别自鸣得意了林高嵩，这年月谁比谁傻啊？你能想明白，老爷子同样也能想明白。"

林高嵩不解其意："啥意思？就这套把戏老爷子能看透？"

"你以为老爷子糊涂啊？我跟你明说，苑阿姨摔碎的这只杯子本来就是假的。老爷子的那件真品十多年前就碎了，是我们偷偷摸摸给他换了一只一模一样的赝品，后来赝品又碎了，我们就再换个赝品，如此几次。哪一次他都心如明镜，可他就是不说透。除非老爷子愿意，否则谁也别想蒙他！"

林高嵩不解其意："老爷子这样做有意思吗？"

"那你就要去问老爷子本人了。"

林高嵩还想问些什么，花枝俏已经把电话挂了。

（首刊于《雨花》2014 年第 1 期）

迟 到

　　婕妤第一次见杨格，是在一个淫雨霏霏的午后。

　　那是二十世纪八十年代末期的一个下午，婕妤一个人安安静静地坐在铁路客运段那个空旷的礼堂里，一边谛听着檐前滴答滴答的落水声，一边看丝丝缕缕的雨在玻璃上开放着云朵般的花发愣。在她身后，那些男孩女孩，三个一群五个一伙地聚在一起，叽叽喳喳，嬉笑玩闹。婕妤视而不见听而不闻。

　　婕妤是部队大院里长大的女孩，因为换防，他的父亲带着他的全军将士一道，雄赳赳气昂昂地由关外的一个边陲小镇挺进了关内的云河市。云河市政府为了表示对人民军队的一片真情，特地给了驻军50个铁路招工名额。婕妤恰好高中毕业，于是，作为照顾对象被招进了铁路客运段。经过一个月的短期培训，她和她的49名兄弟姐妹全都被分配到了旅客列车上去从事服务工作。

　　此刻，他们正百无聊赖地候在礼堂里等候车队的领导来带他们。

　　隔着迷迷蒙蒙的玻璃，婕妤看见杨格来了——时过20年，婕妤还依然能够清楚地记得，那天的杨格撑着一把印有水墨牡丹图案的雨伞，穿着一件细斜纹的衬衣，套着黑色皮外衣，脸容英俊素净，蓬松凌乱的发型，斯文中带着忧郁气质。婕妤从小在军营长大，见到的都是果敢、坚韧、大嗓门、快节奏的男人，从来没想到男人也可以是这样。这也太与众不同了。在礼堂门前，杨格慵懒地将雨伞收起，抖落了一地的雨滴。雨滴，一粒粒全落到了她的心里。那一瞬间，这个谜一样的人长进了婕妤的心里。

这时节，就听人事主任在大声地喊她的名字："董婕妤，谁是董婕妤？"

她赶紧作答："我是。"

"是你呀，"人事主任笑眯眯地看了她一眼，指着杨格说："跟他走吧，他就是你那趟车的列车长。"

午夜，细雨蒙蒙。

列车在一小站停车，旅客迷迷瞪瞪地上下车，杨格跑去跟车站客运领班办理例行交接手续。信号开通，机车鸣笛，杨格慌慌张张地从婕妤的车厢跑上车。

列车启动。

婕妤把他推进乘务室，拿毛巾帮他擦脸。

杨格抢过毛巾。"我都已经跟你说多少遍了，你别这样行不行？车厢里满是旅客，让人看见了多不好！"

"我不管，我就是要让天底下人都知道，我爱你！"

"我已经结过婚了，咱俩不会有结果的。"杨格有些气急败坏地小声吼道。

车厢里，横七竖八地躺满了昏昏欲睡的乘客，杨格怕惊醒了他们的梦。

雨不大湿衣裳，话不多伤心肠。

婕妤赌气地把毛巾从杨格手里夺过，一屁股坐到了座席上。杨格悻悻地看了她一眼，转身往外走，婕妤见状，从后门紧紧地箍住了杨格的腰，把脸伏在了他的脊背上。"你说的这些我都懂，同样的一件事情，我们可以去安慰别人，却怎么也说服不了自己。"婕妤说。

杨格看不到婕妤的表情，只能影影绰绰地看到她落在车窗玻璃里的影子，她无力地把整个身子都贴在杨格身上，如一只斜挂在他身上的行囊。

杨格叹了口气，"你还小，还不懂得男人和女人之间的事，如果一个男人和一个女人真的相爱了，就一定会想方设法走到一起的，不然就会像截断了身上的肢体一样疼痛。你愿意这样疼痛吗？"

车窗玻璃里的杨格面色严峻，婕妤看见了，挑衅地问："我要是说我愿意你会不会失望？"

"你何必呢？这样下去只会耽搁你自己，我是不可能离婚的。"

"我不管。我只知道，一个人一生至少应该有一次，为了某个人而忘了自己，不求有结果，不求同行，甚至不求你爱我，只求在最美的年华里，遇到你。"

他摇摇头，一笑："生活并不像你背这些爱情格言这样简单，很复杂的。还是去另找一个人吧，你是一个好女孩，肯定能找到比我优秀的男人，这样你就不想我了。"杨格小心翼翼地诱导着她。

"你以为我找你就是为了把自己嫁出去吗？我谁都不找，谁都不爱，就只爱你。"

"开始也许不爱，时间长了就会爱上的。"

婕妤话题一转，"那你呢？时间长了你会不会也爱上我？"

"不会，我不会为了你离婚的。"杨格狠了一下心说，"因为我一点儿都不喜欢你。"

婕妤满脸是泪，手仍紧紧地箍着他，"我不要你离婚，你只要让我爱你就行。"

"这也不可能。"

杨格使劲儿掰开她的手，硬使劲儿地挣着身子要往外走，婕妤死死地拉住了他的胳膊。

"你就这么讨厌我吗？"

杨格不说话，也不看她。

她小心地近于祈求地说道："你不要害怕——"

"我没有什么可怕的。"

"……我不会要求和你结婚的，我也不求你有多爱我，只是，只是能让我见到你就够了……能见到你对我来说，已经算是一种奢侈了……"

杨格感受到了婕妤话语里的那种无力，那种悲切，心顿时软了下来……

婕妤妈妈在成为婕妤的妈妈之前，曾是金陵一个大户人家的掌上明珠，有文化，也有思想，后来弃笔投戎。她本可以成为一位叱咤风云的当代花木兰的，可她的首长军中不缺冲锋陷阵的武将军，只缺个给自己暖头捂脚的枕边人。于是，在组织的关心——应该说是干预下，她转换角色，由炮火硝烟的战场退到了缠绵悱恻的卧榻。她不封建，可女儿的这种选择她终是不解。

"丫头，嫁人是女人一生最大的赌博，筹码是自己，赌金可是青春韶华和一生的幸福好时光啊。你说，这个男人哪点儿好，你究竟爱他的什么？"

"忧郁。"婕妤说。

"犹豫？感情你现在还犹豫着呢？那还犹豫个啥？赶紧一刀两断，干脆利落。"妈妈快刀斩乱麻。

"妈，我说的是忧郁！"婕妤白了妈妈一眼，动情地说道："他的身上洋溢着一种独特的、斯文的、深沉的气质，尤其是他的眼睛，像寂寞女人手里的红酒，浓烈、醉人、忧伤。当他看着你的时候，故事会不由自主地从他的眼神里涌出来，那眼神，有一种深邃的力量，能穿透我的心……"

妈妈不可思议：女人看男人看什么，看长相、看工作、看才干、看家庭、看地位、看……哪有看"忧郁"的啊，这个"忧郁"究竟是个什么东西呢？

妈妈瞒着婕妤不声不响地自己买票跟车走了一个来回。不知所以的杨格来来往往，忙前忙后，妈妈就坐在车厢的过道边上眼睛一眨不眨地紧盯着他。怎么看怎么都觉得这就是一张平平常常的脸，五官没有什么特征，除了看见杨格的眼白有点儿多，黑眼珠有点儿小，戏谑的目光下藏着一种很深很诡谲的邪气，怎么也没看出那个什么"忧郁"来。

爸爸更是觉得女儿走火入魔了。

他气急败坏地拍着桌子破口大骂："他奶奶的，老子出生入死为的是啥？还不是为了让你们过上好日子、过上幸福的生活？这他妈的倒好，老子拿性命给她换来了今天的快乐，她还不要，她要他妈的忧郁！真是他妈的出了邪了！"

婕妤依旧爱得义无反顾。

杨格的妻子也知道了这事。

那天，也是个阴雨天。杨格一进家门，妻子就看出来了。

"你和她做那号事了！"

杨格还是撑着那把印有水墨牡丹图案的雨伞，裤腿被濡湿了半截。情绪也有些落寞。"啥意思？我和谁做哪号事了？"

杨妻冷笑道："你进门时一迈腿我就看出来了，这你能瞒过我？"

杨格把目光缩回，犹豫了一会，像是突然下定了决心似的，语气一下子明朗笃定了，说："咱俩离婚吧。"

仿佛有缕异样的东西像水波一样瞬间便传遍了全身，杨妻浑身猛一哆嗦，一下子就慌了。这么多年，在这个家里，一直都是她主宰着江山，杨格只有服从的份儿。可是由于这个女人的出现，突然之间形势急转直下，竟然要城头变幻大王旗了。她绝不能输！无论怎样她都不能和杨格分手，决不能让他就这么轻而易举地被另一个女人抢走。那样，她的面子将往哪里安放！想到此，她的脸上杀气如云一样突然蔓延开来，暴跳如雷地吼道："离婚？门儿都没有，你就死了这条心吧。我过不好，你俩也别想好过。我急死你们！拖死你们！摞死你们！"

杨妻算准杨格的出乘时间，风风火火地跑到车站，把婕好堵在了车厢里，当着旅客的面，往婕好的脸上恶狠狠地喷了一口吐沫，然后，戳着婕好的额头破口大骂："大家都快来看啊，这儿有一个婊子，一个千人爬万人操的婊子！一个专门勾引别人男人的婊子！哪个男人想操快来操啊！"

杨妻骂的时候，把牙也咬得翻天覆地，拳头也紧紧地捏了起来。她想等着婕好回她一句啥，最好是骂她一句，这样她就有理由猛扑上去，揪她的头发，撕她的衣裳，咬她的肩头。婕好一句话都没说，甚至没看她一眼。她把双手骄傲地抱在胸前，坚硬地坐在她面前，没有一丝一毫的畏惧和羞耻。等她骂够了，泼够了，婕好站起来，侧着身子，从她身边挤过去，一步一步走进乘务室，拿起毛巾擦脸上的吐沫。

婕好傲视一切的态度大大地激怒了杨妻，她像饿狼一样地冲进乘务室，发疯般地去撕扯婕好的头发，"你个狐狸精，你别想抢走我老公，我就是憋死他也不给你用……"

婕好头发被扯掉了、衣服被撕烂了、眼睛乌紫了、腮上落下了红印、嘴巴也出了血……

车厢里的旅客都看不下去了。

婕好仍是不说不动，也不躲。任由她撒泼。说来也怪，此时此刻，她的心中竟然产生了一种从未有过的满足和安然。爱就是一种苦行，她觉得这是她应该也必须承受的筋骨之痛。不如此，便不像苦行。为了这个在列车上摸爬滚打最终活出了性情的杨格，她愿意奉献出尊崇并甘之如饴。

　　杨格对婕妤是一道谜，婕妤对大家同样也是一道谜！
　　有人耐不住寂寞，就想解这道"斯芬克斯之谜"。
　　婕妤也不避讳。"倘若世界上没有镜子，那么，没有人真正知道自己的模样；倘若世界上没有他，我永远也不会知道深邃与纤细竟然可以如此并存于一个男人身上。"
　　杨妻咬牙切齿宣誓："你们不要心存幻想，只要我活在这个世上一天，你们的阴谋诡计就休想得逞！"
　　杨格向法院起诉离婚。
　　杨妻手里举着"敌敌畏"对法官说："你们只要敢支持这个当代陈世美，我立马死在这儿！"
　　法官为难地跟杨格说："回去吧，法庭不能判决你们离婚。"说完又补充了一句："你们的感情还没有最后破裂。"
　　杨格问婕妤："怎么办？"
　　婕妤心如止水："等！我愿意等，哪怕十年八年！"
　　婕妤继续着独属自己的温度。
　　婕妤看似柔弱，当她下定决心做一件事情时比金刚石都要坚定。
　　婕妤在做这个决定的时候，包括她自己都没有想到，这一等不是十年也不是八年，而是十八年！和《敌营十八年》中共产党员江波只身深入虎穴的时间一样。
　　十八年，让她由一个青春靓丽小姑娘变成了一个朝气全无的半老太婆，她光彩照人的脸蛋已不再丰颐生动，取而代之的是瘦削和枯黄以及眼角那密密麻麻的鱼尾纹；满头的青丝也不再乌黑亮丽，花白的发丝早已倔强地爬满了她的鬓角。人们对她最深的印象就是形单影只地去菜市场买菜，踽踽独行的身影让人禁不住地想起凋零在秋色里的一片枫叶，寒凉而又颓败。

　　"精诚所至，金石为开。"何况一个女人？杨妻终于被婕妤的一片真情所感动，答应与杨格离婚。

杨格拿着户口本、身份证等一应证明材料跑来向她报喜，拉着她去办理结婚登记。

"对不起，我不能和你结婚了，你回到她身边去吧！"婕妤斩钉截铁地说。

这句话像枚针一样直直扎进了杨格的死穴里，他的身体猛地抽搐了一下，立刻又站直了，"你说什么？你忘了？我们已经等了十八年，十八年啊！"

"我没忘。我朝思暮想的盼了十八年，我是白天盼夜晚盼，盼白了头，盼老了心，我怎么会忘呢！"

"那你为什么？"

"因为你来迟了。就在昨天晚上，有人向我求婚，我答应了。"

"这人是谁？"

"是我爸爸老战友的儿子，我们从小一起长大。"婕妤说："当年，我拼命地追你的时候，他也在拼命地追我。我对他说，如果十八年后的今天你还不能娶我，我就嫁给他。这一天就是昨天。"

"昨天，他一早就来了。我跟他说，'我还不能嫁给你。'他说：'为什么呀，你答应过我的啊！'我说：'时间还没到。'他认真地看了看手表上的日历。'怎么没到？就是今天。你看：12月14，要爱一世。不对么？'他有些激动不已。'我跟你说，这十八年来，我每天晚上睡觉前都要把这个日子默记几遍。我不会记错的。'他的话让我感动，可我依然硬着心说：'那还有十几个小时呢，你怎么能确定不会有人在这十几个小时里来娶我呢？'他说，'那好，那我就在这儿等你十几个小时——'"

"时间一秒一秒地过去，一分一分地过去，一小时一小时过去，你始终没来。甚至连个电话都没有。零点的钟声响起来了，我心情非常复杂地倒在了他的怀抱。杨格，我等了你十八年，可他也等了我十八年。我们都不能再等了！"

杨格的声音变了，有点像吵架时的歇斯底里，却远比歇斯底里要悲怆："你睁开眼睛看看，我连结婚的证明都开好了啊？"

"这能说明什么？撕了吧。别说结婚证明，就是结婚证，不也就是一张纸吗！"

"难道我们十八年的爱情就毁在这最后的十几个小时里？"

"十八年，就是一对相濡以沫的夫妻，若不精心打理，也和盘里的残羹剩水一样寡淡无味了，何况一对伤痕累累的恋人？"她脸上的表情像黄昏一样弱暗。"在这个世界上，并不是所有的爱情都会有结果的。回去吧，回去跟你妻子好好商量商量，还是回到她身边去吧。"

"就没有一丝一毫的余地了吗？"他还想争取。

她摇摇头，态度决绝："没有。不论对你还是对他，不论那时还是现在，我的爱情准则始终不变：若爱，定深爱；若弃，定彻底。远离暧昧，伤人伤己。"

这话怎么这般熟悉？杨格皱着眉头苦思冥想，猛然想起这是他当初跟妻子闹离婚时劝慰妻子的话，他说："感情里总会有分分合合，生命里总会有来来去去，在一起是一种缘分，分开了则是另外一种缘分。许多时候，风雨不是天象而是锤炼，沧桑不是无奈而是襟怀，缘起时我们要学会珍惜，缘尽时我们要学会珍重！淡淡释怀，以一种洒脱的姿势放手，以一份微笑的心情达观，岂不是既利人又利己的大好事吗？"

妻子把眼瞪得铜盆一般大，"你少跟我屎壳郎掉进汤盆里——尽啃洋瓷（词），留着这话，等着若干年后去劝你的狐狸精吧。"

"这你多操心了，你放心，我们俩永远不会有这一天！"杨格恶毒地刺激妻子道。

"是吗？"妻子先是一惊，继而冷笑道："那咱们就看看究竟谁能未卜先知。"

未曾想，妻子不幸言中。唯一有出入的地方是，这话没有用来劝慰"狐狸精"，却用来劝慰"孙悟空"自己了。

泪添九曲黄河溢，恨压三峰华岳低。难道真的就似人们所说，生命中最美的就是这种没有结果的感情？杨格感到了一种落到底的绝望。这十八年里，杨格并非没对他俩的关系担忧过，但他总是自信地以为，他和婕妤这种石破天惊的爱情不说固若金汤、坚不可摧吧，起码风吹不倒、刀砍不破。就是《汉乐府》里讲的："山无陵，天地合，才敢与君绝。"但他从没想过，这份爱竟如像秋天石阶上的那层薄薄的水珠，轻轻一吹，便悄无声息地蒸发了。连个脚印都没留下。

茶终须会凉，你终须会走，说什么一生一世的，也只是当下兴起。很多时候，誓言不是在欺骗他人，而是在自欺欺人。什么一见钟情？每一个人都可以在一秒钟内爱上另一个人，但是，下一秒呢？

杨格似觉有万箭穿心，可他仍保持着男人的风度。

"还记得你曾经对我说过的一段话吗？一个人一生至少应该这样一次，为了某个人而忘了自己，不求有结果，不求同行，甚至不求你爱我，只求在最美的年华里，遇到你。祝你——幸福！"

说完这句话，杨格像只贼一样地溜了。

他不知婕妤听到这句话脸上是什么表情，他想转过脸看，又忍住了。

屋外又在下着雨，淅淅沥沥地，不一会儿就把杨格浸透了。

爱情就像一朵罂粟花，唯美却伤人。

杨格打了一个哆嗦，他把手里的证明材料一下一下撕得粉碎粉碎，然后，向着空中张开自己的一只手，看那些落叶一样荒凉的朵朵碎片能有几片会回落到他的手上。片片枯叶，还没纷纷扬扬起来，就已被横斜飞舞的雨线打得七零八落了。

那一瞬间，杨格突然很想流泪。他等了一下，不知为何竟然没有溢出一滴。

远处飘来一阵熟悉的旋律：

> 你到我身边，带来微笑，
> 带来了我的烦恼；
> 我的心中早已有个他
> 哦，他比你先到……

杨格越听越感觉这首歌分明就是为他量身定做的。

杨格不知道该不该接受婕妤的建议回到妻子的身边去，这倒也不失为一个办法。但当务之急不是探讨这个办法的可行性，而是去找一个地方把自己灌醉……

（首刊于《翠苑》2013 年第 6 期）

邂 逅

　　宋风草就不明白了，这不年不节的，你说火车上咋就这么多的人呢？不仅车厢里人满为患，就连列车过道和厕所里都站满了人，落脚的空儿都没有。宋风草挤过两节车厢也没找到空位，他满脸堆笑口干舌燥地隔几排座席问一声："请问这位先生到哪下？""这位女士，你呢？"被问的人正襟危坐，看也不看他："终点。"一连几个，莫不如此。看来，一时半晌是别想"坐"享其成的美事了。

　　宋风草精疲力竭地将后背靠在厕所的门边上，一口一口地喘着粗气。是谁说过，知识就是力量，此时此刻，腹有诗书的宋风草空有一肚子四书五经，却连站着的劲儿都没了。他开始后悔不该答应总编千里迢迢去谈这单本来就是水中月雾中花的广告，更何况，干这种耍嘴皮子的活计根本就不是他的强项。后悔完，又开始埋怨妻子，若不是她这几个月来变本加厉地跟自己没完没了地闹，闹得家无宁日，就算总编磨破他那张跑风漏气的嘴，宋风草也不会答应的。

　　——半年前，妻子也不知是哪根神经搭错了，着了魔般地不可救药地爱上了本单位行政科的一位小秘书。那位小秘书跟她根本就是逢场作戏，他才不会休了自己的老婆跟她喜结连理呢。可她就鬼迷心窍，非要一条巷子走到底。宋风草念着多少年的感情，狠不下心来跟她割袍断义，天天苦口婆心，磨破嘴皮劝她回心转意，有时想想，宋风草都可怜自己，觉得自己的行为真是有点儿死乞白赖、摇尾乞怜的味道。妻子毫不为之所动，她说："宋风草，你就别心存幻想了，这个婚我是离定了。无论是心灵还是肉体，我都已经出过轨了。"宋风草有部长篇小说，还是中国作家协会重点扶持项目，半年前开的头，半年后了还一字不多一字不少地可怜巴巴地蜷缩在电脑里。作为一个职业作家，宋风草内心里感觉到无限悲哀。所以，当总编跟他说，想安排他去出这趟差时，他毫不犹豫地应承了下来。仓促上阵，赶到车站别说卧铺了，连张座票都没买到。

正心灰意冷之际，猛然听到："旅客同志们请注意，晚饭时间就要到了，餐车给大家准备的晚餐品种有：炒肉片、炒鸡蛋、炒蘑菇、红烧鲤鱼、红烧茄子、红烧狮子头……"

宋风草灵机一动，对，先到餐车去，吃饭你总不能不让我坐吧。占个座位，再吃慢一点不就得了吗？虽说不是长久之计，但能歇一会总比累着强。想到这里，宋风草又鼓足劲汗流浃背地向餐车挤去。

虽说晚饭还要等一会儿，但许多揣着和宋风草同样想法的人早已经闻风而动捷足先登把位置占完了。宋风草刚想离开，恰巧有一个男人站了起来，他赶紧快走几步，在空位子上坐了下来。

"呀！"刚坐下，就听见坐在对面的姑娘轻轻地出了声，"这不是宋老师吗？"

宋风草诧异地抬起头。

"你是——单小源？"

宋风草一边仔细地打量着对方，一边在脑海里快速地搜寻者关于单小源的记忆。端坐在宋风草对面的单小源略带憔悴，然美丽却犹胜往昔，脸颊、眉眼、鼻翼、嘴唇依旧国色天香、端丽冠绝，一笑一颦都妖娆迷人。宋风草自言自语地念叨说："是单小源，是单小源！"

听见宋风草张口就叫出了自己的名字，单小源那双光彩熠熠的大眼睛调皮地眨了眨，笑了笑。但没有出声。

——那年，单小源就像一片随风舞动的树叶，在宋风草的眼前扭动着、挣扎着，风姿绰约地翻了几翻，然后跌跌撞撞一路狂奔着消失在了无边无际的云端里，没留一点儿痕迹。宋风草落寞和失望了好一阵子。曾有那么一段时间，宋风草总在脑海里设想并期待着有一天，在哗哗流淌的小河旁，在奔腾不息的大海边，在摩肩接踵的人流里，在风驰电掣的列车上，在……与单小源不期而遇。遗憾的是，所有的设想与期待都随着时间的推移，变成了水中花、镜中月。当他终于确信，单小源的的确确已经是黄鹤一去便不复返，任何思念和幻想都不过是自己一厢情愿的良辰好景虚设后，才慢慢地在记忆的深处将单小源的名字使劲地打磨掉。不记得谁说过："有些人注定是等待别人的，有些人是注定被人等的。"自己一定是后者。他想。

一晃七年过去了。这七年，宋风草的生活可谓是大起大落，先是跟妻子恩恩爱爱地结了婚，接着妻子又轰轰烈烈地出了"墙"；先是他的长篇小说好评如潮洛阳纸贵，接踵而来的就是江郎才尽半年间只字未写。哪一个起落，都足以让他浑身上下脱胎换骨般地褪掉三层皮。

单小源怎么样？她这几年是怎么过的呢？

宋风草想问一问她这几年的境遇，都去了哪里？做了些什么？结婚了吗？特别是那一年为什么不辞而别？

"你……现在住哪里？"宋风草在试着寻找突破口。

"家里。"单小源的回答天衣无缝。

宋风草咂咂嘴，"是的。"少顷，宋风草又拐弯抹角地问道："跟谁住在一起啊？"

"干吗啊，查户口？"单小源扬起一条眉毛。

"我……"

"你不就是想问我结婚了吗？直截了当地问就是了。"

宋风草尴尬地笑了，"是是是是，你……结婚了吗？"

单小源压低声音说："还没。"

说完，略带幽怨地看了宋风草一眼，落寞地垂下了眼帘，两只手去折那张一直拿在手里的餐巾纸。洁白柔软的纸巾在她的手里灵动地飞舞着，一会儿变成了菱形，一会儿变成了方形，一会儿又变成了三角形。单小源的手白皙、纤弱，很柔很细，一搭眼就能看见皮肤下面的静脉。

宋风草呆呆地望着单小源的手一上一下有节奏地动着，不知如何作答。

过了一会儿，还是单小源率先打破了沉寂，"说说你吧，你怎么样？孩子都上学了吧？"

"我……正在闹离婚。"说完这话，连宋风草自己都吓了一跳，没头没尾地怎地冒出了这句？

单小源惊讶地望着宋风草，没有说话。

两个人陷入令人发窘的沉默。

——宋风草跟单小源是在一次新书发布会上认识的。那天，云河市委宣传部、市作家协会在本市最大的一家书店"凤凰书城"举办宋风草的长篇新作《我们结婚吧》签售活动。宋风草还在读书时期就已崭露头角，连篇累牍地在全国各大名刊发表了几百万字的中短篇小说，引起了文学界和评论界的广泛关注。云河市文联王主席在参加宋风草的作品讨论会时，了解到宋风草就是云河市人。爱才心切的王主席先用三寸不烂之舌说动了宋风草，又用半支秃笔打动了新上任的市委书记，就这样，宋风草被作为"特殊人才"引进到了云河市作家协会。《我们结婚吧》是宋风草来云河后蛰伏一年尽心打造的第一部长篇小说，还在创作期间，部分在网络上连载的章节就已引起了不小的轰动。省作协副主席、著名评论家靳一毫不掩饰对这部新作的厚爱，直言这是本省最有希望冲击"茅盾文学奖"的一部长篇力作。所以，对这次新书发布，无论是云河市委，还是云河市文联、作协等部门都十分重视。

发布会确实圆满成功，一上午就签售了三百多本，而各单位组织的购书团队，还源源不断地向新华书店涌去。宋风草的手腕都累酸了。

单小源早就到了，可她就是不往前排队，直等到宋风草快要收摊时，才凑到跟前，两只手往前一伸，笑吟吟地说："我想请你给我多写几个字，好吗？"

宋风草的心一下子颤了起来，从小到大，宋风草从来就没有见过这么美的手，手腕、手掌、手指、指甲，无一不美。他痴痴地望着这双手不知所措。

倒是单小源落落大方，"想什么呢？你倒是答应还是不答应啊？"

宋风草缓过神来："好，你说吧，写什么字？"

单小源说："先写我的名字。"

宋风草工工整整写下：单小源。

"再写你的书名。"

宋风草又工工整整写下：我们结婚吧。

"再落上你的大名。"

宋风草龙飞凤舞地写上自己的名字和年月日。

单小源满意地捧着书，轻轻地吹着还没完全浸干的墨迹，念道："单小源，我们结婚吧！宋风草。记住，这可是你自己写的啊！"

宋风草的脸腾地一下子红了，他嗫嚅道："这、这、这可是你、你让我写的，我可没这个意思啊！"

"那我就不管了，白纸黑字，你狡辩不了的。再见！"说完，冲宋风草摆摆手，飘逸而去。

宋风草好半天没反过神来。

负责现场组织和服务的人看到这一幕全都哈哈大笑起来，"宋风草，你要中桃花运了，到时候可千万别忘了请我们吃喜糖啊！"

就在所有人包括宋风草在内都以为单小源不过是一时兴起搞的一场恶作剧的时候，单小源却带着一脸的认真讨说法来了。

那天，宋风草刚刚走出作协大门，就听有人喊他："宋大作家。"

转脸看见是单小源，就笑了："这么巧？在这儿碰见你了。"

"不是巧，是我一直就在这儿等你。"单小源一脸严肃。

"等我？有事吗？"

"当然了，无事不登三宝殿嘛。"

宋风草认真地问道："什么事？只要我能办的，一定尽心尽力。"

"你一定能办成，就看你诚不诚心。"

"诚心诚心，一定诚心。"

单小源把宋风草的书在他的脸前一晃，"跟你结婚。"

宋风草原以为单小源那天只不过是开个玩笑，没想竟真的找上门来了。他吃惊地弯起指头点点自己的胸脯，"跟我结婚？你不是开玩笑吧？"

"你这大作家怎么这么说话？怎么能说是我开玩笑呢，'我们结婚吧'，白纸黑字，这不是你写的吗？"

笑容一下子在宋风草的脸上僵住了，"这个、这不是你让我写的吗？"

"那我还让你跟我结婚呢，你咋就不听了呢？"单小源歪着脸，笑盈盈地说，可宋风草却分明看见了她的眼眶里蓄满了泪水。

宋风草不知该怎样劝慰她。想了一会，像个大哥哥似的伸出手去，拢了一下单小源的头发："傻样子！"

　　单小源却一把抓住了他的手，紧紧地贴在自己脸上。

　　"快放开，这马路上让人看见多不好。"宋风草怎么也想不到一个看上去弱不禁风、温顺娴静的女孩儿爱起来竟如此热情似火、大胆奔放。他一边说着一边使劲儿地往外抽。可单小源的两只手攥得紧紧的，根本容不得他动弹。

　　宋风草不知道，这一切，全都被与作协一墙之隔的文化局印刷厂的女工冯化兰看在了眼里。

　　宋风草刚来云河，就被冯化兰给注意上了。那天，中午在食堂吃饭的时候，一位好事儿的老大姐在桌上说："昨天到作协去送样书，听作协的人议论，他们才调来个大帅哥，说是市委书记亲自选调来的。此人不光人长得帅，还是个大才子，出了好几部书了。"言者无意，听者有心。那天还没下班，冯化兰就早早地溜出厂子，在作协门口来了个守株待兔。说句实话，第一面，冯化兰一点儿都不看好宋风草。冯化兰没念过几年书，她不知道真正的才子应该是什么样儿，但她知道才子就应该是白面书生那样，像《三笑》里点秋香的那个唐伯虎，像《早春二月》里那个"左手搂着小寡妇，右手又把芙蓉采"的萧涧秋，像还在小学堂读书期间，就与比邻的"赵家少女"有过一段"水样的春愁"的初恋之情的郁达夫。虽说时代变了，现在的才子不必要非要油头粉面、马褂长衫，但西装革履、金边眼镜、胳肢窝处夹着一只黑色皮包还是必要的吧？你看眼前这位，粗粗壮壮，上身套着一件夹克衫，下边是一条牛仔裤，旅游鞋，没眼镜，也没皮包，走起路来健步如飞，哪有一点儿风流倜傥啊？能写书有什么用，那玩意儿能当吃还是能当喝啊？冯化兰的心里拔凉拔凉的。后来有人再在吃饭时说宋风草，冯化兰就带有明显的不屑说："啥才子，简直就土老帽一个！"半个月前，宋风草的长篇小说《我们结婚吧》在她们厂付印，车间主任一边组织大家拼版，一边自言自语道："这年月，你说还有公平的事儿吗？我们一年到头辛辛苦苦、没日没夜，也就挣个三五万块钱，人家在家随便动个破笔头，一下子就是三五十万。"冯化兰就问："主任这是说谁呢？谁随便动个破笔头，一下子就是三五十万？"主任说："还有谁？就是这个宋风草啊。"冯化兰的心一下子就动了，看来这玩意儿还真是能当吃当喝啊！"好，老娘就吃定他了！"

谁知冯化兰那边刚刚拉开架势准备打起锣鼓新开张，这边，单小源已经捷足先登了。这下捅了冯化兰的马蜂窝了。

卧榻之侧岂容他人鼾睡？

冯化兰决定奋起出击。

宋风草并非不喜欢单小源，虽说这才仅仅是第二次见面，但单小源的相貌、笑容、服装的搭配、说话的方式以及蹙起眉头的表情，无不凝聚着一种别样的美，宋风草无一不喜欢。不像其他女人，当你近在咫尺相视而坐，你会感到她仿佛珠光宝气一般无可挑剔的美。然而，转过身去，你只记得她是美丽的，记不得她什么样的美丽。就像一杯白开水，渴了喝了，也就仅仅是喝了，什么时候也不会去回味何时何地在哪儿喝了一杯解渴的白开水。而单小源却不同，只要你一闭上眼睛，就能想起她的样子，仿佛一个电的火花一下在你的脑海里击出一个深深的印记。只是觉得这样相恋未免太过唐突，没敢贸然接受。还有就是他想不明白，单小源究竟爱他什么。更重要的是，他怎么也没有想到会半路杀出个程咬金来横刀夺爱，生生斩断了这株爱情的萌芽。

"你能告诉我，为什么会爱上我吗，你对我又不了解？"

单小源歪着头看着他，"答案很长，我得用一生去回答你，你准备好听我了吗？"

"看不出你还是位林迷啊。"宋风草呵呵笑了，"你喜欢林徽因？"

"我只喜欢宋风草。"

"这样吧，"宋风草想了想，说，"你给我三天时间，让我好好考虑考虑好吗？"

"好，给你三天时间，"单小源恳切地望着宋风草说，"我真心地希望你能认真考虑，也许我只是你生命中的一个过客，但你不会遇见第二个我。三天后见。"

单小源飘逸而去。

这三天，宋风草黑在想、白在想、吃在想、睡在想、走在想、坐在想，连脑袋都想大了，也没想出个子丑寅卯来。第三天早上，宋风草从睡梦中醒来，两只眼直勾勾地望着房顶发呆，眼看就到了摊牌的时候了，他这边还一点儿主意没有，他向他的直接领导创研室主任请教。主任是一位工人作家，文凭不高，硬是靠着自己的勤奋，写了一部又一部大部头作品，有的还在省里乃至全国获了奖，后被挖到了作协做专业作家，并一步一步坐到了创研室主任的位置。主任自知论功底实在强不过这些后起之秀，但也不能让他们瞧不起，所以，平时讲话特好咬文嚼字，当然，一不小心露出尾巴的时候也不鲜见。大家哈哈一笑，过后他依然如故。听见宋风草请教他，主任心里一阵窃喜，看看，关键时候还得靠着我这个老家伙。主任装模作样地闭着眼睛空想一阵，斟字酌句地说："爱情的抉择，有时候跟赌博没有两样，你可能赢，也可能输得一败涂地。你决定去还是不去的时候，要考虑的不是你将来会不会后悔，也不是她会不会永远爱你。因为你根本无法知道答案。最重要的，是你爱不爱他，是不是爱他爱到愿意豪赌这一场。你拍着脑袋仔细想想，你爱她吗？"

"我……不知道。"

"你喜欢她吗？"

"喜欢。"

"不见她，你想她吗？"

"想。"

"就此拒绝了她，从今以后你再也见不到她了，你会后悔吗？"

"会。"

"会心痛吗？"

"会。"

"那你还犹豫个什么？也就是你这个傻瓜蛋，换我当时就带回家睡了。"主任可能也觉得了自己说的话太粗俗了，他不好意思地挠挠头，显得语重心长地说："宋风草，你给我记住这句话：缘起缘灭，缘浓缘淡，不是我们能够控制的。我们能做到的，是在因缘际会的时候好好珍惜和好好把握那短暂的时光和绝佳的机会。"

直到这时，宋风草还不知道，此时，单小源已经是"黄鹤一去不复返"了。

"那年，你说好三天以后来找我，为什么不辞而别了呢？你知道吗？我整整等了足足有半年，后来确认你不会来了，才……"宋风草低声埋怨道。

宋风草说的是实话。单小源不辞而别确确实实让他痛苦伤心了大半年，他一遍又一遍地对天发问：古人说，等闲变却故人心，这才仅仅三天时间，怎么说变就变了呢？他真是觉得，天底下再也没有比女人的话还不可信的事了。关键时候，又是主任给他指点迷津。"人生就是一场戏，在每个转角都会有意想不到的邂逅，有的相遇成歌，在这绻绻红尘中相携而去，但大多数都是行色匆匆，转身为念，独自而行。"主任胸有成竹地拍着他的肩："等着吧。老天是公平的，它在给你关上一扇门的时候，自然也会为你打开一扇窗。"主任这番话说完不到两天，印刷厂女工冯化兰猛猛撞撞地顺着窗台爬进屋来。

冯化兰没多少文化，但很会体贴他。宋风草就给她述说了自己的爱情遭遇。冯化兰听了，大大咧咧地说："你们这些酸文人就是爱认死理，没听人说吗？天涯何处无花草——"宋风草纠正她："是苏东坡说的，天涯何处无芳草。"冯化兰强词夺理："一样的，一样的。天涯何处无芳草，何必非要别处找？只要孩子能生好，管她歪瓜或裂枣！"宋风草被她说笑了。"我不算是歪瓜裂枣吧？"冯化兰问，宋风草认真地看了她一会，摇摇头，"不是。"

半年后，冯化兰成了宋风草的妻子。

"你怎么能问我？不是你——"单小源幽怨地望着他，"当初你为什么向我隐瞒婚姻？"

"什么隐瞒婚姻？谁告诉你我过结婚了？那个时候别说结婚了，连恋爱也没谈过啊。"宋风草一头雾水。

"那……"单小源刚想问什么，猛然看见列车已经进站了，她赶忙站起身。"对不起，我要下车了，到站了。"

"你还没说完呢？"

"现在再说这事还有意思吗？"

"有意思。"

"什么意思？"

"我要知道真相。"宋风草又加了一句，"否则，我死不瞑目。"

车已经稳稳地停住了。"你……那你就到 C 城市来找我吧。"

"人海茫茫，我到哪里去找你？"

"钟鼓楼的旁边有一个取名为'风草'的插花店，你到那儿就能找到我。"

"钟鼓楼在哪？"

单小源莞尔一笑。"在你鼻子下面。"

"在我鼻子下面？"宋风草下意识地摸摸鼻子，"鼻子下面不是嘴吗？"他还想说什么，单小源早已经无影无踪了。

宋风草轻而易举地就找到了单小源所说的"风草"插花店。

宋风草笑了，"呵呵，这就是她的插花店啊！"门面不大，就是将沿街的居民楼的一楼就地取材，将窗子打开改成门开的一家花店。

——在省城，宋风草一刻也不敢耽搁。下了车，草草吃了几口早点，就直奔答应赞助的那家公司而去。公司老板一看就是个土豪，浑身上下珠光宝气，脖子上金项链比宋风草家拴狗的铁链子还粗，光灿灿的。老板气宇非凡地坐在那张阔大的红木老板台后面，见宋风草进来既不起身，也不招呼落座，点点头就算是打过招呼了，居高临下地说：

"你就是老靳说的那个小才子？"见宋风草没反应过来，"老靳不知道吗？就是你们作家协会的副主席靳一，那是我的老朋友了。"

宋风草不亢不卑地说："靳主席没跟你说过，客人来了要先请人落座吗？"

"落座？呵呵，好，你随便坐。"老板一点儿也不觉得尴尬，看见宋风草在对面的椅子上坐下，他接着说："老靳跟我说你是咱们省最有名的才子，所以，我把这个光荣而艰巨的任务交给了你。你可要尽心地给我写，把那些好词儿全给我用上，千万不要让我失望啊。要知道，我不满意，你们可是一分钱也拿不到啊！"

宋风草一头雾水，"什么尽心地给你写？写什么？不是要在我们作协的杂志上刊发广告吗？"

"怎么？靳一没说让你过来是给我著书立传？这样跟你说吧，我准备竞选省政协委员，关系都通融得差不多了。为了确保万无一失，所以想再打打知名度，这样才找到你，让你来给我写这部传记。否则，我才不搞这些破玩意儿呢。劳民伤财！"

仿佛受了别人的侮辱，宋风草的脸腾地红了半边，他直直地站起身，一字一句地说："太巧了，我也不搞这些破玩意儿。"

"我可是付你们钱的。"老板以为他没听明白，"我随便从手指缝漏一点儿都比你写那破小说挣钱多。傻子才会不干呢！"

"我就是你说的那个傻子，"宋风草也较起了劲，"我一个字也不会给你写。"说完，不等老板搭话就扬长而去。

老板目瞪口呆地站起身，半天没缓过神来。

出了门，宋风草没有片刻犹豫，直奔 C 城而去。没费什么口舌，出租车司机就轻车熟路地把他拉到了钟鼓楼下，一抬眼就看见了"风草"插花店。店面不大，就在一幢沿街的住宅楼的一楼，由居住房抛窗改门落成。店名"风草"两字龙飞凤舞，宋风草一眼就看出来了是自己的手写体。一定是单小源从他在书上的签名抠像"抠"过来的。不过，单小源的插花店一点儿也不似别处的花店那样馥郁芬芳香气袭人，相反倒有一种秋霜肃杀、草木枯落的氛围。

站在插花店的门前，宋风草开始踌躇起来。

——昨天，由于时间紧迫，对单小源没了解深，也不知她现在成家没有，如果成家了，有没有小孩？要不要给孩子买件礼物？还有，贸然来访，她爱人会不会介意？一时间，宋风草拿不准自己究竟应不应该进去？正犹豫不决间，门突然打开了，一位老奶奶满脸悲戚地出现在门边。

"这位小伙，我在屋里看见你在门外站了好久了，你是想买花还是想找人？"

"我……想找人。"宋风草实话实说，"有个叫单小源的，不知老奶奶认不认得？"

"单小源？"老奶奶疑惑地看着宋风草，"你怎么认得她？"

"哦，我是她的一个朋友，好多年没见她了，正好出差顺路过来看看她。"

"那——"老奶奶犹疑了一下，"进来吧。"

说罢，老奶奶也不看宋风草一眼，颤颤巍巍地往房间里走去，宋风草亦步亦趋地跟在后面，边走边打量着房间里的陈设。

这是一套两居室的房子，店铺不大，但收拾得井井有条，到处都充溢着鲜花的芬芳。但宋风草却总是感觉到四处都有些阴森森的。

"你是找她吗？"正胡思乱想间，老奶奶突然开腔了，她指着鲜花丛中的一张遗像，

宋风草感觉到一下子头发都竖起来了，"你说单小源……这怎么可能呢？"

宋风草确确实实不相信，自己昨天才和她见过面啊！

"就是单小源。"老奶奶一直背对着阳光在那里说话，宋风草看不到老人的表情，只能听见她的声音，这声音很缓很轻，就好像是从一个很远很远的地方传过来的。"小源这孩子从小就心高气傲，大学快毕业那年突然着了迷似的爱上了一个什么作家，那位作家的妻子得到消息，跑到学校大骂小源勾引有妇之夫。"宋风草听出来了，老奶奶说的那位作家无疑就是自己，可那会儿的自己就一孤家寡人，哪来的妻子呢？老奶奶说："也不知那女人从哪儿搞到一条小源的内裤，硬说是在作家的床上找到的。那天，小源很晚很晚才回到家，蓬头垢面，满脸青紫，都是被那女人打的。"宋风草想都不用想就明白了，这一定是冯化兰做的手脚。无怪乎这些年两个人每次发生口角，冯化兰总是喋喋不休地说：我知道，你从一开始就没爱过我，你心里想的谁你自己清楚。自己从没多想过，原来故事出在这里。此时此刻的宋风草内心里怒火万丈，假如冯化兰就在眼前，他一定会将她碎尸万段。"小源哭着跟我说：奶奶，我真的没做那种事，真的没做，我连他的手都没有拉过。看到小源被折磨成这个样子，我真是心如刀绞。我安慰她说：奶奶相信你，俺小源决不会做那种事。小源说着哭着，一遍遍地说，我一遍遍地宽慰她，整整一夜我们谁都没有合眼，直到天快亮的时候，这孩子才昏昏沉沉地睡去。中午，我做好饭喊她起来吃饭，忽然就发现她的目光变了。她一下子就不认识我是谁了。在那一瞬间，我恍然明白了，小源疯了……"

宋风草泪流满面地望着墙上的单小源，单小源也静静地望着她，两个人就这么默默地对视着。

"从那以后，她经常一个人……在外面乱跑，我不想把她关起来，我觉得她太可怜，终于有那么一天，她出去了，就再也没有回来。就在我眼皮底下……"老人家的叙述里充满了深沉的疼痛、凄然、惋惜和许许多多宋风草描述不出来的东西。"……本来，小源已经走过马路了，不知咋的突然

又掉头向回跑去。大车躲闪不及，一下子将她撞了一人多高，然后重重地落到了地上。我几乎被眼前的这一幕吓呆了，发了疯地向小源跑去。小源拉着我的手说：奶奶，我看见他了，他来接我了。我问谁来接她了？她就有些不高兴：还有谁？那位作家呗。"

宋风草一把扯住了老奶奶的胳膊，"老奶奶，你说的这是什么时候的事？"

老奶奶被扯疼了，也被吓了一跳，"……就在上周三的中午12点。"

宋风草一下子呆住了，天底下真的会有这么巧合的事？上周三的中午，他跟总编等一干人驱车去省城参加创作会议，车过 C 城市区的时候，莫名其妙地突然抛了锚，司机怎么鼓捣也不起作用。总编让司机一人留下联系修车，其他人趁这工夫去吃午饭。小源出事的时候，自己恰巧就在 C 城。

宋风草的身体一点点向下出溜，最后竟完完全全瘫倒在了地上。老奶奶蹲下身，扳过他的头，吃惊地看见宋风草的脸已经被泪水遮住了。

（首刊于《青春》2014 年第 4 期）

格 局

上

叶草然刚刚吁了一口气，如释重负地在沙发上躺了一个无拘无束放任自流的姿势，办公室主任莫根峰一把推开虚掩的门，慌手慌脚地闯了进来。

"叶站长——"

叶草然蹙了一下眉峰，赶紧坐正身子，用手指着他说：

"我都说八百遍了，在领导身边工作，最重要的一条，就是学会处事不惊，是不是全成耳旁风了？"

莫根峰满面羞惭，鼻尖霎时冒出细密的汗珠，双唇翕动着："对、对不起，叶站长……对不起。"

叶草然缓缓站起身，慢慢地踱到自己那张宽阔气派的红木老板桌前，坐下，正容亢色地问道："什么事？"

刚刚碰了一鼻子灰，莫根峰显得有些畏首畏尾。

"是这样，叶站长，"莫根峰看着叶草然的脸，小心翼翼地说，"卢处长他们已经过了省界了，你看咱们是不是该动身了？"

莫根峰话音刚落，站党委书记何玉成又一步跨了进来。

叶草然看看何玉成："何书记来得正巧，卢处长他们已经过了省界了，咱们是不是也该出发了？"

"我就来说这事呢，是该出发了。"何玉成叮嘱莫根峰说："看家底的几辆车都派去，在家的站领导也都跟着去。另外，跟车站派出所的姜所长说一下，请他们给派一辆最好的警车，返回的时候在前边鸣笛开道。"

"何书记，这也太兴师动众了吧，有这个必要吗？"叶草然不以为然地说。

"草然，百姓口小，有公议不能自至于上，过客口大，稍不如意则颠倒是非，谤言行焉。你可能有所不知，咱们这位卢处长难伺候的很哪。"何玉成推心置腹地说："不然，现成的火车，两个小时就到了，干吗还非要咱们开车去接？这就叫：拿着砍刀混社会，要的就是这个味！"

"上有所好，下必甚焉。好吧，既然人家有这个癖好，那咱们就配合吧。谁叫人家掌着咱们的命脉呢！"叶草然摇摇头，"那就赶紧出发吧，别一会儿他到了咱还没到，又惹着他老人家了，让咱们前功尽弃。遇到这样的主儿，真是倒了八辈子霉了！"

从车站到高速公路出口，也就半个小时路程，没怎么觉着就到了。因为估计时间也差不多了，大家都下了车，在路边活动活动腿脚，边聊着边等。何玉成走到警车司机跟前，很客气地给他上了一支烟："辛苦你老弟了啊。"警车司机摆摆手："不辛苦，给领导服务应该的。"

不一会儿，莫根峰就看见派去接卢处长的"帕萨特"由远而近呼啸而来。

"到了，到了。叶站长，他们到了。"

叶草然没吭声，只是跟着大伙往路中间走了走。

叶草然是铁路云河西站的站长。

他从进铁路口就一直待在机关里，先干办公室秘书，后又给北方铁路局党委书记叶双喻做贴身秘书，后来提了铁路局党委办公室副主任。但那仅是个虚职，实职还是跟在叶双喻后面提包。

半年前，叶双喻临退下来之前，将他放到云河西站做站长。

在叶草然任站长的这半年里，云河西站一招一式、一举一动无不透着两个字：规范。工作真是没的说。唯一的毛病就是四面八方、左邻右舍扯不断理还乱的关系协调得不够好。说句到地的话，就是不会来事。

譬如说，上级领导下来检查，一下车，所见之处红旗招展、鲜花如海，脸上立马星光灿烂，嘴上却又得言不由衷地说："你看你看，弄这些个花架子干什么？我们是下来检查工作的，又不是看你摆花阵的！"其实，领导也就是这么一说。叶草然却拿着鸡毛当令箭。从那以后，别管哪级领导来，他是说啥也不鼓捣那些个红花绿草了。有时连个"热烈欢迎上级领导到我站莅临检查"的横幅都省略了。领导再下车，所到之处冷冷清清，凄凄惨惨戚戚。领导的脸也跟着就青了。再譬如吃饭，领导说，"咱只要能吃饱，热热乎乎就行了，摆那个排场干吗？"他又跟着按死蛤蟆捏尿，硬把领导往机关食堂带。领导也去，坐下也就是动个三筷子五筷子，然后就拍着肚子站起身来，"饱了饱了，要我说还就是这样吃饭，既省时间又舒服。"一转身，就跟别的单位钻进了"鲍翅楼""海鲜城"。领导是干什么的，人家什么样的场合没到过？什么样的阵势没见过？在乎吃你一只鲍鱼、一根辽参、一碗鱼翅吗？领导要的是感觉，那种前呼后拥、花团锦簇、山呼海啸、万人拥戴的感觉！你这样倒好，寒山飒飒雨，秋琴泠泠弦，一点儿氛围都没有。换你是领导你高兴吗！

莫根峰悄悄跟他建议说：

"叶站长，咱这样光吃饭不行，别的单位吃完饭后都带检查组到歌厅或洗浴中心去。"

他听了把眼一瞪："这就行了吗？这不是把领导往虎窝里推吗？"

"人家领导自己都说了，不入虎穴焉得虎子。"

"不会的。领导怎么可能明知山有虎，偏向虎山行呢？"叶草然肯定地说："领导决不会这么说的，就是说了，也是顺口一说，不会是发自内心。"莫根峰还想说什么，让叶草然一张嘴给堵了回去。"不要说了！我告诉你莫根峰，不论你怎样说，我叶草然绝不跟这个风！谁愿意这么做谁去做，反正我不去做，我的原则就是决不能陷领导于不仁不义。还有，你这个办公室主任以后要给我出好主意，千万不能瞎参谋乱参谋啊！"

这话传了出去，叶草然从此落了个绰号：叶原则。

天与弗取，反受其咎；时至不行，反受其殃。"叶原则"这么殚精竭虑"保护"领导，其结果就是做了那么多的工作，出了那么多的彩，全都被各级检查组不动声色地给消化了。相反，一些在别的单位根本就什么都不算的鸡毛蒜皮的小事，在他这儿却被无形地放大了。于是，荣誉、奖励、待遇、福利等等好事与他擦肩而过、失之交臂便成了家常便饭。

表面上看，这些事影响的是他个人，其实直接受损失的却是实实在在劳作的广大职工。他们来工作为的什么？拨开美丽的外衣说实话，就是为了养家糊口。由于某一人的不活泛，使得他们到手的好处拿不着，煮熟的鸭子飞上天，这不能不让他们私下里对叶草然说三道四，怨声载道，义愤填膺。

叶草然并不是做了站长才有原则，在给铁路局党委书记叶双喻做秘书的时候就这样。你不能说他不谦和，那份谦和也确确实实是真的。但骨子里的清高和自尊也是真的。无论是朋友还是同事，谁不经意间碰到了这根神经，都极有可能一触即发。因为他有着自己的判断、自己的准则、自己的底线和操守。绝不似墙头芦苇，哪边儿风劲，就往哪边儿歪。由于铁路局党委书记秘书这个特殊位置，各种圈子私下聚会，都想拉他。他哪边都不参加。不参加倒也罢了，他引经据典把教训的话说到人家脸上："陈独秀说过，党内无党，帝王思想；党内无派，千奇百怪。帮派可以有，但是万万不可搞成帮派主义，搞成小圈子，搞成独立王国。帮派就是天上的云，飘忽不定，有影无形；什么时候帮派定了型，那也就离垮台不远了。"

后来就没有人喊他了。

还有就是，谁也别想让他越雷池一步。下边有些个有点想法的人，想从他那儿打听点儿叶双喻私密或者让帮着给递个话，他能一句话把人家拒到南墙。为此得罪了不少人。据说，就连叶双喻私人有什么事都不安排给他。一则是他本人不情愿，二则叶双喻也不放心。不是不放心他的嘴巴，是不放心他处事不够圆滑，挺好的个事情让他给办糟了。干部部长曾征询叶双喻，是不是需要把秘书换了。叶双喻断然否决。他说："这个叶草然，有些时候是有些认死理，不够活泛，但你不可否认，这是一个光明磊落的人。在这么一个天下熙熙皆为利来，天下攘攘皆为利往的年代，叶草然还能如此这般洁身自好，不容易啊！"

然此一时彼一时也。那时候，你怎么都行，你是爷。你就不是爷，你后面还有叶双喻，他是爷，而且还是大爷。谁也不敢当面指手画脚说三道四。即便有人心里恨恨的，嘴上还得言不由衷地夸：是爷们，有出息，刚正、率性。现光景不行了，叶双喻已经退到九霄云外去了。没有了叶双喻这个背景，你就啥都没有了，就只能当孙子了，有时连孙子都当不成。你要是还不识时务，再接再厉继续发扬光大端着爷的架子摆爷的谱的话，对不起，没人再吃你这一套了。

面对扑面而来的诽谤啊、非议啊、嘲讽啊，谩骂啊……叶草然都能够愕然咽下。因为眼下任何个人毁誉都不足以让他牵肠挂肚，真正让他寝食难安焦头烂额的只有车站候车室更新改造工程。

上个月，铁道部一位副部长到车站视察工作，转着转着就转到老候车室去了。此时正是二月里天气，春寒犹重，外面又刮着风，候车室里冷风嗖嗖。

乌漆墨黑的候车室，仿佛有十几年没有彻底打扫过了：到处是乱丝丝的蜘蛛网，到处是七零八落的电线，所有的灯具都耷拉着，风一吹，风铃似的叮当作响；斑驳陆离的墙壁上，有好多幅不知哪年贴上去的标语，别说上面的内容了，连纸的颜色都辨不清了；再看窗户，所有的玻璃都被灰尘糊上了，候车室的光线，除了来自那些随风飘摇忽明忽暗的吊灯，就全靠屋顶星罗棋布般的漏洞了；地面上也尽是垃圾和浮土。许是为了向副部长证明这里的一切绝非一日之功，不知从哪儿忽地吹来一阵劲风，候车室里顿时风烟四起尘土飞扬，大家不约而同地捂起了鼻子，副部长也被呛得咳嗽了好半天才说出话来。

副部长脸上立马阴云密布。

陪同副部长视察的铁路局局长汪洞箫看出了副部长脸上的气候变化，一颗心悬了起来。

"这还叫候车室么？这样的候车室还能候车么？旅客在里面能挡风还是能挡雨？烂就烂吧，反正你们自己，你们的七大姑八大姨是不会在这里面候车的，受苦受难的都是与你们非亲非故毫无瓜葛的普通旅客。是不是这样？啊？亏你们还是共产党的干部，也能看得下去！"

汪洞箫赶紧解释："已经立过项了，马上就启动改造。春运一结束就开工！"

副部长脸上依旧挂满了霜："我从不听不负责任的承诺。"

"领导尽可以放心，我以我的党性担保。"汪洞箫的脸一阵红一阵白。

"好，春运结束后我再来看，如果，到那时你们还是'风景这里独好'的话，可别怪我'挥泪斩马谡'啊！"

"一定一定！请部领导放心，一个月后还没有开工，不用领导批评，我自己引咎辞职。"

叶草然看见汪洞箫的面色，一霎时变成了灰色，眼睛火也似的红了起来，他的上颚骨同下颚骨呷呷地打起架来，脸上的各种神情，因为紧张的缘故，一时半晌连个合适的归宿都找不到了。

可没过多久，这神情就原封不动地移花接木转移到了他叶草然的脸上。

送走副部长，汪洞箫气咻咻地指着叶草然的额头，像一只受了伤的狮子似的，咬牙切齿地吼道："叶草然，铁路局派你来是旅游的吗？啊？这半年你都干了些什么？候车室脏乱差到这个地步，你看不见吗？啊？你真是枉在领导身边待了这么长时间，孰重孰轻都掂量不出！"

叶草然的脸皮登时红得像烤得半熟的牛肉一般："汪局长……"

"不要你解释。"叶草然刚想张嘴解释，就被汪洞箫粗暴地打断了："今天的事你都听见了、看见了，我已经向部领导立了军令状，如果一个月后还没有开工，我向部领导引咎辞职。但是，引咎辞职之前，我先撤了你！"

说罢，头也不回地走了。

北方铁路局建设处处长卢鸿杰还没下车就看见了欢迎他的阵势，七八辆小车一字排开，最前面是一辆负责开道的警车。"呵呵，真是时事造就人啊，连叶原则这样的人也学会融通了啊！"卢鸿杰脸上浮现出了洋洋得意的微笑。他把腰板挺直，下颚稍稍向前伸出。每当他要装出处之泰然应付有方的时候，就总是这么一副表情的。作为北方铁路局建设处处长，卢鸿杰掌管着全局绝大多数建设项目的生杀大权——领导插手的除外。所以，他有资格摆这个谱。

何玉成快走一步，拉开"帕萨特"的门，一看只有跟车去接卢鸿杰的副站长姚畦自己坐在里面。何玉成不由得有些诧异："怎么，卢处长没来？"

"在这儿呢。"

话一落音，就见卢鸿杰笑容满面地从后面的一辆奔驰轿车上探出头来，然后推开车门，把臃肿的身子卸了下来。

卢鸿杰的头顶已经秃了，可脑壳和脸庞都很红润，油光光地发亮。

卢鸿杰倒背着手站在车前，很有气魄地向远处巡视着。

"欢迎卢处长到我们云河西站检查工作，"叶草然赶紧伸出胳膊跟卢鸿杰握手："卢处长怎么还自带车辆啊，是不是嫌我们的车孬啊？"

"哪里，哪里，我这不是为了给你们减负么，省了你们再把我往回送了。啊，是不是？哈哈哈哈……"卢鸿杰轻轻地摇着叶草然的手，"小叶啊，有大半年没见了吧？还是这么书生意气、风华正茂。好，好啊！我很早就跟双喻书记说过，别老把小叶揽在身边，要放下去历练历练。我敢保证，把小伙子放下去两年，调回铁路局机关再看，绝对是如鱼得水、如虎添翼，前途不可估量。怎么样，这才多久就不一样了吧？啊？哈哈哈哈……"又是一阵爽朗的笑声。

叶草然笑笑，未置可否。

他根本就不相信。

叶草然太知道了，在北方铁路局，还没人敢这样跟叶双喻说话。叶草然跟叶双喻这几年，仅见他发过一次火。那是五六年前，源城车务段的党委书记张师师，三更半夜到本单位的一位女工家去发展人家入党，结果党没入了，先入了"港"。女工的男人闻讯赶来，将二人捉奸在床。张师师的脸上、颈上、背上被花了无数道口子，鲜血直流。张师师到铁路医院包扎时，不敢对医生说是行邪所致，便信口说是早晨在菜市场见一流氓调戏妇女，拔刀相助时为歹徒所伤。张师师说这话时，恰巧铁路局宣传部分管新闻报道的副部长走了进来，这话又恰巧触动了他那根敏感的新闻神经。副部长一面安排通讯员采访，一面向叶双喻汇报。

叶双喻闻听也是暗自窃喜，他当即安排副部长一定要大张旗鼓地进行宣传。叶双喻说："张师师的先进事迹再一次证明了，我们的职工队伍是过得硬的，我们的党员队伍是过得硬的，我们的干部队伍是过得硬的！常言道，一个英雄倒下去，千百个英雄站起来。虽然我们的张师师同志没有倒下，但我们还是要通过我们轰轰烈烈的宣传，让千百个张师师站起来。"

好一段时间没啥出彩的事了，叶双喻正郁闷呢，张师师见义勇为无异于给他打了一针兴奋剂。叶双喻亲自给公安处长打电话，要求他们迅速集中优势兵力，将凶手早日缉拿归案。可是，还没等到公安处长排兵布阵呢，"凶手"裹挟着沾有张师师精斑的床单、毛巾、抽纸、内裤等和案件相关联的物证，主动"投案自首"来了。

"凶手"在叶双喻的办公桌上，将证据一字铺开，"领导，你们看着办吧。"

"通知张师师到我办公室来，现在就来。"叶双喻的脸通红通红的，一直红到了发根，鼻翼由于内心过于激动而张得大大的，眼里也闪烁着无法遏制的怒火。

叶草然说："张书记正在医院挂水。"

"就是在手术台上也得给我抬过来。"

张师师战战兢兢地走进叶双喻办公室刚一站定，叶双喻"嘭"的一声，就将茶杯摔在了他的脚下，指着鼻子破口大骂道："张师师，你他妈的比、比李师师都流氓！"

——李师师是北宋末年闻名京师的青楼歌姬，是文人雅士、公子王孙竞相争夺的对象，在仕子官宦中颇有声名。据传，李师师曾深受宋徽宗喜爱，并得到宋朝著名词人周邦彦的垂青，更传说曾与《水浒传》中的燕青有染。

这是叶草然见到的叶双喻绝无仅有的一次雷霆震怒。

提起叶双喻，机关里的人，没有不夸他平易近人的，和蔼得像个卖菜老头。可就是没人敢在他面前造次。机关里不少人是喜欢骑飞车的，倘若前面有人挡道，那一定都是铃铛摇得山响。然而，只要看清了前面慢慢地走着的，挡了他的道路的是叶双喻，都会老老实实跳下车来，安静地跟在后面蹒跚而行。不少时候，叶双喻茫然不知自己身后已经排起了一条长龙。汪洞箫都干了五六年的大局长了，见人打招呼都是用鼻子哼，见了叶双喻照样规规矩矩、恭敬有加。

他就有这个派！

卢鸿杰之流就更不用说了，逢年过节想去叶双喻那儿"表现表现"，都是先给他打电话："叶主任，我是建设处卢鸿杰，你看叶书记什么时间空闲，我过去汇报点事。麻烦你给安排安排。"这样的事，叶草然一般都给安排了。每次，卢鸿杰都千恩万谢，临走时，不忘在叶草然的办公桌上也留下一个信封。唯唯诺诺。哪像现在张口闭口称他"小叶"。

卢鸿杰依次跟前来欢迎的人员亲切握手，叶草然跟在后面介绍每个人的姓名、身份，卢鸿杰漫不经心地听着。并不往心里去。

何玉成说："卢处长，时间不早了，你看我们是不是……"

卢鸿杰抬起手腕看了看表，又朝高速公路出口看了看，说："不急，我不过是个打前站的，主角还没到呢。"

"怎么，还有人？"叶草然和何玉成不约而同地问道。

卢鸿杰高深莫测地笑了，"《赵太祖千里送京娘》里有这么一句话：大王即刻到了，洒家是打前站的，你下马饭完也未？"

二人见卢鸿杰不愿多说，也就不再多问。不多会儿，就又看到两辆轿车风驰电掣般驶来，卢鸿杰说："主角出场了。"

话没落音，车到跟前，铁路局副局长范惠民神采奕奕地从车上下来，笑容满面地跟叶草然、何玉成握手。"你看看，你们这么忙还都过来，草然一个人过来就是了。"刚说完，就看见了旁边的车队，遂埋怨道："怎么还这么兴师动众啊？上面都要求几年了，要轻车简从……"

何玉成赶忙接过话头："哪里哪里，范局长大驾光临，我们没到省界去迎，就已经失礼了。"

叶草然说："是的，我们确确实实不知道范局长亲临指导，否则，怎么——"

范惠民摆摆手，连说："没必要，没必要！本来今天有个会的，洞箫局长临时有事，时间往后推了。我正好见缝插针也过来看一看。"

这时，一个浑厚的男中音从背后传来："久违了，范惠民。"

范惠民循声望去，"你是——"

"我就知道你记不得我了。"男中音一点点启发他："云河一中、高二2班、兔子……"

范惠民恍然大悟："图惠民！你怎么会在这里啊？"

后面的人赶紧凑上前来，介绍说："这是我们云河市政府的图市长。"

图惠民赶忙纠正，"是副市长。"

"父母官啊！你小子官运可够亨通的啊。"

范惠民拉着副市长的手，向大家介绍道："当年，我们班一个图惠民，一个范惠民，那可是学校的俩宝贝疙瘩啊。高考时，一个是市里的文科状元，一个是市里的理科状元。后来听说图惠民考上了清华，我可是难受了好长时间啊。"

"别在这儿瞎扯了，我听说你读了北大，也是难受了好长时间啊。"

"哈哈哈……咱就别在这儿互相吹嘘了。哎，对了，你怎么会在这儿？"

图惠民笑了："煌佳建筑工程总公司的老板陈瑀涵给我汇报，说铁路局的范惠民局长到我们云河市视察，我跟他打赌说，这个范局长我认识，他不相信。我说不信咱们就赌一把。就这么接你来了。怎么样瑀涵，输了吧？"

叶草然、何玉成互相看了一眼：连一个民营老板都对范惠民的行程早已了如指掌了，而他们俩却直到范惠民到了跟前还蒙在鼓里。这也太不正常了吧！

陈瑀涵恭恭敬敬地答道："是的市长，口服心服。"

图惠民转过脸对范惠民说："范局长不是要考察我们云河市的建筑企业么？我今天推掉了所有的工作，一心一意陪好范局长。我已经要求陈老板了，好的坏的都要让范局长看，不能对范局长有任何隐瞒。"

范惠民笑了，"那就有劳老同学喽。"

"范局长，咱们这个队伍啊有点过于庞大了，你要是对我这个副市长保驾护航还放心的话，就别请你们的警车陪同了，车队是不是就别去了？"

范惠民看了叶草然一眼，何玉成赶忙走过去把车队给驱散了。

路上，何玉成跟叶草然说："这个卢鸿杰真是的，点名让我们派车去接，我们派去了他又不坐。这不是折腾人么。"说完，看叶草然没有反应，便推了推他："想什么呢？"

叶草然叹了一口气："我在想，连副市长、副局长都入戏了，这剧情肯定是一波三折了。"

"有道是，会说不如会听，再复杂的剧情也是给人看的。走着瞧吧。"何玉成安慰他说。

云河西站候车室更新改造工程，其实早在叶草然到任之前就已经立完项了，计划资金是 2.5 亿元。

云河西站是京沪铁路线上的一个特等站，始建于风雨飘摇的 20 世纪初，在中国交通史上，素有"云河通，则全国通"的说法。作为"中国铁路之咽喉"，云河西站历经百年，今天仍然是中国重大铁路枢纽。20 世纪 90 年代末，铁道部投资 1.8 个亿，对老火车站内外进行过整体升级并扩容。据说是按照北京西站的图纸克隆过来的，但规格却比北京西站小了好几号。遗憾的是，这幢建于改革开放方兴未艾时期的"标志性"建筑，才仅仅存活了 20 年就风雨飘摇了。甚至比始建于风雨飘摇时期的那幢老站舍还不堪一击。

在铁路局的工程推进会上，汪洞箫局长面色严峻地跟前任站长郝省新说："以往铁路局的工程，均是由建设处或临时建指负责。事实证明效果并不好，看似大家都负责，实则是都不负责。更有甚者，有些人一朝权在手便把令来行，拿工程做交易，贪腐丛生。不仅建设单位有意见，使用单位有意见，就连施工单位也跟着有意见。所以这次的工程，我们打破常规。省新同志，你是云河西站的第一领导者，所以，云河西站的更新改造工程，你就是理所当然的第一责任人。这就是我们这次管理方式改变的实质，谁主管谁负责。2.5 亿，这可是个大蛋糕啊，想来分一杯羹的人不会少了，我们没有框框，谁来干我们都欢迎。但有一条，要凭实力、凭质量，哪个人都没权利、没理由拿一个百年大计的工程开玩笑。改造后的云河西站候车室，要做到功能更加强大、设施更加先进、质量更加一流，建成后，要成为这个城市的一个永久性的经典建筑。你全权负责，包括我在内，任何人都不得干预。更不准写条子，打招呼。干好了功不可没，真要是出了问题，省新同志，也别怪我拿你是问啊。"

汪洞箫疾言厉色，严肃得很。可是没用。下面该怎样还怎样。想想也没啥奇怪。现在到处都是这样，说一套做一套。同志们如此，领导也亦然。2.5 个亿啊，谁看了不眼馋？光是那些有头有脸的，就能把郝省新的手机打爆。

郝省新拿着鸡毛当令箭，以为有汪洞箫一番话做注脚，自己真的大权在握了，谁的招呼都当耳旁风。局长办公室主任万承勖，带着煌佳建筑工程总公司的老板陈瑀涵到办公室堵他，请他吃饭。他推三阻四，硬是没赏脸。

车站办公室主任莫根峰劝他说："郝站长，工程可以不给，饭却不可以不吃，这个面子得给。要知道万承勋可是汪洞箫局长身边的红人啊！"莫根峰心说：你怎么知道他不是代表汪洞箫局长来的呢？

郝省新把脖子一梗，"你的意思是谁请我都得去，是不是？那样的话，我还能在这儿坐么？你也甭跟我说谁是局长身边红人，京剧《红灯记》看过没？李玉和跟李奶奶说过这么一番话：'妈，有你这碗酒垫底，什么样的酒我全能对付！'我郝省新有汪洞箫局长的那番话垫底，也是什么样的酒全能对付！"

这话不知怎么被人添油加醋地传到了万承勋那儿。万承勋气得鼻眼出血："好，有种。咱们骑驴看唱本——走着瞧！"

那段时间，郝省新天天喝得面红耳赤，走起路来东倒西歪。职工说他"呼吸都喘着茅台的味儿，打个嗝就能把鲍鱼吐出来。"

终于有一天，不知是酒的度数高，还是色的"春"度浓，郝省新没能"对付"得住，还在酒桌上，就自作主张把工程给了一个高中时的女同学。

俗话说，隔墙都有耳，何况桌上就坐着煌佳公司的探子？郝省新还没回到他的站长办公室，举报的电话就已经打到了汪洞箫的局长办公室。

铁路局纪委派人下来调查，谈了不到十分钟，也就是刚刚问了姓名、性别、年龄、民族、政治面貌、家庭出身、本人成分等自然情况，连政策都还没交代呢，郝省新就痛哭流涕，对自己的罪行来了个竹筒里倒豆子——一干二净。纪委办案人员按图索骥，在郝省新办公室的保险柜里找到了那20万元的好处费，分文未动，银行的封条还板板整整地扎在上面呢。

办案人员感到十分诧异：他娘的，怎么说也干了那么多年共产党的领导干部了，这也太怂了，就是王连举也得等上了刑才能叛变啊！

叶草然受命于危难之时。

铁路局党委书记叶双喻、局长汪洞箫在跟他谈话时都专门交代，当务之急就是抓好这项工程的招投标工作，既要又好又快，又要做到"前覆后戒"，而不是前"腐"后继。叶草然言之凿凿保证保质保量完成任务。就差拍胸脯了。

如今近半年过去了，叶草然跟伍子胥过昭关似的，头发都愁白了，工程还依然"碾子是碾子缸是缸，爹是爹来娘是娘"。

中

警车鸣着警笛亮着警灯"忽闪忽闪"地在前面带路，奔驰车紧随其后。

卢鸿杰扭过头来问道："小叶啊，怎么样？挨大老板剋的滋味不好受吧？"

显然，卢鸿杰也听说了副部长到云河西站视察那天，汪洞箫指着他的额头发威那事了。

"卢处长也听说了？"

"现在是什么年代？哪还有能捂得住的事啊！"

"是啊，好事不出门，坏事传千里。"叶草然叹口气说。

其实，那事儿要说这责任完完全全在叶草然这儿，还真是冤屈他了。

从上任第一天起，叶草然就提出要组织车站职工突击候车室卫生，他说实在是看不下去。但都给何玉成阻止了。

何玉成说："叶站长，咱就别再劳民伤财了，现在的职工素质你也知道，多干一点就牢骚满腹、怨声载道。这破候车室还能撑几天？让职工们忙乎几天，一个个搞得灰头灰脸的把候车室干出来了，结果没两天拆了，你说大家能不骂我们瞎折腾么？"

"那也得差不多吧？你看这候车室脏得还能进人不？"

何玉成笑了："你自己也能看见，从高铁通了，咱这儿每天还有几个上车的？一天也就二百来个人，还都是近郊的农民兄弟，来了买张票就走了。谁管你是干净是脏？再说了，咱不是还有一条绿色通道吗？"

叶草然专门去看了这条绿色通道，就在候车室的旁边，敞敞亮亮、干干净净的。"但这只能作为旅客进站的通道，候车怎么办呢？"叶草然问。

副站长姚畦说："叶站长，这些年咱们铁路上连续几次调图提速，再加上高铁、动车，运输能力大了去了，现在基本上都是随来随走，就没有几个候车的。真是遇到了刮风下雨，那也不怕，咱们还有软席候车室、贵宾候车室，打开用就是了。放心吧，不会有事的。"

叶草然想想，确确实实没有必要重复劳动。

犹太民族有句格言，叫作：人类一思考，上帝就发笑。因为，人们愈思考，真理离他愈远。不管这段话用在别人身上是否适合，但是，用在叶草然身上，实实在在是太恰当不过了。后来的所有事实都证明，无论是何玉成的思虑，还是叶草然的思考，都把这一足以让人眼花缭乱的复杂问题简单化了。云河西站候车室更新改造工程之所以称之为"工程"并非浪得虚名，不是探囊取物，唾手可得，更不是杀鸡取卵，手到擒来。它恢宏、它繁复、它高端、它系统。对叶草然之流来说，风谲云诡的云河西站候车室更新改造工程更像一个局，一个扑朔迷离难解难分的局，盘根错节，错综复杂，剪不断，理还乱。以叶草然、何玉成两人的那点个道业，不碰个人仰马翻，不碰个头破血流，举手之劳就化腐朽为神奇，势如破竹、旗开得胜，就一个字：难！

难就难在他实在不知道该把这个皇帝的女儿许给谁家。

2.5亿，确确实实是一块肥肉。因为诱人，闻香而动者也趋之若鹜。每天通过各种途径、运用各种办法、使着各种手段来攫取这饕餮大餐的络绎不绝，挤破了叶草然的门槛子。哪一家的背后都大有来头。

叶草然不怕前头，就怕后头。

其实，所谓的后头也仅仅是理论上的后头。首先，前头对自己有这么一个身高如树粗壮如山的后头却又匿影藏形埋声晦迹心有不愿。哪一家都是，一张嘴就开门见山、直截了当地将后头抛给了你。后头呢，对自己总是韬光养晦、隐姓埋名，做无名英雄也心有不甘，瞅准机会自己就粉墨登场了，说些模棱两可、不软不硬的话。让人听也不是，不听也不是。

叶草然上任当晚，饭后，一个人独自伫立在广场一角，借着月色看着对面百废待兴的车站候车室沉思。

多年前，他在网上看过一则消息：最高检、监察部联合发布工程建设领域违纪违法案件查办情况，自2009年9月至2011年3月的15个月内，78名厅（局）级干部、1089人县（处）级干部倒在了工程上。"大楼建起来，干部倒下去"，似乎已成为一种"规律"。叶草然想想郝省新就觉得可惜：风华正茂，年龄30露头；门里出身，铁道运输专业的硕士生；幸福家庭，妻是大学历史系的副教授，一对龙凤刚满周岁。

一着不慎满盘皆输。不值，不值啊！

叶草然沉重地叹了一口气。

"月上西窗，青影徘徊无限意；花开东壁，红颜辗转长绵思。叶站长这才出来一天就想家了？"

叶草然没有转头。听声音就可以断定，说话的一定是一个生动的女人。叶草然回过脸，果然看见了一张仿佛精雕细琢过的脸庞：白净纤细，挂着淡淡的笑，一双顾盼生辉的眼睛如秋水一样澄明。叶草然不得不承认，这个女孩是漂亮的。这种漂亮不是后天修饰的，而是与生俱来的，是天之所赐，浑然天成。"你是——"

"我叫居菡苕。"女孩说，然后微笑着解释"居菡苕"是哪几个字。

居菡苕上身是一件镶着花边的淡灰色衬衣，下面是一件深色短裙，长度刚好够到膝盖处。外面套着乳白色的风衣。简单，但搭配的绝对得体又很有品位。

叶草然认真地听着。"居"姓本就不多，"菡苕"一名用词也雅。

第一印象不错。

"九龙吐水浴身胎，八部神光曜殿台，希奇瑞相头中现，菡苕莲花足下开。"叶草然吟诵完问道："你这菡苕二字莫不是出自李渔的这首诗吧？"

"叶站长好才情啊！就是出自于此。"居菡苕惊讶地夸赞道。

叶草然突然疑惑地问："对了，你怎么会认识我呢？下午的见面会上，我好像没看见你啊？"

居菡苕努努嘴："可我看见你了呀。"

"你也参加会议了？"叶草然在脑海里快速地搜寻着。

"能参加会议的都是领导，我一普通老百姓哪有资格参加那会啊，我是在你下车时看见你的。"

叶草然笑了："来的人多了，你怎知是我？"

"生面孔只留下一张，你说是不是你？"

"原来是这样啊，聪明聪明。你在车站哪个部门？"

"哪个部门都不是。"居菡苕歪着头说。

"那你……"

"我在煌佳建筑工程总公司公关部工作。我们公司准备报名竞标咱们云河西站候车室更新改造工程，到时请于站长多多关照。"说着，大大方方地伸出了一只玉手。

叶草然本能地向后退了两步，语气也变得公事公办："好啊，我们汪洞箫局长说了，没有框框，谁来我们都欢迎。但有一条，要凭实力、凭质量。再会。"

说完扔下居菡莒疾步而去。

差不多过了有十二个小时，居菡莒又容光焕发地出现在了叶草然的办公室。

"叶站长，把一个女孩孤零零地扔在广场上，独自一人走了，这也太不绅士了吧？"

叶草然答非所问："你有事吗？"

居菡莒莞尔一笑，露出一排整齐的白牙："铁路局有规定见你们这些大站长还非要有事吗？"

"那……倒没有。"

"但我还真有事。"

"找我有事？干吗？"

"看看你啊。"居菡莒一脸认真地说："看看你昨晚一个大男人走了，路上别出什么事啊，我不要紧的，一个手无寸铁、手无缚鸡之力的女孩谁能怎么着她呢？"

叶草然诚恳地说："实在对不起，我昨晚突然想起来了一件事……"

"你不用道歉，我们萍水相逢，你没有义务看顾我。"居菡莒大度又有些调皮地摆摆手，"叶站长，我昨晚已告诉你了，我们公司要参与云河西站候车室更新改造工程的竞标，我是来送标书的。"

"哦，"叶草然公事公办地说，"既是这样，你交给姚畦站长就行了，有什么话也请跟他说。我想你们不会陌生吧？"

"的确不陌生。只是我就不明白了，跟你说就犯了天条了吗？是不是叶站长久居庙堂，不习惯跟小民说话了？"居菡莒伶牙俐齿。

"我……的意思是，你给姚畦站长说一样的。"

"我要是就想跟叶站长说呢？"

"这就勉为其难了，"叶草然的脸色变得有点儿不太好看，"我太忙，恐怕一时半晌抽不出时间。"

居菡苔穷追不舍："这样吧，我中午请你吃饭如何？叶站长不会不食人间烟火吧？"

叶草然想说，"恐怕不是你要请我，而是你们老板吧。"话到嘴边又咽了回去，换成了客气的逐客令："居小姐，请回吧。我还有事。"

"那……打扰叶站长了。"

叶草然看见居菡苔那双澄明的眼睛里蓄起了水汪汪的东西，便不由地动起了恻隐之心。

这天上午，叶草然的座机、手机此起彼伏，一刻也没消停过。

所有电话，无一不与工程有关。

局长办公室主任万承勋是最后一个打进来的。"草然啊，早就有人跟我汇报说你这人重色轻友，我还不信，现在信了。这才刚做了一天的封疆大吏呢，跟兄弟连个电话都没了。"万承勋拿腔拿调。

叶草然在路局机关工作时，跟万承勋可谓是抬头不见低头见。办公会、交班会、碰头会、党委会、党政联席会……只要是局长、书记参加的会议，他俩都能见面。电话更是不少，因为，很多工作不可能局长、书记亲自安排，都是靠他两人从中协调。每天不打不打也得几个电话，但仅限于工作。当然，也不是没有过长时间没有联系的情况。叶草然到铁路局党校中青年后备干部班学习三个月，中间两人没联系过一次。万承勋似乎并没有兴师问罪，后来见了面也没有提起，好像叶草然从没离开过一样。所以，此刻万承勋在电话里怨声载道地套近乎，一定是有求于他。尽管他还不知道是什么事，但最好别是候车室工程的事。自局机关大院里传出他要走马上任云河西站起，打着祝贺的幌子拜托工程的电话就没断过，以致叶草然都患了电话恐惧症了。不过，在交接的过程中，跟万承勋通了好多次电话，工程的事，万承勋倒真是只字未提。

这让叶草然心里一阵放松。

叶草然也跟他打哈哈："万大主任此言差也。你是谁？我们洞箫局长的大内总管，我得罪谁也不敢得罪你啊！再说重色轻友，那就更是无稽之谈了！"

从内心讲，叶草然不愿意跟万承勋多打交道，他看不惯万承勋那副福大命大造化大的劲儿。最让叶草然感到不舒服的就是万承勋跟他说话时装腔作势的样子，仗着自己年长几岁，在机关的资历稍长一些，目空一切颐指气使。这哪是同事之间的客套，分明就是领导在命令下属，前辈在教导晚辈。这实在大可不必。虽说你万承勋是局长办公室主任，叶草然是党委办公室副主任，你没有丝毫资格对叶草然发号施令。就好像步兵团团长管不了骑兵团的炊事员一个样。好在叶草然不和他计较。但这不代表叶草然心里没感觉。

"草然啊，我教导过你多少次了，什么时候话都别说得这么绝对。三更半夜，你跟一香草美人在广场上明眸善睐、暗送秋波、鸾吟凤说、更唱叠和，有没有这事？啊？"

叶草然一惊："啊？这事都传到万主任耳朵里去了？"

万承勋"嘿嘿"笑了："要想人不知，除非己莫为，路边说话，草堆有人。"

叶草然赶紧解释："说起来这事还真有点儿冤枉。你说我初到此地，人生地不熟，有人主动跟我打招呼，我敢不搭理吗？我哪知道谁是谁啊？不过，一听说对方是建筑公司的公关小姐，我赶紧告辞了。仅此而已。"

"你以为你自己抽身一走就万事大吉了？把人家一个女孩子扔在黑咕隆咚的广场上，这是一个男子汉的作为吗？你也太不知怜香惜玉了吧。这幸亏没有什么闪失，否则你这辈子就别想有好日子过了。"

叶草然一听又和工程扯上了关系，就实在没有了谈下去的兴趣。"怎么，你还……"

"我还什么我还？没你想的那样。"

叶草然说："我什么都没想。"

"没想就好。草然啊，你也是从机关里出去的，机关里的山高水深你多少也有所耳闻。我要跟你说的是，这个居小姐不是一般的业务代表，居小姐所在的这个煌佳公司也不是一般的建筑公司，他们想办的事情，你挡不住，我也挡不住，洞箫局长也很难说就能挡得住。一句话，大有来头。具体多大的来头，我会在方便的时候告诉你，眼下我只能说到这儿。俗话说，响鼓不用重锤。剩下的事情你看着办吧。"

"你是代表铁路局领导命令我呢？还是你个人委托我？"

"见仁见智。"

叶草然不无讽刺地说："莫非真像老百姓所说：一个有权力的领导背后，一定有一群有实力的商人，而一个有实力的商人背后，同样也有一群有权力的领导？"

"草然啊，说这话有意思吗？风物长宜放眼量前一句咋说的？牢骚太盛防肠断。在中国这块土地上，任何一个职位都是为上级服务的。股长服务科长，科长服务处长，处长服务局长，局长服务部长，部长……除非你做了皇帝，那还有三宫六院七十二偏妃等着你服务呢。所以，别有那么多怨气，按领导说的做。至于其他，那不是你该关心的。"

叶草然默默在心里咀嚼着万承勋话里的分量。

这些话，看似轻描淡写，实则哪一句都是软中带硬。叶草然既不敢贸然允诺，又不敢断然拒绝。郝省新就是因为没有读懂这个结，而又自以为是，才深陷其中不能自拔，银铛入狱的。

叶草然半是揶揄半是感慨地说："怪不得机关里人说：做官莫学郝省新，要学就学万承勋。当时我还不服气，现在看来，跟你相比郝省新确实实差了一大截啊！"

"去你的，别人埋汰我，你也跟着兴风作浪啊？怎么样？刚才的话还需要我再重复一遍不？"

叶草然还是态度不明朗，"不需要。不过……我现在还没进入角色，你说的这些我没法答应你。假若条件均等的话，我会考虑煌佳公司的。"

"草然啊，不是神经过敏，我确实听得出，你心里有怨气。这样不好。还是刚才那话，天底下的官，没有一个是自己干出来的，都是领导给的。羊有跪乳之情，鸦有反哺之义。要学会知恩图报。中国建筑业界惯用的一句话便是干活不由东，累死也无功。"

万承勋能说出这番话，叶草然一点儿也不惊讶。万承勋揣摩领导意图的本领在全局都是有口皆碑的。

万承勋平步青云前，在云河客运段任车队副队长。那一年，云河客运段段长出事，汪洞箫以铁路局局长助理之身，空降到客运段兼任段长。在上车检查时看中了能说会道、聪明伶俐的万承勋，便直接调到办公室任主任。在任办公室主任期间，万承勋的精明可以说发挥到了极致。汪洞箫喜欢喝茶，他常挂在嘴边的一句话就是："《吕祖修养经》里说，福生于清俭，德生于卑退，道生于安静，命生于和畅。无论是一壶清茶，还是一瓶美酒，一杯咖啡，甚至一支雪茄，都已成为一种品位，不一定要爱上它，但一定要懂得欣赏它。"话是这样说，但他从不喝酒，不抽烟。给他送礼，不管你送多么名贵的烟酒，汪洞箫一概拒之门外。而送茶就另当别论了，特别是好茶。他极有可能会拒绝，但一定会在心里揣摩一番。万承勋就变戏法似的，这个月给汪洞箫喝祁红，下个月是滇红，再下个月是霍红，然后是苏红、越红、川红、吴红，甚至连阿萨姆、大吉岭、锡兰高地他都能鼓捣来。汪洞箫喜欢收藏字画，万承勋就发动所有列车长，利用一切可乘之机，不惜一切代价为汪洞箫网罗。中国知名书画家但凡乘过云河客运段的车的，几乎都为汪洞箫留过墨宝。万承勋一天到晚就一件事，揣摩汪洞箫。揣摩他的脾性、他的喜好、他的习惯、他的规律……所以，无论是汪洞箫想到的没想到的，万承勋都替他想到了。据说，连汪洞箫家门的钥匙万承勋手里都攥有一把，"主仆"感情可见一斑。不到两年，万承勋就被提拔为副段长。

　　做了副段长的万承勋，从不拿自己这个村长当干部，依旧是鞍前马后寸步不离地跟着汪洞箫。汪洞箫说："承勋，你现在也是个领导干部了，又有着自己一摊子分工，就不必天天跟着我了。"万承勋说："汪局长——"汪洞箫说："是局长助理。"万承勋笑了："一样的，一样的。汪局长，别说我现在就是个小小的副段长，就是做了铁路局的副局长，我还一样是你的一个忠心耿耿的家奴！我这一生对任何人都可以不忠，唯独对你不能。你就是我的再生之父！"一席话说得汪洞箫心潮澎湃，拍着万承勋的肩膀，连连说："承勋不要这样说，承勋不要这样说！"一年后，汪洞箫回铁路局任副局长。当时铁路局干部部门的意思，是将客运段党委书记改为行政段长。虽说党委书记和行政段长级别都一样，但权力却差了去了，人、财、物全攥在段长手里，哪一样你都插不上手。说句难听话，关系处得不好了，你吃顿饭都没地方报销。汪洞箫全力以赴不遗余力地举荐万承勋，而那位党委书记跟铁路局哪位领导都仅仅是工作关系，平时你好我好大家好，都不错。关键时候没一人为他说话。所以，干部部门的提议，犹如一阵微雨，连地皮都没湿就轻轻刮过了。万承勋如愿以偿。后来，汪洞箫接任铁路局局长，万承勋顺理成章地被调过来干了局长办公室主任。

再回汪洞箫身边的万承勋继续大走特走他的"仆从路线"，因而深得汪洞箫器重。流传甚广的一个例证是，运输处副处长刘兴强的妻子在下面一个小火车站里当售票员，夫妻长期分居两地，孩子眼看就上学了，刘兴强想把妻子调到机关后勤部门来，两人也好有个照应。便委托常务副局长去跟汪洞箫说情。常务副局长在汪洞箫跟前说了两次，都被汪洞箫以机关人员已经超编为由拒了回来。有人给刘兴强支招，让他找万承勋试试。刘兴强说："常务副局长说都不顶用，他一个办公室主任能成？"人家说："话不能这样说，不试怎么知道？"刘兴强抱着"有枣无枣打一杆"的念头找到万承勋，居然就办成了。这事一下子就在大院里轰动了。大院里的人都说汪洞箫是明武宗朱厚照，是"坐皇帝"，万承勋是太监刘瑾，是"站皇帝"。别人抬举万承勋，他自己也踩着鼻子上脸。他经常大言不惭地说："在北方铁路局，我万承勋是一人之下十万人之上。"这话传到了汪洞箫耳朵里，汪洞箫莞尔一笑："这个家伙，要是生在慈禧年间，李莲英一定干不过他！"传到叶双喻耳朵里，叶双喻冷冷一笑："那我们见了他是不是要高呼九千岁啊！"

有一年，万承勋和叶草然陪两位局领导到部里开会，住在一屋，借着点儿酒劲，向叶草然面授起了机宜。"我们常说：我又不是领导肚子里的蛔虫，我怎么知道他在想什么。其实，问题并不在于你是不是领导肚子里的蛔虫，而是你有没有用心观察领导的举动，有没有用心揣摩领导举动背后的心理活动。谁也不是别人肚子里的蛔虫，谁也不是孙悟空能钻进别人的肚子里，看他在想些什么。但一个人的心理活动必然会在他的行为举止上体现出来，关键在于你有没有用心去揣摩。同样的，你必须也拥有这样的心理，才能观察到领导的举动，否则，即使你注意到了领导的举动，你也一样揣摩不出领导的真实意图是什么。我给你讲一个故事——"

万承勋说：在滑铁卢战役中，英国名将威尔顿有一次在视察前方情况后，顺手把他的手套丢在一个视察时经过的小山丘上，然后一言不发地回到了营地。他的部将中，几乎没有人将这件小事记在心里。但是有一个人却注意到了这个细节，他把威尔顿的手套捡了回来。威尔顿对他的这位部将不由得刮目相看。经过深思熟虑之后，他对这位部将下命令说："我要你在我那天视察时丢手套的地方设火炮，随时待命攻击。"这位部将立即回答道："报告主帅，我已经架设好了。"威尔顿听后满意地一笑。你说，为什么这位部将能够准确地判断出主帅丢手套的真实意图？那是因为他用心分析了主帅当时在视察时丢手套的心理活动。作为一个身经百战的主帅，在视察前沿阵地时，将自己的手套丢在视察过的一个小山丘上，这本身就是很值得部将注意的举动。想必这位部将当时也有着类似的心理活动，至少他注意到了主帅的"异常"举动，然后对这一举动进行了心理分析，再结合当时前沿阵地的情况，那么他很快就可以得出主帅那样做的真实意图。一个这样的下级，作为上级是很乐意拥有，并委以重任的。

当然，万承勋这种揣摩也并非屡试不爽，那要看对谁。对叶双喻有时就不灵。

万承勋在云河客运段当段长时，叶双喻去检查工作，喝茶时，叶双喻随口说了一句："这茶不错。"午休时，万承勋就提了二斤茶叶送到了叶双喻的房间。叶双喻当即就翻脸了："你这是什么意思？你以为我是在点化你么？立刻给我提出去！"

万承勋灰溜溜地提着茶叶逃了。

仿佛行走在风口浪尖，叶草然步步惊心。

这天，《新闻联播》后，他给叶双喻打了一个电话："叶书记，您老得救救我。我都焦头烂额了！"

叶双喻听叶草然倒完苦水，半晌没有说话。

其实叶双喻也一直在密切关注和思索这件事。2.5个亿，这么大一个项目，有主管局长，有主管处长，还有负责具体事务的建设指挥部，怎能把责任都落到一个小站长头上呢？这也太不符合程序了。如果基层把活都干了，那还要机关要业务部门干什么？他觉得，汪洞箫这样做的目的，远不似他自己说的那么简单，是对铁路局建筑管理办法进行的一次有益的探索和改革。更像是一个"局"。表面看，这个局是为叶草然设的。如果往深层看呢？是不是也可以理解实则是为他叶双喻设的呢？

当然，这些想法他只能自己意会。不可能跟叶草然说。

"草然啊，跟我开玩笑啊？我一个赋闲在家的糟老头子能救得了你什么？你过去不是常跟我绕口令吗？一个人，只有自己才能打倒自己，同样，也只有自己才能拯救自己。"

"我要是能救得了自己那还说啥呢！你没看见，说客盈门，哪一个都大有来头。花落谁家，我这一时半晌还真是拿不定这个主意。"

"你觉得有可能轮得到你一个小站长拿主意吗？"

"话恐怕不能这样说，叶书记。"听见叶双喻的质问，叶草然感觉有些匪夷所思，这才退下来几天啊，就老糊涂了！叶草然道："洞箫局长说，这是一次探索和改革。如果成功了，今后就按这种模式予以推广，如果不成功，那就继续摸索和尝试，直到选准一条好路子为止。哎，对了，洞箫局长可是当着你的面这样说的啊，还说我就是这项工程的第一责任人。"

"不假，是有这么回事。"叶双喻冷冷地说，"我确实听见洞箫局长说了，你是第一责任人。什么意思？那是告诉你，质量上有了问题，进度上有了问题，安全上有了问题，生产上有了问题，所有环节上有了问题，你都是第一责任人。说难听些，你是第一个替罪羊！"

"那不成了无美不归朝廷，无恶不归绿林了吗？"叶草然揶揄道。

叶双喻不理他，继续顺着自己的思路往下说："洞箫局长说你是第一权力人了吗？说了吗？没有吧！没给你权力你作的什么主？没给你权力你主的什么张？别说没给你权力，就是给你权力了，那也是老老实实做人的权力，踏踏实实做事的权力，而不是孤行己见、擅自作主的权力！"

"那——"

叶双喻步步紧逼。"那什么那？你有法人资格么？你有权力跟施工单位签订合同吗？什么都没有，赤手空拳，手无寸铁，你拿什么主意？"

叶草然却不这样看。"叶书记，也不完全是你说的那样，只要有洞箫局长授权，我完全可以代表铁路局签订合同。"

"那要是洞箫局长不授这个权呢？"

"对方一切都符合要求，洞箫局长凭什么不授这个权？"

"符合什么要求？谁的要求？你的？工程的？还是洞箫局长的？"

"那当然是工程的了？"

"那要是不符合洞箫局长的要求呢？"

"这不可能。"

"一切皆有可能。"

"……"叶草然语塞了。

"草然啊，在中国做事情最讲究一个'势'字。顺势而为，如顺水推舟，事半功倍；逆势为之，则逆水行舟，艰难险阻，功败垂成。一个人能干事，干成事，并不是这个人的本事大，也不是这个人的运气好，而是这个人顺应了大势，是大势成就了他。正所谓时势造英雄。记住，你叶草然改变不了世界的，只能改变自己。你让世界适应你，只会头破血流，你主动适应世界，才会顺风顺水，一帆风顺。"叶双喻语重心长地说，"人说，屁股决定脑袋。如果我还在台上，是不会给你说这些子丧气话的，目的就是为了告诉你，哪怕不当俊杰，你也要识时务！"

叶草然长叹一口气："唉，叶书记，想想当初还不如留在机关不下来呢。"

"怎么，后悔了？跟你说，我还后悔怎么选了你们这两任站长呢，省新不省心，草然不超然！"

叶草然迟迟不动，急坏了铁路局办公室主任万承勋。

叶草然并非不想动，而是实实在在不知该怎么动。他深知这是在做一个很艰难的抉择，如果自己被万承勋的热情感化，头脑发热，则极有可能做出让自己后悔的决定，反之，如果冷漠处之，又会被指责无情无义，甚至不识抬举、给脸不要脸等等。所以，他就来了一个以静制动，等到理清思路再动。反正，磨刀不误砍柴工。

万承勋却沉不住气了："草然啊，你小子是不是想跟我耍滑头啊？我早就看出来了，这件事从一开始你就一百个不情愿。先是三缄其口，再是模棱两可，最后又来个按兵不动。我告诉你，对你的做法，领导很生气，后果很严重。我还是那句话，你还年轻，要想安安稳稳地往上走，就别给自己过不去。否则，你别怪我当初没提醒过你。"

"万大主任威胁我？"叶草然不亢不卑。

"威胁不敢，只是看你风头正劲，不想你自毁长城。"

"这么说我还得感谢你了？"

"那倒不必。你别狗咬吕洞宾不识好人心就行了。"

"那得看你有没有一颗好人的心。"

"叶草然，纯心气我不是？"万承勋有点要急。

"你看你看，这多年的缘分，怎么连句玩笑都开不起了？遵命还不行吗？"

万承勋不为所动，"我只看结果。"

叶草然带着副站长姚畦亲自到所有报名单位考察，第一站，就去了煌佳建筑工程总公司。

煌佳建筑工程总公司的老板陈瑀涵带着公关部长居菡苕在楼前迎接。

叶草然先跟陈瑀涵握手，在跟居菡苕握手时，他笑着说："上次把居小姐一人丢在车站广场，我们万主任很严肃地对我进行了体无完肤的批评，万主任说，领导很生气，后果很严重。今天我可是专程来负荆请罪的啊。"

叶草然一番话把在场的人都说笑了，气氛立刻变得轻松起来。

居菡苕的脸红了："叶站长真能说笑，菡苕可承受不起。"

煌佳建筑工程总公司坐落在高耸入云的 31 层大厦的最顶层，办公室陈设气派豪华，一盆盆姹紫嫣红的名贵花木吞兰吐翠，把房间点缀得春意盎然。正对门是一排古色古香的红木条几，上面并排摆放了十几具楼盘模型。

"这一栋是我们承建的 28 层的帝豪大厦，这一栋是我们承建的 33 层的万国绿城，这一栋是我们承建的 55 层的云河大厦，这也是我们云河市的地标性建筑。叶站长和各位领导恐怕对这一名词不太了解，所谓地标建筑就像帝国大厦之于纽约，双塔之于吉隆坡，金茂大厦之于上海……是一座城市的精神图腾。它代表了这座城市的历史与未来、光荣与梦想，体现了每个城市不同的性格、独特的气质，它那种鹤立鸡群的王者风范，让每一位来到这个城市的人为之赞叹不已……"

居菡苕如数家珍。

不知不觉，一上午过去了，叶草然正待说走，刚刚还涛走云飞的天空突然间飞流直下。姚畦埋怨道："早些天才接到一条信息，说中国有几大不靠谱，其中之一就有气象台。你看，早晨还预报说晴空万里，几个小时不到就噼里啪啦落起雨来了。"

姚畦话音刚落，就被陈瑀涵接了过去："这不正好么！正可谓下雨天，留客天。再说了，万主任早就打过电话交代我给叶站长接个风，一直没有机会，今天咱们恰好把这事儿给办了。这真是天遂人愿！"

姚畦赶忙推辞："这可使不得，这可使不得！我们昨天会议才定下的，这次竞标单位考察，不得在任何一家……"

陈瑀涵根本就不看姚畦，直接掐断了他的话头："叶站长看呢？"

叶草然笑着问陈瑀涵："陈老板不会是天留人不留吧？"

"哪能啊？你这样的贵客，我们请都请不来。"

叶草然说："那好，既然盛情难却，我看就不妨破一回例吧。再说了，陈老板的身份并不仅仅是竞标单位的老总，还是我们万主任的朋友呢。我们吃朋友的饭，总不至于犯什么错误吧。"

"是啊，是啊。叶站长所言极是。"陈瑀涵、居菡苕等人立刻满面春风，只有姚畦脸面儿有点挂不住。

就在这时，叶草然的电话不合时宜地响了。

电话是车站党委书记何玉成打来的。何玉成风风火火地说道："叶站长，你在哪儿了？赶快回来吧，咱们老书记过来了。"

"哪个老书记？"

"你说哪个老书记？叶双喻书记啊。"

叶草然一惊："他老人家怎么突然来了？有什么事吗？"

"我哪里知道啊。你赶快回来吧，我看老领导好像不太高兴。"

"好吧。"

叶草然的手机跑音，他与何玉成的通话，一屋子的人都听得清清楚楚。

"陈老板，你都听见了，人在江湖身不由己啊。对不起了，咱们只能改日再聚了。"

"能不能不过去或者晚一会再过去呢？"陈瑀涵还想挽留。

"这实在是不太好办。"叶草然很为难地说，"陈老板有所不知，叶书记是我的老领导，而且对我还有着知遇之恩，刚刚从领导岗位上退下来，我不过去于情于理都说不过去。就算叶书记不生气，这事儿要是传出去，我这'中山狼'的名声肯定要背上了，你说我还做人不？"

"叶站长重情重义，我也只好客随主便喽。你看这样好不？我这有两箱五粮液，本来是准备咱们中午一醉方休的，现在用不着了，你带着给老领导喝吧。"

叶草然赶紧阻拦："别别别，我这老领导只喝自己泡的酒。"一行人往外走，叶草然继续说："陈老板，听你刚才这一番话，今天就是老领导不来，我也得走。"

陈瑀涵大吃一惊，赶忙在脑海里过滤刚刚说过的每一句话。"怎么？我有哪句话不妥吗？"

"是让你那两箱五粮液吓得。"叶草然笑了："这要是喝下去，你倒是但使主人能醉客了，我可就不知何处是他乡了！"

一行人都笑了，气氛又融洽起来。

叶草然上车，司机问："叶站长，咱们去哪儿？"

姚畦说："回车站。"

"不，找一家最近的羊肉馆。我请你们喝羊肉汤。"

"你不是？"

"什么是不是？你只管跟着走就行。"随后自言自语说道："叶书记就是叶书记，姜到底还是老的辣啊！"

午饭很简单，一人一碗羊肉汤两只烧饼，吃得津津有味。

"叶站长，你真准备把候车室工程给煌佳干？"

起身时，姚畦一边擦嘴一边问。

"我说给煌佳干了吗？"

"那倒没有。不过……看你的态度，有点像。"

"态度起不了作用，起作用的是质量。"

姚畦想了想说："既如此，那我就带你去个地方吧。"

"去哪儿？"

"鬼城。"

路上，姚畦跟叶草然说："叶站长，你听说么？天堂门坏了，上帝正在招标重修呢。"

叶草然笑了："你想说什么就直言不讳地说吧，别绕来绕去地卖关子了。"

姚畦不好意思地笑了："天堂门坏了，上帝准备招标重修。得到消息，各国都派人竞标。印度人说：3 千元就能修好。理由是材料费 1 千，人工费 1 千，自己赚 1 千；德国人说：要 6 千元。材料费 2 千，人工 2 千，自己赚 2 千……中国人最后出场，开口就要价 9 千。上帝大吃一惊：你这也太离谱了吧？说说你的理由。中国人从容应对：你 3 千，我 3 千，剩下 3 千把工程包给那个印度人。上帝拍案称奇：好！中国人就是精明能干。就给你做！"

叶草然听了，感慨地说："一语说出了中国建筑的乱象啊！"

占地 200 余亩的"鬼城"雨后一片荒凉，被刹车声惊醒了的野鸽，"咕咕"地叫着，扑腾着向远方飞去。

极目远眺，一栋栋千疮百孔的半拉子危楼比肩而立，一孔孔乌七八黑的窗口雀鸟穿梭，一片片斑驳的墙壁在风中张牙舞爪，一垄垄半人高的荒蒿野草泛滥疯长。叶草然心情复杂地又往前走了十几米，在一汪"半亩方塘一鉴开，天光云影共徘徊"的池塘前停下脚步。水光依依的波潋里，一群群鲫鱼、鳊鱼、鲤鱼在自由自在地悠游嬉戏、翩翩起舞。叶草然还看见，一根根手指粗的螺纹钢挣扎着钻出水面，直刺空中，斑斑锈迹似乎在告诉过往的人们，这是一个废弃的基坑。

"这就是鬼城？"

"这片工地荒废七八年之久了，由于疏于管理，偷情的人在这里苟合，流浪的人在这里落脚，打工的人在这里栖息，流氓小偷在这里藏身，连动物都往这里集聚。这些年，光是命案就出了十几起。特别是一到夜间，风打楼面的声音，野猫叫春的声音，野狗狂吠的声音，甚至于孤男寡女的喘息声，交合在一起，鬼哭狼嚎，如镖飞如箭走，穿云过雾。揪人心肺。鬼城一名也由此而来。"

两人正说着话，一位老人偎了过来："敢问你们是来钓鱼的么？我这儿有杆子。"

"这片鱼塘是您的？"叶草然问道。

"是啊，这些鱼苗苗都是我放进去的，养了有大半年了，如今大的都已经有 2 斤多一条了。"

"今天钓不成了，只是过来看看，下次再说吧。"

老人有些失望，"不钓鱼瞎转悠什么！"嘴里嘟嘟囔囔地走了。

姚畦说："这就是云河市最著名的'摩根士坦利大厦'，一期工程的投资总金额为4.98亿元人民币，二期工程的投资总金额为3.6亿元人民币。当时，云河市的媒体铺天盖地的宣传，说它是按照国际CBD商业中心要求设计的综合大型、集金融、展销、商务、旅游、娱乐、写字间为一体的标志性建筑物。就这么一个重大工程，还没建到五层，就出现了墙面开裂、大面积渗水及墙体倾斜现象，被主管部门紧急叫停。"

"怎会出现这样的现象？"

"怎么能不出现这样的现象？用利益代替良心、土方代替石方、煤灰代替水泥、竹竿代替钢筋……不出问题那才怪！"

"工程建成这样，就没有人追究他们的责任？"

"你见过有人被追究么？豆腐渣工程自诞生以来，一直就是人人喊打，却越打越烈。你回忆回忆，中国的豆腐渣工程，有大火'烧'出来的，有洪水'冲'出来的，有行人'踩'出来的，有汽车'压'出来的，有地震'震'出来的，唯独没有纪委查出来的。这不是怪相吗？豆腐渣工程频频再现，烂了就烂了，塌了就塌了，只要不出人命，没有任何人被追究责任。就是出了人命了，也不可怕，花点钱就是了，咱们不是有句话吗？叫花钱买平安。假使有人'不幸'被媒体捅了出去，顶多也就是找个替罪羊，挨个处分什么的，工程建设领域的'潜规则'依旧大行其道！"

"如果人的良心都成了豆腐渣，再伟大的工程都会在劫难逃。"

"叶站长，这个'伟大工程'的承建单位，就是我们今天光顾的煌佳建筑工程总公司。"

"啊？！"惊讶、失望、愤懑以及过度的刺激，灼得叶草然脸色青中带紫，他把十根手指紧密交叉地握在一起，使自己尽量地镇静下来。

"工程做到这样，他们还怎么有脸面在这个世上立足？！"

"露瀼瀼滋润得花如绣，月溶溶滉漾出地如浮。"姚畦大学时虽然读的是工科，可对文学一直情有独钟，肚子里颇有点儿墨水，一说话，肚子里的词啦句啦的，突突叫着往外溜。"毫发无损。叶站长如果愿意看他们的杰作，这样的工程起码还有三四处。"

叶草然摇摇头，他有些心灰意冷。"不看了，不看了。这样东西看多了，表面上污的是我们的眼睛，实则污的是我们的心灵！"

几十家竞标公司马不停蹄转下来，叶草然成竹在胸。他准备直接向汪洞箫局长汇报考察情况。

在跟万承勋预约时间时，万承勋问道："草然啊，我先违反程序，代表领导问一句，在你长长的候选名单里，有没有给煌佳公司留有一席之地啊？"

叶草然实话实说："没有。"

万承勋："为什么？"

叶草然坦诚地说道："万主任，我正想跟你解释，你介绍的煌佳公司，我专门去做了调查，从我们掌握的情况看，这家企业的信誉、实力、社会美誉度等等，都很不理想，一年到头官司缠身。我不是故意要薄你的面子，是真不敢把自己的宝贝女儿许配给这样的人家。"

"是这样吗？我怎么没有听说啊？"万承勋拖着长腔。

"万主任，你真的假的啊？云河市最著名的'摩根士坦利大厦'工程，你会不知道吗？它就是由煌佳公司承建的。我专门到现场去看了，十几幢烂尾楼明目晃眼地立在那儿，你说我能熟视无睹吗？"

万承勋闻此言，顿时火冒三丈："谁告诉你这几十幢烂尾楼明目晃眼地立在那儿是煌佳公司一家的责任？这里面有没有政策的因素？有没有资金的因素？有没有监管的因素？有没有银行的因素？这些因素你都调查了吗？分析了吗？仅凭走马观花、浮光掠影转这么一圈就妄下定论，你不觉得自己也太主观臆断了吗？草然啊，众口铄金，积毁销骨。不要被几幢烂尾楼蒙蔽了你的双眼，煌佳公司还荣获过中国工程建设鲁班奖呢，这你怎么看不见？"

万承勋滔滔不绝一口气说了这么多，根本就不给人插话的机会，叶草然尽管满心不悦，依然心平气和地跟他解释："万主任，你说到的因素，包括你没说到的因素，我都调查并且分析了。我甚至尝试过站在煌佳公司的角度来说服自己，可是失败了，我找不到一个合适的理由。煌佳公司确确实实不具备承揽咱们这桩工程的能力。"

"照你这么说，看来是一点儿回天的余地都没有了？"

"应该是这样。"

"哼哼，"万承勋冷笑两声，"其实我早就应该想到，安排你叶草然办这样的事，根本就是欲为千金之裘，而与狐谋其皮；欲具少牢之珍，而与羊谋其羞。既然你执意妄为，我无权干涉。我只是想提醒提醒你，你预见过你这样做的后果吗？"

叶草然听声音就能想象出万承勋那副嘲弄蔑视的神情，内心的火气"蹭蹭蹭"往上升，说出的话儿不由自主地就蓄满了浓浓的火药味。"万主任，我凭良心做事无所谓什么后果不后果，铁路局把这个责任给了我，我就要负起这个责！我跟是你这样说，就是见到洞箫局长，我依然还是这样说：不管煌佳公司背后站着谁，我只认同事实，只要我还负责一天，2.5个亿就决不能打水漂。台上讲党性，台下违规定，台上讲原则，台下做交易，这样的事我叶草然绝不会干！"

万承勋怎么也没预料到叶草然居然敢跟他说出这么硬气的话来，一下子愣住了，半晌才反应过来："好，有种！叶草然，九牛一毫莫自夸，骄傲自满必翻车。再见。"

"慢，我还有事跟洞箫局长汇报，麻烦万主任帮忙给通报一下。"

万承勋想也不想就拒绝了："这不可能！叶草然，你也是秘书出身，这里面的规矩不懂？领导是谁想见就能见的吗？你也来见我也来见，大家都来见，领导还干工作不？洞箫局长很忙，没时间听你汇报，你报个材料来就行了。"

"听汇报难道就不是工作了吗？"

"那是你的理解。"

"可——"电话说不下去了，里面已经响起了忙音。

"小人！"叶草然恨得咬牙，却也无可奈何。

老老实实把材料报到万承勋手里后，叶草然天天盼星星盼月亮。很快，一个月过去了，可星星还是那颗星星，月亮还是那个月亮。

叶草然沉不住气了。

他打电话给万承勋，询问报告下落。万承勋不耐烦地说："老板太忙，还没有看。"再打，他竟下了最后通牒，"叶草然，你也是在领导身边待过的，怎么没点儿素质呢？领导这么忙，不可能光为你这一点点破事纠缠。以后就不要总打电话催了，有消息自会通知你。"

叶草然想质问万承勋怎能这样说话，也太不负责任了。2.5个亿，怎么能说是"一点点破事"呢？电话里早已传出了忙音。

叶草然气得拍起了桌子，"这他妈的什么态度？还真以为他自己是'站皇帝'了？大局长也没这个谱啊！"

"万承勋什么态度其实并不可怕，怕只怕他的态度就是领导的态度，那就复杂喽。"姚畦暗示道。

叶草然摇摇头："这不可能，领导是什么素质，怎么可能拿几个亿当儿戏？肯定又是万承勋假传圣旨，自己在里面捣鬼。"

姚畦也摇摇头。

走投无路的叶草然贸然做出一个大胆的决定，绕开万承勋直接去面见汪洞箫。他跟姚畦说："毛泽东主席说过：打破'围剿'的过程往往是迂回曲折的，不是径情直遂的。"他激情万丈，眼睛里满是必胜的光芒。

姚畦并不看好他这种举动。"叶站长，你要做好精神准备，如果汪洞箫局长拒而不见，你该怎么办？"

叶草然笑了，"杞人忧天了吧？有道是主子好见，奴才难缠；阎王好见，小鬼难缠。你跟洞箫局长没打过交道，他是那种有着很强的使命感、责任感的领导，对工作非常专心致志。从来都是直来直去，不会拐弯抹角。"

姚畦摇摇头："七条弦上五音寒，此艺知音自古难。还是要把困难都想足了。"

叶草然看出了他的隐忧，信心满满地说："放心吧，如果是向其他领导汇报，我还真得把困难想周全，唯独对洞箫局长不需要。上面有洞箫局长把舵，身边又有你'姚畦'呐喊，就等着听我凯旋归来的消息吧！"

"凯旋归来可是一个病句啊。"

"行了，你就别跟我咬文嚼字了，等着好消息吧。"

面见汪洞箫，对叶草然来说一点都不难。在领导身边多年，哪个领导有什么生活脾性、习惯爱好、门庭几何，基本上都了如指掌。

第二天，叶草然天不亮就上路了，驱车三个多小时，赶在汪洞箫上班之前到了他家楼下。

汪洞箫一出门洞，叶草然就迎了上去。"你好，汪局长。"

"咦，这不是草然么？"汪洞箫一愣，然后很亲切地握着叶草然的手："你怎么来了？有事？"

"是这样汪局长，"叶草然说着，从包里掏出报告递给汪洞箫，"这是云河西站候车室改造工程参与竞标单位的调查报告和建议名单，另外……还有些具体事情，我，想当面向您汇报一下。"

汪洞箫接过报告，以一目十行的速度飞快地扫着，嘴里问道："怎么样啊草然，在基层干还习惯吧？"这时，万承勋在车上看见了叶草然，就走了过来。汪洞箫把报告递给了万承勋，"干得很好啊草然，到底是在老书记身边待过的，干起工作就是不一样。承勋，不是我批评你，这一点你要好好地跟草然同志学习。"

"是的局长，我一直把草然站长当作自己学习的楷模。"

汪洞箫点点头，"这就好。这样吧草然，当面汇报就不必了，这几天我很忙，抽空我看看报告，有什么意见咱们再电话交流。如果有些话报告里不好反映的话，你不妨先跟惠民局长汇报一下。"

汪洞箫说的惠民局长，是分管基础建设的副局长范惠民。但叶草然还想争取直接跟汪洞箫汇报。"有些事还是……当面跟您汇报比较好。"

"草木皆兵了啊草然，是不是怀疑我在这项工程里有什么猫腻？啊？"汪洞箫笑着问道。叶草然想解释，被汪洞箫止住了。"我早就说过，一把尺子量，优中再选优，谁也不许暗箱操作。在制度面前，我这个大局长跟你的权力是一样的，甚至在某些地方还不如你，你是这项工程的第一责任人嘛，是不是啊？所以，你千万不要把一个阳光工程搞得跟特务接头似的。"

说话间，汪洞箫已经踱到了车前，万承勋已打开车门，汪洞箫转过身又跟叶草然亲切地握了一次手，钻进车去。

"再见了，叶大站长！"万承勋意味深长地对叶草然笑了笑，"砰"的一声带上门。

叶草然就像木头一样，傻傻地立在了那里。等他回过神来，汪洞箫已经远去。

早晨的风从背后吹来，发出一片沙沙的声音。

听起来，就像是老年人变细变弱了的嗓子而却强装粗音哑音的情形。

叶草然掏出电话直接跟分管副局长范惠民约时间。

这就是正职跟副职的区别。

在铁路局，不论你是谁，想见汪洞箫必须跟万承勋约时间，除了党委书记有"直播"特权。反之，想见党委书记同样也是。没有文件通知，却是约定俗成。多年就这样，没人可以破例。副局长也不例外。但想见副局长、副书记相对就简单多了，谁有事都能找。甭说打电话，"白日闯"者都比比皆是。

这也是约定俗成。

汪洞箫做副局长时，也是一天到晚光是接电话就忙得焦头烂额，还得不时接待一些不约而至的不速之客。那时也没脾气。谁来了他都客客气气。等一做了一把手，就忘了怎么接电话了，当然也就更不可能接待那些贸然来访者。换句话说，你就是来了也是白来，不是汪洞箫不想见你。是他压根儿就见不到你。最多到万承勋那儿，你也就止步了。

电话响了七八声，范惠民才懒洋洋地接了电话，他没听叶草然讲完，就一口拒绝了："不用走这个过场了，你直接跟建设处鸿杰处长沟通吧，如果你们都认为成熟了，那就直接上会。"说罢，也不等叶草然回答就挂了电话。

叶草然又是一阵愣怔。范惠民这是怎么了？这不符合他的一贯作风啊！

范惠民知识分子出身，从一线技术员干起，一步一个台阶，一直干到铁路局总工程师，两年前改为主管建设的副局长。叶草然对他印象最深的就是浑身上下那股与生俱来的浓浓的学究气息，再加上民主党派这一特殊身份，使得他做任何事都是蛇行鼠步、谨小慎微。他的秘书曾经半是赞赏半是埋怨地说过："范局长干工作就跟解方程一样，精摹细琢。哪怕一点儿除不尽，对不起，推倒从来！"给下级布置工作，范惠民从不发号施令，哪怕是一个普通工人，也是一幅商量的口气："你看这样行不行？咱们是不是这样？你觉得呢？"叶草然来云河西站任职时，怎么都没想到，居然还接了一个他的电话，表示祝贺。这是叶草然接到的唯一的一个局级领导的祝贺电话。反过来说，局级领导里，也只有范惠民会礼贤下士做出如此举动。这才多久，范惠民突然没有任何过度地就变了一个人。这真是"士别三日，即更刮目相待"啊！

建设处处长卢鸿杰的电话是那位脸上涂抹得跟妖精似的内勤接的，对方一听叶草然的名字就开始阴阳怪气："这不是新科状元么？怎么想起我们处长了？"

一早上的遭遇已经让叶草然很受伤，他实在没心思跟一个小妖精开玩笑，强忍着气愤说："我找卢处长有工作，请让卢处长接电话。"

小妖精碰了一鼻子的灰，"卢处长，人家叶原则嫌我级别低，不跟我说，要直接跟你通话。"

叶草然在电话里听见卢鸿杰牛逼哄哄道："叶原则还这么大的谱啊？他以为还是跟老书记的时候啊？不知道什么叫别人屋檐下吗？跟他说，如果是公事，跟我说和跟内勤说一样，如果是私事，本处长工作时间不谈私事。"

小妖精对着听筒说："听见没，叶大站长？"

叶草然一字一句地说："我再说一遍，我找卢处长有工作，请让卢处长接电话。"

"人家就只跟你说。"

卢鸿杰非常不情愿地接过听筒，"叶草然，你也太牛逼了吧？除了大老板好像还没有谁敢指名道姓让我接电话呢。什么事？"

"卢处长，我叶草然小民一个，开不起这么大的玩笑，没有工作，我不敢冒犯你老人家。你看何时有时间，我过去把云河西站候车室改造工程参与竞标单位的调查和建议名单给你汇报汇报……"

"扯淡！"卢鸿杰没等叶草然说完就翻了脸，"你跟我汇报？报告都送到大老板手里了，你跟我汇报什么？你眼里有我们建设处吗？你调查的时候跟建设处通过气吗？你形成意见的时候跟建设处商量了吗？现在夹生了，你找我了，什么意思？设个局让我钻啊？我没那么傻。既然洞箫局长说了你是第一责任人，那你就按你的意思干就是了。"

叶草然一听就知道，肯定是万承勖跟卢鸿杰通过话了，"卢处长……"

"不用说了。我现在就代表铁路局通知你，你的所谓的方案还不够成熟，铁路局还要派人重新考察，你等着吧。"

叶草然终于爆发了，"卢处长，报告你看都没看就说不成熟，这未免也太主观了吧！你……"

"你的职责是服从，而不是提问。等通知吧。"

他终于明白什么是"第一责任人"了。

这样一个结果，是叶草然无论如何都没有料到的。让他惊心，亦让他绝望。他感觉到心在崩溃，血在崩溃，人在崩溃。他把心紧紧地收拢着，努力不让它们分张。因为他知道，一旦碎了，就如水银泻地，再也拢不起来了。

但他还是醉了，彻底地醉了。他在路边的一个小酒馆里，一口气喝下了半斤白酒。

姚畦顺藤摸瓜找到他时，他已经不省人事了。

叶草然被送进医院时已经严重昏迷，高烧近四十度。直到第二天傍晚才醒过来。他浑身冰凉，前胸后背全都湿漉漉的。全身上下没有四两劲儿，手都无力抬起，上下眼皮亦粘得很。他闭着眼念叨着："你们是什么共产党的干部？就这么干工作的吗？这不是流氓吗！"凄凄惨惨戚戚的呻吟，透过昏暗的灯光，在病房里迷迷蒙蒙地蔓延开来，四周也顿时变得悲伤起来。

何玉成心疼地看着叶草然，这才两天工夫便急剧消瘦下去，那张脸皮竟变得如纸片般薄，眼窝也塌陷下去了。"草然，听哥一句劝吧，这工程咱不问了，任他们怎么去折腾吧。"

叶草然眼眶里蓄满了泪水："这样败了，我真是不甘心啊！"

"你要是甘心了，肯定人家就不甘心了，到头来一样没好日子过的。草然，这些年，你一直在领导身边工作，到哪都是笑脸相迎，顺风顺水。对基层知之甚少。在下面做事，就一条，一切唯领导马首是瞻，只要领导满意。什么政策？什么良心？统统他妈的见鬼去吧。否则，你一天都别想干下去。"

"什么叫规则？一个好的社会，除了规则，一切都是零；一个不好的社会，一切规则都是零。孔子曰：逐二兔，不得一兔。对我们基层干部来说，要想安安稳稳地一路干下去，居其位尽其才，就只有华山一条路：挖空心思想领导之所想，急领导之所急，忧领导之所忧。这就是大家常说的，泪中有欢笑，笑中有委屈。至于群众那边，能糊弄过去就行了，怒也好，骂也罢，都无所谓。反正我们的前途命运不攥在他们手里。"

"这不是舍本求末吗？"

"这恰恰是正本清源。谁清高、谁原则，想蹈之而弗悔，想遂志而成名，就只有一个结果，卷起铺盖走人。可按领导旨意办事，看领导脸色行事，你就能一年几十万的薪酬拿着，几十万的豪车坐着，几十万的招待费花着。想想这，心里还有啥不能平衡的？草然，我们都是铁路干部，干工作就如同开火车一样，光是直线你永远到不了目的地，遇见弯道你得顺着拐，碰见道岔你还得知道变道。一味按套路出牌，你永远都是输家。"

"那陶渊明不为五斗米折腰岂不是太不值了？"叶草然目光迷离，心无着落的样子。

"老弟啊，你好歹也是在领导身边待过的人，怎么心到现在还游离于官场之外啊？当官的你也见了不少了，你说哪一个的心里一开始就雪窖冰天？哪一个刚上任不是雄心勃勃？时间久了，听得多了，见的多了，碰的壁多了，就熟视无睹了，就见怪不怪了，就麻木不仁了。别看在台上讲话时，一个个舌灿莲花，怎么心里想着群众，怎么一切为了群众，其实呢？想的全都是自己。假若把领导干部的那些特权全除去了，你试试还找得到愿意为党和人民的事业奋斗终生的人吗？"何玉成看看表，"好了，别看三国掉眼泪——替古人担忧了，等你养好身体再说吧。听我的，欲传春信息，不怕雪埋藏。领导不是让咱们等吗？咱就等吧。夜半三更盼天明，寒冬腊月盼春风，放心吧，总有盼得红军来的那一天。"

叶草然听了何玉成的话，不再一遍遍电话一声声催，耐下心来苦思夜盼。没想到，没盼来红军，却把检查春运的铁道部副部长给盼来了。

下

煌佳建筑工程总公司老板陈瑀涵在前引路，范惠民、图惠民的车居中，此后是卢鸿杰，叶草然和何玉成坐在一辆车上，紧随其后。虽说减去了多辆车，这个队伍依然浩浩荡荡，引得路人驻足侧目。

——上周五，叶草然接到铁路局建设处的小妖精电话，说卢鸿杰准备这周三，也就是今天到云河市来，对候车室改造工程竞标单位重新进行考察。让他派车去接。

"我们此前的调查就不作数了？"叶草然郁郁不乐地问。

"叶站长，我的话里有这个意思么？"小妖精反问道，"领导怎么安排，我怎么通知，不明白，你就直接去跟领导对话。拜了。"

何玉成听说后，劝慰说："这是一件好事。不管怎么说，事情毕竟往前推进了，总比裹足不前强。至于事情的发展走向，我们只能相机而行了。"

叶草然想想，点头称是。

正恍惚间，车队停住了，叶草然看前面车上的人相继下车，也和何玉成下了车。

没想到，这第一站又是煌佳建筑工程总公司。

在听完居菌莒如数家珍的介绍后，范惠民发表了热情洋溢的讲话。他说"今天的考察可以说是收获颇丰，其中最大的收获，当数对煌佳公司的重新定位。没想到我们云河地区卧虎藏龙啊，居然有着这么一个中国专业化经营历史最久、市场化经营最早、一体化程度最高的建筑房地产企业集团，并且拥有着从产品技术研发、勘察设计到工程承包、地产开发、设备制造、物业管理等完整的建筑产品产业链条。你们以承建'高、大、精、尖、新'工程著称于世，在国内和国际上完成了一大批工期要求紧、质量要求高、难度要求大的大型和特大型工程，其经营理念和品牌形象在国内外市场具有广泛的赞誉。怪不得行前洞箫局长专门指示我一定要到煌佳公司来看看，不看不知道，一看吓一跳。眼界大开啊！"

"范局长过誉了。你今天看到的只是一个侧面，在煌佳的成长史里，也不乏失败的案例啊。"图惠民谦虚地说。

范惠民摆摆手："商场如战场，情况瞬息万变，任何决策都不可能万无一失，谁也不能永远都是过五关斩六将，除非他是神。有些时候啊，也很难说清楚什么是胜，什么是败。"

图惠民不知是真佩服还是故作惊讶，反正是一副大加赞赏的神情望着范惠民，"哎呀，铁路上的领导就是了不得啊！"

范惠民高兴得眼睛眯成了一条缝："市长大人过奖了。"

"老同学，我还真得代表我们云河市委市政府恳请你们北方铁路局多多支持我们啊。你看，假若说你们把工程给了煌佳，煌佳拿钱去买水泥，水泥厂就有活干了，水泥厂拿钱去买石灰石，石灰石厂又有活干了，石灰石厂又拿钱去进了一批碳酸盐岩石……"

"呵呵，真是句句经典啊。如果我没记错的话，老同学说的好像是凯恩斯著名的'破窗理论'吧？"

"不错。这个理论是1929年世界经济大萧条时期凯恩斯提出的。他说，为了振兴世界经济，政府可以今天雇一批人，花钱让他们挖一些大坑；第二天政府再雇一批人，花钱让他们把大坑填上。这样，就业机会有了，人们手头上也有了钱，经济连锁反应将让各行各业都收益。"

"市长此言差也。"范惠民还没说话，叶草然不合时宜地发话了，一下子把在场的人都打懵了："这本是一个笑谈，一个小孩拿石头打碎了商店的玻璃窗。孩子跑掉了，老板自认倒霉，拿出一笔钱去买玻璃重新安好；这下，玻璃店有了生意，赚到了一笔小钱；玻璃店店主用这笔钱去面包店买了面包，面包店又有活干了；面包店老板又去农民那里买进了一批面粉……这个故事看似科学，但它却实实在在误导了人们。发票子、上项目确实可以促进GDP数据的提升，但在打破窗玻璃的故事中，玻璃被打破的损失并不计入GDP中，而卖出玻璃、卖出面包、卖出面粉却计入GDP统计中。这就是GDP的误区，我们其实损失了玻璃，经济蒙受了损失，但是计算后却发现GDP因此而增长了。在相当长的时间里，就是这个笑话大行其道，诱导各国政府片面追求GDP增长，诓骗公众。"

副市长脸红一阵白一阵，讪讪地说："真是强将手下无弱兵啊，你看连我们范局长的随从人员说起话来都是一套一套的。"

"班门弄斧！你有多少资本敢在我们市长面前显摆？"副市长显然在讽刺范局长的随从没规矩，这场合哪有你发言的地方？范惠民自然能听出弦外之音，他狠狠地剜了叶草然一眼，"没有哪个理论是颠扑不破的。人类历史上的无数次变革已经表明，循规蹈矩、墨守成规、抱残守缺，永远不会都不会有前进和突破。所以，当我们的工作在遇到阻碍时，要想办法，不要想抵触。假如能够打破常规，换一种角度去思考，或许就能起到事半功倍的效果。"

图惠民见状赶紧阻止："老同学，老同学，学术探讨知无不言言无不尽，不可引申，不可引申啊。"他抬头看了看天，"老同学，时候不早了，中午就给我一个机会，让我尽一尽地主之谊可否？"

煌佳公司老板陈瑀涵赶忙表态："图市长，还是让我来请吧。"

图惠民既不容范惠民推辞，也不征求他的意见，直接就把事情定下来了："算了吧，你就是摆个满汉全席，我们范局长也不会去的，瓜田李下，你还是避避嫌吧。不过，给你个机会去给我们范局长敬两杯。对了，小居也一起去。请吧，老同学。"

"哎呀，还有你这样请客的，怎么跟抓壮丁差不多啊！"说完，既有些无可奈何又有些满心喜悦地跟着走了。

其他人见状，也都跟着上了车。

饭局是在"开元名都"安排的。

这是云河市最高档的一家酒店，五星级。里面现代化全功能 SPA 馆、游泳池、健身中心、网球、高尔夫球场及壁球馆、美发中心以及国际小姐一应俱全应有尽有。包间也是酒店里最豪华的一间，大如会议室。装修极富有古典的色彩和雅致，雕梁绣户，画栋飞甍，有一种古香的可爱。仿佛是为了契合这种古色情调，茶几沙发餐桌餐椅也都配的红木的，金碧辉映，气派堂皇。

看得出，这一桌的安排，主人是动了心思的。除去图惠民、陈瑀涵、居菡苕外，就再没一个地方上的人，连跟从图惠民的副秘书长、秘书都被安排到了另一包间。不过，叶草然推测这场酒还是陈瑀涵安排的。因为酒是从陈瑀涵车上搬下来的，五粮液，两箱。不知是不是上次让他带给叶双喻书记那两箱。叶草然看见时还在心里琢磨了一下。

图惠民居中坐主陪位，右边主宾位是范惠民，左边是卢鸿杰，两边依次是叶草然、何玉成等，陈瑀涵坐在副主陪。

酒过三巡，图惠民说："陈老板，我们今天都是在给你打工啊，你看我三杯酒敬完了，下面该你和小居唱主角了。"

陈瑀涵笑了，一脸虔诚地说："市长开玩笑了，哪里是给我打工啊？你分明是权为民所用、情为民所系、利为民所谋吗！"

"哈哈哈……怎么什么话一到你嘴里，就变得好听了呢？"

"提意见归提意见，但首长指示必须无条件服从。"陈瑀涵恭恭敬敬请示道："市长，你看这样行不，我从范局长开始往右敬，居小姐从卢处长开始往左敬，怎么样？"

图惠民笑了："哈哈哈，兵无常势，水无常形。只要能让我们铁路的客人喝好，用什么法子，那就是你们自己的事了。"

"老同学，"范惠民用手止住正要起身的陈瑀涵，微笑着跟图惠民说道："酒到这会儿，怎么也品出点儿味儿来了。这样吧老同学，咱俩从毕业起就再没较过劲，今天咱们就借着酒劲再 PK 一把如何？"

图惠民一愣，旋即也笑了，"悉听尊便。说说法儿吧。"

"我出上联，你对下联。"

"请——"

范惠民胸有成竹，"设饭局请范局以局作局。"

"好！"信手拈来，自然贴切。大家齐声鼓起掌来。叶草然也不由得佩服范惠民平中出巧，寓意颇深。他抱着膀子，瞅着图惠民，看他如何作答。

图惠民呵呵一笑，从善如流："图惠民范惠民取民用民。"

对仗工稳，语词得体。

又是一阵热烈的掌声。

"哈哈哈……势均力敌，旗鼓相当啊！"图惠民范惠民各执一杯，在长一声短一声的谄媚与奉承中，一饮而尽。

然后，大家就忽悠居菡苕出节目。居菡苕说："这还真难为我了，吹拉弹唱、琴棋书画，我样样不通。不过，我这倒是有一段领导干部礼仪培训讲义，可以分享给各位。不过，可不许外传啊！"居菡苕不慌不忙地掏出手机，声情并茂地念道："学习要一副认真的样子，办公要一副投入的样子，下去要一副办事的样子，进出要一副忙碌的样子，参观要一副内行的样子，归途要一副疲惫的样子，开会要一副严肃的样子，讲话要一副激动的样子，谈论要一副忧虑的样子，吃喝要一副节约的样子，外表要一副朴素的样子，消费要一副羞涩的样子，对上要一副忠诚的样子，对下要一副关怀的样子，总结要一副圆满的样子，检讨要一副无辜的样子，偷情要一副痴情的样子，回家要一副无事的样子……"

居菡萏话未落音，立刻引得一片赞扬。图惠民、范惠民也都说这个段子写得好，真实地描摹了官场百态。他俩一说好，大家纷纷站起身，给居菡萏敬酒。

......

叶草然受不了这种虚与委蛇的聒噪和喧嚣，轻轻地放下杯子，起身，慢慢走出屋子，来到廊檐下。

幽深静谧的院落里，古树参天，遮阴蔽日。放眼望去，对面的湖面上，一浪一浪，碧深绿浓。徐风吹来，裹着湖水的新鲜和清香。

叶草然无意看庭前花开花落。

"心不怡之长久兮，忧与愁其相接。"一上午发生的种种貌似神助的巧合，让他心乱如麻，以至于不知该如何梳理自己的心情。是苦？是酸？还是涩？都是，似乎又都不是。其实，最最真切的感受，是疼，心疼。不是那种一点一星的疼。是那种无边无际的疼，是那种刀砍斧剁的疼，是那种痛不欲生的疼。他突然想：清正做人有什么意义？追求真理有什么意义？坚持原则又有什么意义？小时候，妈妈常说"羊随大群不挨打"，这句话没忘，就是做不到。不是想特立独行，而是放不下做人的那根底线。现在想来，有意义吗？世人皆浊，大家都在争先恐后、挖空心思，舍了脸、拼了命地想着同流合污，你为何就非得要"出淤泥"呢？干吗呢？

"啪嗒——"突然，叶草然觉得似乎有泪水滴落到了手背之上。

叶草然抬起头。迷迷蒙蒙的天空，在他的视线里袅娜地飘起了小雨。雨滴很小很小，玲玲珑珑，秀秀气气的。但他还是感觉到了湿气中那逐客的意味。怎么办？回那个觥筹交错的房间里去体会活色生香？

叶草然竟一时不知该身归何处。

"叶站长，大家都在找你呢？怎么不进去喝一杯呢？没听说吗？遥知湖上一樽酒，能忆天涯万里人。"

是居菡萏。

叶草然浅浅一笑，"不胜酒力，就不去凑那个'局'了。"

"进去吧叶站长，不能喝可以不喝，但这个'局'总是要参加的。别人无所谓，不是还有范局吗？"居菡萏看出了他的一脸失意，温柔地劝慰道。

这么长时间了，叶草然每天听见的看见的，不是冷嘲就是热讽，心已经凉了，居菡苕一句简简单单善解人意的关爱，竟让他的心里感到暖暖的。眼里也不觉有些湿润。

叶草然走进房间的时候，正看到何书记把脸贴到卢鸿杰耳朵上，小声说了些什么，卢鸿杰听了连连摆手，"算了算了，你可别害我了，我还想多活几年呢！"

大家不约而同地向卢鸿杰望去，卢鸿杰看出了大家脸上的问号，笑道："何书记问我今晚是否下榻咱们铁路自己的云河国际酒店，我说你别害我了。这家酒店的电梯连大老板都敢扣留，何况我这个处长！不麻烦你们了。"

卢鸿杰所说的云河国际酒店，别看名头挺大，其实就是铁路多经饭店，无论是设备设施，还是管理理念，还是服务档次，都是招待所水平。不过生意倒还可以。因为铁路局有规定，机关工作人员下去检查了，接待宴请了，都必须安排在这儿。否则不予报销。这也对，肥水不流外人田吗！问题是你也把条件再提高提高啊。

汪洞箫下来检查也都是住在这里。汪洞箫其实并不想住。因公因私在铁路外部活动，他从来都是入住地方星级酒店。但在本局活动就不行了，身边秘书、司机、陪同一大堆，就是做样子你也得做啊！

汪洞箫有晚饭后散步的习惯，这是他自干处长起就养成的习惯。他觉得有几个好处，即可放松心情，又能对自己一天的工作进行一个回顾总结，同时达到锻炼身体的目的。

这天，汪洞箫晚饭后想到外面走一走，就独自一人下了楼。汪洞箫一出门就发现了后面有人盯梢。他知道这是铁路地区办事处安排的人，主要目的是防止他搞突然袭击，让有些日常工作不过硬的单位措手不及。汪洞箫到下面检查，经常不打招呼出其不意地就出现在了某个岗位上，每次都能发现不少那种大呼隆检查看不到的真实情况。久而久之，下面就摸清了他的这个习惯，每次都在他入驻的酒店事先安排一些眼线，报告他的行踪，以便及时采取措施。

万承勋曾多次劝过他，没必要这么较真，有这时间去唱唱歌、打打保龄球、游游泳不好吗？他还举例说，你看你的前任尤局长，以前每次到云河来，第一晚必定去游泳，雷打不动。游泳馆接到消息，提前几天就把游泳馆的门关了，池子里的水换了，专门接待尤局长一人。汪洞箫听了不为所动，叹了口气，说"追求不同，趣味自然不同。你看我这辈子有啥爱好？我唯一的爱好就是工作。"万承勋沉思了一下，说："这还真是。如果高级领导干部都能像你这样勤政务实、高风亮节，我们的共产主义早就实现喽。"汪洞箫看了看万承勋，没再说话。看来是默认万承勋这番话了。

这晚，汪洞箫假装不知后面有人跟踪，若无其事地进了附近的一家商店，哪知转了几圈也没甩掉尾巴，顿时失去了兴致，转身回了酒店。

汪洞箫进电梯时还一切正常，电梯照常升起，问题发生在到了汪洞箫入驻的17层并没有按他的要求听话地停下来，而是一直升到了28层，此时汪洞箫还觉得问题出在自己身上，又按了一下"↓"键，这次电梯依然没有停而是直接下到了一层。汪洞箫觉出了不对，但他还是再次按下了"↑"键，电梯再次升到了顶层。汪洞箫不敢再试了，从顶层走了下来。

这一切都被眼线看到了眼里，并及时进行了上报。汪洞箫到房间刚坐下，云河铁路发展集团的老总和地区办事处的主任就气喘吁吁地赶来了，一进门就忙不迭地道歉。

叶草然应该也听过这段掌故，可他故意明知故问："那卢处长今晚住到哪里？"

卢鸿杰用嘴努努煌佳建筑工程总公司的老板陈瑀涵，轻描淡写地小声说道："这你们就不用费心了，今晚就住在'开元名都'了。陈老板已经安排好了。草然啊，知道这叫什么不？这叫，英才涉世有安排，登堂议事气宇轩；名车潇洒驰大道，归局豪宅好气派。"

在'开元名都'住一夜，可和住铁路自己的酒店不一样。就跟今天中午这顿饭一样，一个人没有个三千两千的是下不来的。

何玉成和叶草然相互对视一眼，没有吱声。

饭局结束，图惠民因下午有会，跟范惠民告别后便乘车而去，陈瑀涵礼貌地跟诸位握握手，也带着居菡苕紧随而去。

范惠民对卢鸿杰说："鸿杰啊，下面的考察就由你和草然同志共同负责吧，我就不参加了。局里还有事。我还是那句话，一是要抓紧，二是要注意政策。时间不等人啊！"

"放心范局，俺给你出一个联：鸿杰出马马到成功。"

"你先别拍胸脯，我也给你对一联：草然发难难以预料。"说完，对叶草然笑了笑："玩笑玩笑。好，这事就全权委托给你们俩了。"扬长而去。

卢鸿杰望着渐渐远去的范惠民，转过脸对叶草然跟何玉成说："再看也是大同小异，我也不看了，余下的工作就拜托你们二位了。范局长说，一是要抓紧，二是要注意政策。到我这儿变了，一是要抓紧，二还是要抓紧，至于政策么，咱们就不考虑了。另外，我在这儿可能要呆个两到三天，希望我离开时能见到你们的新的意见。"说罢，连招呼都没打，就转身向电梯走去。

"这、这……"叶草然的脸色由红变白，一直白到了发根，眼里也燃起了不可遏止的怒火。

何玉成赶忙阻止，"草然息怒，草然息怒。走了不是更好吗？省得在跟前碍手碍脚的。你想想，他要是在身边，你的意见能成立吗？"

叶草然想想也是。"老大哥，我已经被这一上午一个接一个的高潮整得眼花缭乱了，你说咱怎么办？"

"还怎么办？跟卢鸿杰一样，回去睡觉。"

"那不考察了？"

"你觉得还有必要吗？"

意见重新上报前，叶草然组织召开了一个站长办公会议，集思广益。然而，这个会议开得一点儿也不热烈。大家在发表了一些不痛不痒无关大局的见解后，就紧紧地闭上了嘴巴，同时摆出一副任谁手撕棍撬也不张口的架势。会场上鸦雀无声。

叶草然只好点名让大家一个一个表态。他说："咱也不长篇大论，就一句话，坚持我们的意见，还是默认个别领导的安排。"

分管运输的副站长梁稳根被第一个点中。

"要我说，胳膊拧不过大腿，咱就来个顺水推舟，给他算了。"

"这绝对不行！"梁稳根话没落音，就被叶草然否定。

梁稳根的脸上立显颜色。

何玉成见状赶忙出来打圆场。

何玉成先是厚道地"嘿嘿"了两声，又连喊了几声"领导领导"，然后才眯着眼笑着说，"领导，商量，商量！"

叶草然也意识到自己过激了，遂端起桌上的杯子，"咕咚咕咚"猛喝了一气，说道："对不起稳根站长，我过于急躁了。"

梁稳根黑着脸："别这么说，你是站长，你有这个权力。"

何玉成怕再节外生枝，赶忙把话揽过来了："瞧，又说狠话了不是？大家都不要急，心平气和地说，慢说咱们现在还只是在务虚，就是务实，就是已经形成了决议，有不同意见还依然可以发表吗。大家说是不是？稳根站长，你继续说，把话说完。"

梁稳根紧蹙眉头，"说句实在话，候车室工程让谁干，怎么干，干好干孬，与我梁稳根一点关系都没有，我不多吃一口，不少吃一口。问题是现在形势基本上就是一边倒，我们究竟能坚持多久？还有就是我们的坚持究竟有多少意义？"

分管后勤的副站长张泉也跟着说道："我也认为我们完全没有必要在这个问题上跟上面较劲，谁干不是干？上面指定施工单位我觉得更好，干好了我们脸上有光，干不好我们也没有责任——"

"这恰恰就是我不能同意煌佳公司来实施这个工程的主要原因。干不好都没责任，那损失呢？损失谁来负？让国家当冤大头？"叶草然又没有忍住。

"这……"张泉语塞了。

梁稳根嘟囔道："活都还没干呢？怎么就知道人家干不好呢？再说了，不还有监理吗？"

"'鬼城'的工程咱就不说了，云河站站房改造的教训还不值得我们汲取吗？ 8000万的工程已经花了一个亿了还收不了尾，工期也是一拖再拖。这个工程不是煌佳公司干的吗？这个工程没有监理吗？我们能放心把这么一个百年大计的工程交给这样的垃圾公司去干吗？监理？你还能指望监理吗？你看看全中国现在还能找到有良知的监理吗？"

"你要这么说，那我就无语了。"梁稳根不高兴地说道。

姚畦把希望寄托在了何玉成身上："我看，还是请我们党的书记说说吧。"

工会主席也跟着附和："是啊，是啊！"

其他人也都纷纷鼓捣何玉成表态。

叶草然丝毫不担心何玉成会胳膊肘子往外拐。虽说他俩配合时间不长，但从经历的几件事来看，何玉成这个党的书记还是非常配合的。估计他一说话，投反对票的人是不会占尽风头的。还有，叶草然有着满满的底气。这是在讨论行政工作，他叶草然决定了的事情，即便大家都反对，只要他自己坚持己见，政令照样畅通无阻。有意见先在自己的肚里憋着，等你有了权力的时候，你再矫枉过正。但眼下你只能委曲求全了。这就叫集中。

叶草然说："何书记，大家不是都在期待你表态吗？你就说吧。"

何玉成不是一个被人一鼓噪就头脑发热的人。他知道，自己并不能代表党，更不可能领导一切。这是在企业，企业实行的是厂长（经理）负责制，在很多时候，他这个党委书记说的话并不是很作数。既然不是很作数，何玉成一般都不说或者是少说，说也是漫山遍野四处开花，让你不知道他是在拥护，还是在反对。想否决都无从下口。

但是，今天的情势就不同了。这半年来，叶草然受了这么多的委屈，经历了这么多的波折，依然痴心不改，这些他都看在眼里。愿为真理舍下身家性命，他何玉成做不到。但良心并没泯灭，是非并没淡漠。他不敢冲锋在前，如果连鼓与呼都不敢，那还能叫血性男儿吗？这和一具活尸又有何区别！所以，他必须旗帜鲜明地站在叶草然这一方。他记得有人说过，一个人一旦上了路，是没办法回头的。就算面对万丈深渊，也得纵身下跳。一旦回头，迎接他的，将会是更加深远、更加黑暗的世界。就像叶草然，可以失败，但绝不可以软弱投降。否则，轰然坍塌的绝不仅仅是这副躯体。

何玉成心情复杂地看着叶草然，虽说他已被这数不尽的打击折磨的两腮下陷，却依然气宇轩昂、目光如炬、锐气不减。何玉成把身体站得笔直。

"同志们，很感谢大家在今天的会议上都能够畅所欲言。但我想说的是，草然站长这半年来的工作大家不会视而不见吧，他把心全都扑在了工作上，就像唐吉诃德，侠客江湖，义无反顾。到如今可以说是遍体鳞伤。同志们，我们都摸摸自己的良心，这是他一个人的事情吗？他这样做有什么个人的目的吗？他能从中得到什么个人好处吗？他是为了坚持原则，坚持一个真正共产党人的信念和立场，宁可舍得一身剐，也决不让党和人民的利益受到任何伤害。大家都睁眼看看他，已经是心力交瘁了。我们还能忍下心来，袖手旁观，继续让他一个人去单打独斗吗？那么，我们还能对得起共产党员这个光荣称号吗？"

何玉成一席话掷地有声，大家都惭愧地低下头去。

"我，主张坚持咱们自己的意见。"姚畦带头表态："我这样表态，不是违心，也并非受了逼迫。哪怕就是到铁路局局长办公会上去表态，我也还是这句话！"

张泉犹豫了一下，"好吧，我……也主张坚持咱们自己的意见。"

然后是纪委书记；

然后是工会主席；

然后是……

梁稳根始终没有表态。

待大家都说完，叶草然站起身，很庄重地给大家鞠了一个躬，百感交集地说道："真心地感谢大家的支持与拥护，正是以我们玉成书记为班长的这个集体的关心，我才能走到今天……我来咱们云河西站时间说长不长，说短不短，有大半年了吧。这半年，我真是体会到了什么叫身心交瘁，什么叫度日如年，什么叫孤独，什么叫无助。不瞒大家说，我曾无数次地想到过放弃，无数次地想到过退缩。今天，就让我跟大家说一句心里最想说的话：我真的觉得脚下无路可走了，堂堂正正做官……咋就这么难呢！"

听到这里，参加会议的人，几乎都落泪了……

报告原封不动地报走以后，叶草然听从大家的一致建议，不再打电话追问。一任事态自由发展。铁路局方面，无论是万承勋还是卢鸿杰，还是其他什么人，也没有一人找过他。

风平浪静。就像从来没发生过这件事一样。

叶草然心里有些惴惴不安起来。

这天中午，他跟何玉成正在食堂吃饭，姚畦形色匆匆地跑过来：

"叶站长，你知道吗？咱们站候车室更新改造工程竞标已经揭晓了，煌佳建筑工程总公司过关斩将，一举中标。"

叶草然一愣："不可能吧？"

"还有什么不可能？"姚畦看看腕上的表，"你现在就去开元名都看看，人家正在那儿举觞称庆呢！汪大局长以及范惠民、万承勋、卢鸿杰全来了。不信你问问何书记。"

叶草然疑惑地看着何玉成。

"确实是。早两天我就听说了，咱们候车室更新改造工程的管理权限，重新回归建设处了。怕影响你的心情，就没跟你说。"何玉成的心情同样沉重，"据说，洞箫局长在会上发了好大一通火。他说，我们的干部是不是只会当官做老爷啊？啊？给天空不会飞，给舞台不会唱，给市场不会闯，给机遇不会抓，把权力交到了手里都不会用。不就是一个 2.5 个亿的工程吗？闹得鸡犬、不宁鸡飞狗跳。全局建设资金一年八九百个亿，都这样，那还不翻了天？我这局长就专管盖房子吧，别的什么事都别干了。你们说，这不是逼迫我把权力收回，把成命收回，让既定的改革重新回到原有的格局吗？这样的干部，我们还要他作甚呢！"

叶草然仿佛从云端跌落到了深渊之下，身体有些飘忽，有些寒噤，有些颤抖。他咬紧了牙关，免得自己叫出声来。他一把抓起桌上的饭碗，想像扔炸弹一样，把它向不知什么地方投掷出去。猛然一回头，看见一扇玻璃窗中，很分明地映出了自己可笑的形态。心中一震，便不知不觉地将两只手垂了下来。

"叶站长，你知道我现在怎么想自己的么？我觉得自己就像一个小丑！"姚畦的双眼里蓄满了泪水。

"不，你不是小丑。真正的小丑只有一个，那就是我，叶草然。"叶草然颤声说道。

就在这时，他的手机来了一条信息。他打开来看，号码不熟。

内容是南宋著名理学家、思想家、哲学家朱熹的《观书有感》中的诗句：

> 昨夜江边春水生，
> 艨艟巨舰一毛轻；
> 向来枉费推移力，
> 此日中流自在行！

叶草然不知是谁兴之所至。显然是在嘲笑他不识时务，嘲笑他不自量力，嘲笑他……

他推断，应该与万承勋、卢鸿杰不无关系，但怀疑陈瑀涵、居菡苕也不无道理。

但就是知道了是谁又有何意义呢？

他愣了片刻，删掉了信息。

（首刊于《北京文学·精彩阅读》2016 年第 4 期）

奔 丧

　　英国贝尔法斯特女王大学有项研究，说每周过 3 次性生活，可以将心脏病的发病风险降低一半，有规律的性爱能减少一半的男性中风；女人性爱 30 分钟则可以燃烧 200 卡路里，能轻轻松松地减去多余脂肪，保持苗条、诱人的好身材。同时爱抚和性爱能释放促进睡眠的内啡肽，让夫妻在一番嬉戏后，迅速进入甜美的梦乡。此外还能缓解压力、预防癌症、延缓衰老等等。这项研究被很多人认同，但她和老公还是坚信中医的说法，过度的性生活对男女双方而言，不仅会造成体力上的较大消耗，久而久之，必然造成体质状况的低下。二人新婚之夜就约定，不论专家说得怎样花天乱坠，他们就坚持每周一次，时间定在每周五的晚上，号称"每周一歌"。这样做既对健康有益，又能使性生活的愉悦细水长流。如若哪天因为种种原因没能"唱"，那么，第二天或第三天则必须补回。不欠账。

　　昨晚又逢周五，可老公到外地讲学去了，直到今天傍晚才赶回来。按两人商定的"性爱公约"，今晚需偿还历史欠账。所以，饭碗一推，老公就站起了身，抹着嘴说："我先去冲冲身子，你们娘儿俩快点吃。"他从卫生间出来，见娘儿俩还在餐桌前磨蹭，不由得有些不悦，"几点了，还磨磨唧唧的，快点吃，快点洗，快点睡。"

　　她知道老公的心思，淡淡一笑："行了，别催了，难得周末，明天不用去幼儿园，就让俺娘儿俩亲热一会吧。你先去看一会儿电视。"

　　话是这样说，她还是不自觉地加快了喂饭的速度。女儿好像故意跟老公过不去似的，上了床就是不肯睡，缠着她一遍一遍地讲狼外婆的故事。恨得老公把牙咬得咯吱咯吱的。

好不容易把女儿哄睡了，她又冲了个澡，再上床，时间就有些晚了。老公刚刚翻开"歌本"，床头柜上的座机尖利地响起，邓丽君软软绵绵地先开了腔：

> 送你送到小村外，
> 有句话儿要交代：
> 虽然已经是百花儿开，
> 路边的野花你不要采……

这铃声是她给老公选的，其意是提醒他时时刻刻注意自己的身份，千万别一得意就忘了形，春色飞度红杏出墙。所以，对这铃声她特敏感。

"电话。"她提醒老公说。

"这谁啊？三更半夜的，不接。"老公一边动着一边懊恼地说。

邓丽君似乎也飙上了劲，嗲声嗲气，锲而不舍：

> 记着我的情，记着我的爱，
> 记着有我天天在等待，
> 我在等着你回来，
> 千万不要把我来忘怀……

靡靡之音显然破坏了老公的情绪，精力怎么也集中不起来，以至于动作起来难免有些折扣。老公沮丧地停止了律动，他把身子往上串了串，往边上挪了挪，上半身趴在床上，下半身搭在她身上，两个人支成了个"V"字。

"哪位？"老公恼羞成怒地摸起了电话。

"二弟，我是大哥，爹去了——"

夜深人静，电话里的声音她听得清清楚楚。

可他不知道她听得清清楚楚，歪过头跟她说："爹……去了。"

她莫名其妙："去哪儿了？"

老公的眼泪一下子倾巢而出，"去了就是走了，呜——"

事情来得突然，老公显然没有思想准备。但按乡下的习惯，老爹死去了，不管怎样都要先哭上几声，不然就会被别人视为不孝。老公不愿落下这么个罪名，就哭了起来。所以，听起来就像一支跑了调的乡野俚曲，单调、生硬，但没多久便悲从心来，真的抱头痛哭起来。老公是在用哭这样一种原始的表达方式来唤醒自己内心真实的悲伤。

老公经常跟她忆苦思甜。那一年，他以全县第一名的成绩被北京一所名牌高校录取。婆婆双手颤抖着接过"录取通知书"，看着看着就哭了："孩儿，不是娘不明事理，家里实在是拿不出这钱了。"关键时候，还是公公力挽狂澜。公公说得义无反顾："这是说的什么屁话！啊？孩子拼这么些年，为的是什么？不就是为了今天的金榜题名吗？上，这个学一定要上，筹不够钱，我卖肝卖肾也要上！不然别说对不起这孩子了，连这孩子受的苦都对不起……"

高考之前，学校组织学生体检，在验血时，老公伸出骨瘦如柴的细胳膊，没想到血管里连血都抽不出来。那天，公公恰巧到县里办事，完事后顺便到医院接他。医生知道他就是这孩子的父亲，也不管三七二十一，劈头盖脸就是一顿狂风骤雨："你这当爹的也太不称职了，连自己的孩子都抠。再这样下去你的孩子会因贫血死掉的，你知道吗！"公公弄清缘由以后，当即就哭了。这是老公从小到大第一次见到公公流泪。爷爷过世时，公公连腮都咬破了，硬是没掉一滴泪。那段日子，公公白天下地干活，晚上就走村串户，终于为他筹齐了学费。公公一直把老公送到学校，临别时，把口袋里的钱一骨碌全都掏给了儿子，出了门才想起忘记留路费了。这都装到孩儿口袋里的钱哪能再掏出来啊，公公一咬牙，走着回去。路过德州时，公公又累又饿，昏倒在公路上。

公公的死，让老公实实在在有一种整个身心被抽空了的无处归依的感觉。

她明白了，公公是去了"天国的车站"。

"二弟你先别哭，你大嫂说了，你跟弟妹要是忙就别回来了。"大哥说。

"那哪成啊？爹辛辛苦苦把咱养活大，再忙也得去见他老人家最后一面。"他立马就叫了起来。

"二弟——"大哥在电话里犹豫了一会，"有件事，你大嫂……让我先跟你吱一声，好心里有个数，免得到时弟妹——"

"大哥，需要用钱什么的你尽管说，你弟妹不是那种不通情达理的人。"

"那……倒不是，"大哥字斟句酌地说："你知道的，爹这辈子也没存下什么钱，就只留下了后院那三间堂屋。爹临走时留话说，谁都不能动，留给驴子……"

夜深人静，大哥电话里的每一句话，她都听得清清楚楚。她忍不住地问道："干吗好好的房子养驴？住人不好吗？"

老公哭笑不得，"驴子就是他儿！"然后对着电话厉声质问道："大哥，你跟大嫂处心积虑千方百计地阻止我回家给爹送殡，原来就是为这三间破堂屋，是不是？是不是？"

"不是的，不是的，你误会了……"

"我不管你是不是，我不到谁要敢送老爷子入土，别怪我对他不客气！"

"一定等，一定等。"大哥唯唯诺诺地说道，"那……那房子的事咋说？"

老公火冒三丈地吼道："等把爹送下地再说你能死啊？！"

她和老公是在第三天的上午到老家的。

接电话时已是半夜，老公除了嘤嘤地哭，别的啥事也办不成。她诚心诚意地劝了一阵子，劝不通，索性就随他去了。他再接再厉抽抽搭搭地又哭了好一气，累了，也睡去了。

第二天一早，夫妻俩就进行了细致的分工：他去学校请假，把下周的课调一调，因为两人分别兼着云河师范大学文学院大一年级和传媒学院大三年级的班主任。然后去火车站购买火车票。她则先去银行取点零用钱，因为乡下现在还不能刷卡。然后开车去父母家接两位老人来家帮助带几天孩子，再准备些换洗衣服、洗漱用品啥的。一切收拾停当，已是下午四五点钟了。夫妻俩稍稍填了点肚子，匆匆忙忙往车站赶。

云河至文登的火车只有一班，去年刚开通的。夕发朝至，晚七点钟发车，第二天上午九点多钟到。由于是仓促决定，老公没有买到卧铺，只买到了两张座票。

老公满怀歉意地跟她说："看来得让你在硬席车厢委屈一夜了。"

她淡然一笑："能顺利到达比什么都好。"

老公感激地望着她，眼里湿漉漉地。

火车有些晚点，到达文登的时候，已是上午十点了。出站时，老公用空着的那只手搂着她的肩膀，亲亲热热地说："老婆，昨晚大哥电话里说的那事儿你也听见了，也不值什么钱，就别争执了，给了他算了。"

她跟老公是自由恋爱结的婚，虽说门不当户不对，她出生于高级知识分子家庭，他只是一个普普通通的农民的孩子，但她从未嫌弃过他是一个农家子弟。连类似的玩笑话都没说过。结婚这么多年，每次两人一起或者他独自一人回老家，从吃的到用的，大到老人的羊皮袄，小到孩子的笔记本，全都置办得齐齐全全，不让他操星点儿心。有时甚至还从她父母家里扒东西让他往家里带。逢年过节，都是及早就督促他赶紧往家里寄钱，多寄点。有时他忙，她自己就把钱给寄过去了，公公从老家打来电话他才知道。她总说："老人一辈子不容易，也该享享清福了，别的忙咱帮不上，再不出点儿钱，就是别人家不说，咱自己心里也过意不去啊！"每每想起这些，老公从内心里感动，庆幸自己遇到了一位世上少有的好媳妇。所以，老公坚信这次她绝不会跟大嫂斤斤计较。

她故作一脸茫然："昨晚大哥电话里说啥事儿了，什么东西？给谁算了？"

老公涎着脸说："就那三间堂屋的事，别装了。我知道你听见了。"

她猛一绷紧脸，学着老公的腔调说道："等把爹送下地再说你能死啊？！"

"老婆——"老公还想说啥，就看见一个留着平头的小伙子坐在拖拉机上向他们频频招手。

"这就是驴子。"老公说。

"来了，叔、婶子。"驴子跳下车，一边热情地跟他俩打着招呼，一边懂事地接过手里的东西，小心翼翼地放进车厢。驴子用衣袖将放在车厢里的一条长条凳使劲儿地来来回回地蹭了好几下子，确认已经干净了，讨好地说道："上车吧，叔、婶。"

路上，驴子告诉老公，公公走得很安详，没受一点儿痛苦——

那天，公公吃罢早饭就出门了，步行了十里地，到集上称了二斤烟叶，中午在集上吃了一碗羊肉面，没饱，买了俩烧饼吃了一块半。吃饱喝足揣着剩下的那半块烧饼到澡堂子泡了个澡，在那儿睡了一觉，傍晚上才回到村上。晚饭是在村西头的四奶奶家里吃的。

以前跟老公回老家的时候，她从婆婆和其他人嘴里或多或少地听说过些四奶奶的故事。四奶奶从嫁过来第一天就跟公公对上了眼。那天，身为村支部书记的公公以本村和本族最高司令长官的身份被邀请充当证婚人一角。当一身新衣的公公喜气洋洋地上台宣读证婚词时与四奶奶四目相对，四奶奶那眉目传情的惊鸿一瞥，似一段前世的纠缠，让公公的心一下子就乱了。她听到这儿的时候，悄声跟坐在旁边不言不语的老公说："这就叫欲问伊人何处去，最是惊鸿那一瞥。"一向对此事讳莫如深的老公瞪了她一眼，未置可否。平素口若悬河的公公在四奶奶的婚礼上究竟讲了些什么，他自己不知道，别人也不得要领。只有四奶奶读出了融化在其中的那种重如铅、细如丝、乱如麻的意味。公公那天喝得是烂醉如泥，被人抬着送回了家。四奶奶看见了，疼得泪珠儿"啪嗒啪嗒"地乱掉。两个人就就这样搭上了瓜葛。当时全村所有人都以为他们俩不过是一时兴起，完了就完了，谁都没有想到，两个人竟直到了"死生契阔，与子成说；执子之手，与子偕老"的境界。四奶奶为新媳妇时，跟公公形影相随；成了四婶子，两人照例相濡以沫；成了四奶奶，依旧不弃不离。公公为了能跟四奶奶喜结连理，没少闹腾。无奈那边有先是四弟后是四叔最后是四爷爷的四奶奶的丈夫横着，这边有个糟糠之妻不下堂的婆婆竖着，两个人商量好了似的，甭管你俩咋着，横竖就是不离婚。不离婚，您俩就只能过那种上不了台面的偷鸡摸狗的日子，让全村人戳你俩的脊梁骨。他们自以为只要使上道德的绳索，就能轻而易举地捆住公公跟四奶奶的手脚。错了。公公无所畏惧，照样天天大面里扬威耀武地发号施令安排村里工作，背地里偷偷摸摸跟四奶奶暗度陈仓，颠鸾倒凤。最让人不能容忍的是，他还自作主张地替四爷爷生了一对儿女。公公跟四奶奶说："我这叫帮人帮到底。"四奶奶指着他的额头说："你这是典型的得了便宜卖乖。"那俩孩子不论谁看，活脱脱公公的翻版。可四爷爷就是不认这壶酒钱："你说是他的孩子，那咋不喊他爹？喊谁爹就是谁的孩子！"若干年后，四爷爷跟婆婆又跟约好了似的，一前一后地都走了，但公公跟四奶奶的贼劲和热情也都几近罄尽。公公说："算了，反正都一样，就这么着吧，别再往一起凑了。"四奶奶说："行，这一辈子都听你的，这回还是听你的。你说咋着就咋着。"

那晚，四奶奶给公公做了两个菜，一热一凉，热的是香椿鸡蛋，凉的是香椿豆腐。还温了一杯专门给公公泡制的桑葚子酒。四奶奶贴了一锅饼子，公公没吃，他把从集上带回来的那半块烧饼吃了。四奶奶让他吃新的，她吃那半块烧饼，公公怕硌了四奶奶的牙，没愿意。放下碗筷，公公陪四奶奶听了一会儿收音机，里面播放的是吕剧《李二嫂改嫁》。但是老插播广告，一段唱腔放不完得插播两三条。公公烦了。说："什么熊广播电台，尽广告，干脆改成广告电台算了。今儿个累了，不听了。"说罢，跟四奶奶摆摆手，起身走了。回到家，脚和脸都没洗，就自个儿爬进寿枋里睡去了。

老公跟他解释说："驴子说的寿枋就是咱们常说的棺材。"

"知道。"她点点头。这事她也听讲过，就是老公自己讲的。

公公的寿枋，早几年前就置办好了，是由公公亲自挑选的柳州油沙杉木做成的。这种杉木，生于茂林深山悬崖之上，入水则沉，入土难朽，香如梓柏，色如古铜，不长百年难以成材。公公选的全是上等木材，制作时不加拼合，上下左右4块完全是一整块木，一气呵成，外面雕的是九龙图，又刷的熟桐油，走得完完全全是精品路线。文登这地儿时兴这风俗，老人未死之前就先买好寿枋，看好了死也瞑目了。寿枋完成后不久，公公就再没在床上睡过，都是睡在寿枋里。谁劝也不行。公公听人讲过，生者只要在棺木里躺上一晚，就能欺骗死神，从而否极泰来，消除厄运。公公想，一晚都能否极泰来，那我天天睡在里面岂不是可以长命百岁了？老公说完这段，问她："你说，这老爹是不是很迂腐？"她说："怎么说呢？迷信这东西，是我们中国特有的一种思想产物，特别是老一辈人，因为科学知识的不发达，对于他们解释不了的、不能理解的东西总喜欢归结到迷信上去。这种情况在中国可谓是遍地狼烟，想一下子改变是根本不可能的，只要不对家人、社会产生危害，不如就由他去了。再者说了，老人家有个念想总比没个念想好。"老公听了，诧异地问："你怎么啥事都这么能看得开呢？"她嫣然一笑："看不开又如何？你还能把老人改变了？"两人都笑了。不知是时日太久了，还是眼下正"伤痛的心一片空白"，老公自己把这茬给忘记了。

驴子接着说：十点多的时候，四奶奶收拾床准备睡觉，一眼看见公公买的烟叶还在床头放着，就骂道："这个老东西，成天骂我没脑子，你的脑子呢？"四奶奶知道公公每晚睡觉前都要拉几袋烟，否则就睡不着。四奶奶就披上衣服来给公公送烟叶。门是虚掩着的，四奶奶推开，轻车熟路地直接摸到西厢房，"你个老东西，脑子里又想啥了，烟叶也不拿就走了，晚上不睡了？"公公不吱声，四奶奶就伸手往寿枋里够他的脸，边够边说："你个老东西，还跟我装死！"这时，四奶奶猛然觉得有一丝灰暗死滞的光从寿枋里面射了出来，直落在了她的身上。四奶奶猛地一颤，接着没有人腔地叫了起来："老东西走了！老东西走了……"

公公的离世，似乎让整个村庄都蒙上了悲戚的气氛。才进村口，就看见扎在绳上、树上的一条条白色孝带在微风中缓缓飘动，一排排用鲜花和纸花扎成的花圈比肩而立，县委县政府送的那只花圈鹤立鸡群地伫立在第一位。

奔丧的人，三个一群五个一伙地哀号着向家里走去。无论他还是她，从自家出门时就都已准备好了该有的表情，在进村的时候，开始带上悲伤的面具。进事主家门前开始用最大的嗓门哭泣，然后踉踉跄跄地扑向灵堂，这时候就可以尽情地释放他们的悲伤了。因为不看到遗体，他们就无法充分地表达哀悼。一位瘦巴巴的满头白发的妇女最引她注目。白发妇女在几个年轻女人的搀扶下夸张地大放悲歌："我的哥哥啊，你怎么走了啊？想当年，你跟俺家那死鬼一人一瓶酒，对着嘴喝到大天亮，连菜都不吃一口，你那劲儿哪儿去了……"她的哭声夹着叙事，抑扬顿挫，富有韵味，听起来不像是哭丧，倒像是在唱着一首古老的歌谣。哭着哭着，猛然听见有人说："慢点七婶子，脚下有个坑。"被唤作"七婶子"的这位妇女停下声，低头看了一眼，一脚迈了过去，接着长歌当哭："我的哥哥啊，怎么这儿还有个坑啊……"

"七婶子"虽然哭得响亮，心里并不见得难过，脸上连滴眼泪都没有。

老公可能也看出来了，皱着眉头问："这哪来的七婶子啊？"

驴子摇摇头，"我也不认识。"

正说着，大哥、大嫂头戴白孝帽，身披白孝袍，腰束白孝带，脚穿白孝鞋，大哥手里还拿着哭丧棒匆匆忙忙地赶了过来。大哥脸色非常不好，他看上去有些紧张，机械地跟在大嫂身后，就像一只木偶。大嫂就好多了，至少表面上看不出有多少悲伤。好像家里根本就没有发生什么事。离好远就高喊道："哎哟——二弟，你们总算是到了，我这心里面正着急着呢，想着这都什么天了咋还不到呢！"说话间，到了跟前，她一伸手揽住了她的胳膊，亲热地夸赞道："这才几年没见，二弟妹可是又漂亮了啊。二弟啊，你给弟妹喝的是什么长生不老水，跟你哥传授一下，让大嫂也年轻年轻。"大哥好像很怕大嫂，唯唯诺诺地跟在大嫂屁股后面，多一个屁也不敢放。样子完全不像个男人，倒有些像个太监。老公很不满意地瞥了大哥一眼，一种悲愤从心中涌出。男人就应该顶天立地，哪能像他这样整天看老婆脸色行事。公公活着的时候，他们家里包饺子，媳妇不说话，他都不敢自作主张盛一碗给爹送去。大哥似乎感觉出了老公的不满，赶紧闭上了嘴巴，连"好"和"是"也不说了。

大嫂热情得过分，她有些不习惯。

在她的印象里，嫁给老公也七八年时间了，每年都要跟老公回来几次，不知为啥，大嫂就是不待见她。那年，他俩在城里完了婚，公公说城里办得不算，得回老家补办一场才行。老公问她咋办？她说："你说咋办？按老人说的办就是了。"老公感恩戴德。按乡里习俗，新媳妇要跪拜公婆。老公有些为难，跟婆婆说："娘，她不是很适应咱这套风俗，鞠个躬就代表了吧。你看行吗？"婆婆很宽容："行，怎么着不都是个形式？"婆婆话没落音，大嫂不愿意了："呦呵，怎么了？凭什么俺就得跪下，她就能站着？是不是她这城里人高贵，俺乡下人天生就是贱种？"婆婆的脸色当即就变了，她一看婆婆要发怒，没容他人开口，"扑通"一声跪在了堂前，冲着公公婆婆"嘭、嘭、嘭"就是三个响头，然后转过脸来笑着问道："大嫂，你看这行吗？要不要再叩三个？"在家住了三天，大嫂横挑鼻子竖挑眼。她活做多了，说她就会做脸面活；做得少了，又说贪于吃喝，懒于做事。不论大嫂说啥，她都是莞尔一笑。第二次，是她生完女儿跟老公回老家吃满月酒。婆婆给她煮了一只鸡，大嫂埋怨说比她坐月子的时候吃的鸡蛋；婆婆给女儿换了块尿布，大嫂埋怨说她坐月子的时候，婆婆手都没伸过。反正是打心眼里对她不满。这些年，乡下里但凡能扯得上关系的亲戚，到城里办事情，几乎都到家里去过，唯独大嫂没上过门。这次突然间变得像"热情的沙漠"，她想，一定和大哥前晚电话里说的那三间堂屋不无关系。想到此，她不露声色地在心里笑了：呵呵，野百合也有今天?！

"爹走之前身体没什么大碍吧?"老公问。

大哥刚想接话，大嫂已接过了话头，"没有没有没有，头晚吃饭的时候还说房子……"

大嫂不是那种孝敬公婆、相夫教子的贤妻良母。从嫁过来起，就跟公公婆婆没和睦过。婆婆过世后，公公的吃喝拉撒、缝补洗浆全都是四奶奶一手操办。大嫂从没过问过。不逼到份儿，她连公公的门都不登。驴子耳濡目染，也跟娘一样，权当没有这个爷爷。偏偏大哥又是个窝囊废，在大嫂面前连大气不敢喘一下，人说敢怒不敢言，他怒都不敢怒一下。公公更是有苦难言，因为当时就是他先看中的大嫂。大嫂高中毕业没考上大学，无奈回村务农，被公公相中了，先是把她选为村妇联主任，接着又选为自己的儿媳。大嫂头天过门，第二天就逼着大哥提出自立门户。公公气得浑身哆嗦。婆婆不热不凉地说："你哆嗦什么你哆嗦? 这不是你自己选中的儿媳吗?"公公引狼入室，作茧自缚，他打掉门牙往肚里咽。

此外就是婆婆一直都怀疑大嫂跟公公有一腿。家后面的六姨亲口给婆婆说，大嫂还没过门的时候，她看见公公跟大嫂在村委会办公室里抱在一起亲嘴儿。还有一点不能不让人心中起疑，就是大嫂嫁过来的第七个月生下了驴子，那长相活脱脱是公公的翻版。

大嫂的话说得才叫绝呢。大哥跟她说："你这刚过门就分家，不太好吧? 让外人看了怎么说?"大嫂把眼一瞪："你懂个屁! 我这叫防火防盗防你爹。"大哥立刻噤若寒蝉。

村里人茶余饭后常在背后戳公公的脊梁骨，说公公"扒灰"。

"扒灰"是一个形容乱伦的词语，而且是专指公公和儿媳之间发生性关系的乱伦。《吴下谚联》释其由来云："翁私其媳，俗称扒灰。"旧时候，农村有个习俗，儿媳妇过门，点炉灶清灰烬做饭这些活计就都是她的了。公爹意欲与儿媳妇有情，便在炉灶灰中或藏点金银首饰"贿赂"儿媳，或藏情书或情诗"挑逗"儿媳。儿媳"扒灰"时自然而然就能够看到，若有意，必然会报之以李。民间流传最广的是王安石"扒灰"的故事：相传，王安石儿子死后，他给儿媳在后院另盖了一间房子居住，可能是担心儿媳红杏出墙，便经常去监视。有一次王安石隔窗相望时，看见儿媳穿着蝉羽般透明的白纱的裙子睡在透明纱帐的床上，不由得心猿意马起来。快速在充满灰尘的墙上写下："缎罗帐里一琵琶，我欲弹来理的差。"写完后躲在一旁观察儿媳的动静。儿媳看到公公在外面鬼鬼祟祟的，于是出来看公公在墙上写了什么，一看到公公留下这样的词句，当即明白了是什么意思，于是在公公的诗句后续上了一句："愿借公公弹一曲，尤留风水在吾家。"

这种情况在农村并不鲜见，只要你留心，经常可以听到谁家公公和媳妇发生性关系的事情。有些是事实，有些就纯属捕风捉影。不管是真是假，时日长了，大家也就见怪不怪了。婆婆似乎听到一些风言风语，私底下曾多次质问过公公，公公死活不承认。婆婆也就顺水推舟睁一只眼闭一只眼过去了，反正也是肥水没流外人田。想想也对，不这样又能怎样？闹个鱼死网破？最终丢人的还不是自己家！

对大嫂心里有怨，公公就想找个人说说。婆婆那儿说不通，他老人家就选择在二儿子那儿倾诉苦水。公公老了，年轻时打死也不肯轻易外流的眼泪现在也不值钱了，每次通话都是鼻涕一把泪两行地把大哥大嫂加驴子醋畅淋漓地痛诉一遍。你说就这种双方紧张得跟朝韩之间似的关系，公公怎么可能在临终之前趁着清醒什么事体不安排先给驴子把房子安排了呢？即便急着安排，公公也不会厚此薄彼自作主张把这点儿并不殷实的遗产全给了大儿子一家，大儿子有孙子，二儿子还有孙女呢，怎么说也得平分秋色啊。还有，公公经常跟老公通话，一方面是老公心甘情愿充当公公的忠实听众，另一方面也会排解老人家心中的郁闷。平素，乡里边谁家的孩儿结婚了，谁家的老人过世了，风吹草动鸡毛蒜皮，公公都能添油加醋乐此不疲喋喋不休地讲个三天三夜，相反三间房子做遗产这么大的事，公公反倒噤口不言了，这既不符合公公的性格也不符合生活的逻辑啊。一定是大嫂从中做了猫腻。

想到此，她一把接过了大嫂的话头，"什么房子儿子票子，啥都没有老人家的身子重要。"

大嫂说："是的是的是的，老人家的身子最重要。"

庭院里，大哥花钱雇来的戏班子正在扯着嗓子哭丧。哭丧是中国丧葬礼俗的一大特色，出殡的时候必须有全体后代尤其是男人们"唱哭"，否则按照民间旧俗就会被视为不孝。另外，哭的音量大小也非常重要，如果哪家死者在黄泉路上没有响彻天地的哭声相伴，便会在方圆数十里传为笑柄，其子孙后代也要被人们视为大逆不道，天理难容。为了求得孝的美名，孝子贤孙们往往花钱请人替死者哭丧，由此衍生出了一大批职业的哭丧夫和哭丧妇。

一想爹娘把儿养，十月怀胎在心房；伤心庙里取宝箱，二老曾把宽心放。怀胎十月临盆降，喜儿一尺五寸长；传宗接代有指望，养儿无非把老防。十月怀胎想一想，看你悲伤不悲伤。

二想爹娘把儿养，满口未把牙齿长；白天把儿背身上，夜晚把儿放身旁。喂儿抱断一双膀，口口吃的娘身浆；喂儿未睡干净床，喂儿熬坏眼一双。三年哺育想一想，看你悲伤不悲伤。

三想爹娘把儿养，麸麻豆疹受惊慌。倘若儿女有病患，忙请医生开处方。儿不吃药性子犟，药汁里面掺砂糖。百家锁儿锁颈项，指望百年寿岁长。儿在病中想一想，看你悲伤不悲伤。

四想爹娘把儿养，为学文化送学堂。选择名师把学上，教儿发奋读文章。千斤重担父母扛，家里家外儿莫想。家贫也要结清账，儿在学堂莫忧伤。儿在学堂想一想，看你悲伤不悲伤。

五想爹娘把儿养，儿女长大走四方。或上京来或下广，或为功名到官场。梦中相会空思想，醒来还是泪汪汪。每日开门朝前望，望儿归家落胸膛。儿在官场想一想，看你悲伤不悲伤。

六想爹娘把儿养，婚嫁大事操心忙。请来媒人四处访，选择高门把女放。茶壶茶杯与床帐，铺盖枕头与衣箱。不分儿郎与女郎，手掌手背都一样。婚嫁男女想一想，看你悲伤不悲伤。

七想爹娘把儿养，直下蓝田与白庄。为儿穿衣把线纺，为儿走路把马放。为儿住屋修瓦房，为儿吃水打堰塘。白发苍苍拄拐杖，支事还在把家当。为儿为女想一想，看你悲伤不悲伤。

八想爹娘不精爽，患下五痨与七伤。一时又说浑身涨，一时又说心内慌。医生只说要调养，慢慢调养身体康。谁知沉重变了样，秋去冬来不起床。骨瘦如柴光框框，看你悲伤不悲伤。

九想爹娘把命亡，恩重如山分别长。喊不答应空思想，哭不转来断肝肠。堂前不再见爹娘，三间瓦房断中梁。今晚还把灵魂望，明日独自上山冈。生离死别想一想，看你悲伤不悲伤。

十想爹娘把骨葬，一堆黄土皆文章。只管夜晚送灯亮，哪管雨雪与风霜。按日站在门前望，不过白纸与羹香。岳飞为国把命亡，韩信功劳尚未偿。唱到此处想一想，看你悲伤不悲伤……

大哥支吾说："这些……我也没征求你的意见，就自作主张地请来了，二弟要是——"

老公知道，乡下办丧事，有一套完整的约定俗成的规矩，那是必须遵循的。别说他在城里就是一个教书匠，就是个市长、省长，爹娘老了，回家吊孝也得入乡随俗。

前年，庄前面的六舅老爷死了，在城里当副局长的儿子和儿媳回家办丧事，说啥也不愿穿孝衣，他说："我是领导干部，我不能带头搞封建迷信这一套。"六舅老娘把孝衣摔到他脸跟前，大声骂道："别说你就当个芝麻大的副局长，你就是当了更大的领导，你也不能没有爹。我今天就把话撂在这儿，穿了这身孝衣你还是我的儿，不愿意穿你现在就给我滚，我从此以后没有你这个儿！"儿媳可以没有婆婆，可儿子不能没有娘，在六舅老娘的恩威并施下，儿子乖乖地把孝衣穿上了。可儿媳坚决不吃这一套。最后，还是主事人从中斡旋，从镇卫生院给借了一件白大褂穿在身上，这事算是有了一个较为圆满的解决。但是，夫妻俩不孝顺的坏名声却是永远地背上了。丧事期间，连个人理都没有，吃饭都没人招呼。

前车之鉴，老公才不会重蹈覆辙呢。

老公真诚地说："大哥费心了，离家多少年了，好多事我也摸不到头脚，你看该怎么着就怎么着好了。别让村里人说三道四就行。"

老公一看见公公身着寿服形容枯槁地躺在寿枋里，眼泪就不由自主地淌了出来。他双膝跪在寿枋前，昏天黑地地嚎着："爹——你怎么走得这么快啊……我还想接你到城里去过些日子呢，你怎么也不让我给你尽尽孝啊……"

老公哭痛哭流涕肝肠寸断。

大哥大嫂也跟着做伤心状。

农村办丧事就这样，只要来人吊丧，不论关系远近，人家哭，家里的人也得有人陪着哭。哭上三声五声，多的十声八声，悲伤时间结束，不等人劝就破涕为笑你搀我我搀你站起身来，开始询问对方和家人的健康状况："好久没见姑奶奶了，姑奶奶还好吧，你看这要不是这事还见不到姑奶奶呢。待这儿忙完姑奶奶跟我回家住一阵去得了。"嘴里那个甜。被喊"姑奶奶"的那位赶紧答话："可不是好久没见了，前个天还想着你呢，有日子没见了，也不知怎么样了。这次不能去住了，看下次吧。"然后，喜笑颜开地手牵着手到后屋打麻将去了。在正在进行哀悼的灵堂里，这笑声一点儿也不会显得格格不入。乡下人对灵魂的敬畏，只有在哭泣的那一会儿才可能淋漓尽致。家家都这样，人人都如此，没有人觉得这样做大逆不道，自然也就没人在身后指指戳戳。

大嫂哭了几声，就先站了起来。大嫂知道，就老公这阵势，不哭够劲他是不会罢休的。农村人常说：儿子哭惊天动地，女儿哭真心实意，儿媳哭虚情假意，女婿哭驴子放屁。大嫂先把她拉起来，然后再示意大哥去劝老公。她虽然跟公公没一起生活过，几乎没什么感情，但她看不得人哭，眼见老公声泪俱下悲痛欲绝，也禁不住跟着相看泪眼，无语凝噎。

又哭了一会，主事的九叔公来了。

九叔公瘦得跟麻秆似的，用皮包骨头来描述一点儿也不过分。他的脸盘很窄，颧骨高耸，两颊深陷，两只鬼鬼祟祟的眼睛中间孤零零的挂着一只小而发红的朝天鼻，满脸深深的皱纹和衣服皱褶连成一片，让你分不清哪是皱纹哪是皱褶。九叔公平时一天到晚无精打采，有人跟他打招呼，他连句话都懒得回。可是一听说谁家死人了，他立马精神抖擞，跟换了个人似的，眼睛里也隐隐约约闪现出丝丝亮光，让你觉得他可能有妖法。

九叔公牙齿全部脱落了，说起话来"刺刺"往外跑风。他趴在大嫂耳边小声问，是否还要给她和老公俩人撕孝服。但她听见了。她知道孝服就是大哥大嫂身上穿的那种专为哀悼死者而穿的服装。孝服按服丧重轻、做工粗细、周期长短分为 5 等：斩衰、齐衰、大功、小功、缌麻。其中斩衰最上，用于重丧，取最粗的生麻布制作，不缉边缝，出殡时披在胸前。如是女子还须加用丧髻（丧带），就是我们常说的披麻戴孝。

"撕什么孝服，人家城里不时兴这一套。"大嫂非常生气地说："弟妹就不用穿孝了，二弟就按他自己的意思办，咱新事新办，没这么多的封建讲究。"九叔公听了点点头，走了。看得出来，整个葬礼都是大嫂在掌控，大哥就一个跟班。大嫂将一切安排妥当，转过脸跟她说："弟妹，爹临走前说——"

她一听大嫂又要来，赶紧堵住了大嫂的话头，"没事大嫂，十里不同俗，入乡问规矩，该怎么做就怎么做，别让人家说闲话。"

大嫂一拍胸脯，"你尽管把心放在肚里，弟妹，有我在，还轮不到他们说闲话！"

大哥说："好了，二弟跟弟妹坐了一夜的车了，赶紧让他们吃点饭休息一下，回来还有好多事要商量呢。"

大嫂满脸歉意地答应，"是是是是，你看看我都忙晕了，赶紧吃饭。"

这时，主事的九叔公又跑过来，他趴在大嫂的耳朵上叽叽咕咕了一阵，大嫂勃然大怒，把手往寿枋上使劲儿一拍："这里面有坏种！"

大哥脸色立马变了，他忐忑不安地瞅着老公，生怕引起什么变故。

老公果然忍不住了，他怒目圆睁地瞪着大嫂："大嫂干什么？你这是骂谁呢？"

大嫂这才意识到自己失言了，忙不迭地赔着笑地连声道歉："对不起二兄弟，对不起，我这是骂那些坏种的。驴子早上从集镇上称的两袋子壮馍，放在厨房里，不知让谁给偷走了一袋。我真不是说咱爹的，爹这一生宽厚待人，从我嫁过来，俺爷儿俩就没红过脸，你说我怎么会无端骂他老人家呢？"

老公哭笑不得，但想想大嫂说的哪句话都在理，再追究下去就有点无事生非了，说："好了，吃饭吧。"

大嫂也赶紧借坡下驴架着她的胳膊往灵棚外走，边走边说："弟妹，你可得好好地尝一尝这个壮馍，可劲道了，咱爹就爱吃这口。那天，咱爹嚼着驴子专门给他买的壮馍，说：'驴子年龄也不小了，也该成个家了——'"

她听了，感慨万千地说："爹真是一位慈祥可敬的老人，谁的事都记在心里。你看你二弟都这么大了，他老还是不放心，隔不了几天就要打个电话嘘寒问暖。"

"是是是，他老人家生前最大的心愿，就是赶紧给驴子娶房媳妇——"

"看来我今天得好好尝一尝这个驴子壮馍。"

大嫂几次把话题往房子上引，都被她看似无意实则有意地化解了，这不能不让大嫂恼羞成怒。大嫂心里恨得咬牙，面上还依然得赔着笑，"弟妹，这可不是驴子壮馍，是驴子买的壮馍啊。"

一块壮馍没嚼完，就听得又一阵撕心裂肺的哭声平空炸响："你个老东西啊，你害了我一辈子啊，你两手一撒去了，丢下我可怎么活啊……"

大嫂站起身往外瞅了瞅，说："四奶奶又来了。"

农村有句俗话，叫作"死者长已矣。"这不仅意味着死亡可以带来最终的平静，也意味着生者不能够再说死者的坏话。因为一个人的灵魂一旦跨越到了灵魂的王国，他的一切罪恶都将随他而去，作为幸存者就只能说他的好了。所以，四奶奶敢于理直气壮毫无禁忌的一趟趟地来凭吊自己爱了一生的这个男人。

"四奶奶"三字立刻引起了她的极大的好奇，她要看一看，究竟是怎样风花雪月的一个女人，引得公公神魂颠倒，英雄折腰。她放下啃了一半的壮馍，起身往灵棚走去。

朱颜鹤发的四奶奶一看就知道年轻时一定是个能迷尽天下男人的美人坯子，一头银发梳得十分认真，没有一丝凌乱，微微下陷的眼窝里，一双深褐色的眼眸，悄悄地诉说着岁月的沧桑。四奶奶没用任何人搀扶，颤颤巍巍地往公公的寿枋前一跪，痛哭流涕地念叨道："老东西啊你在哪？俺想你只能在你灵前趴……"

我欲与君相知，长命无绝衰。四奶奶痛不欲生，她看在眼里，心里不禁一阵凄然。

"起来吧四奶奶，你老别哭伤了身体。"

她说着，伸手挽住了四奶奶的胳膊。

四奶奶有些诧异地望着她，"这是谁啊？怎么以前没见过呢？"

大嫂赶紧上前介绍说："四奶奶，她是老二屋里的。"

四奶奶点点头，继续哭道："你个老东西，我打从嫁过来就跟你，一辈子没落吃没落穿，连个名分都没落下。本指望你能陪我走到老，谁知你又不声不响地自个先走了，你让我怎么活啊？我也跟你一起走吧……"说着，低头向寿枋上撞去。

四奶奶太让人感动了。山无陵，天地合，乃敢与君绝！就是一对明媒正娶的夫妇又能怎样？也不过如此吧？

她赶紧跪在地上去拉四奶奶，但还是慢了一步，四奶奶的头已经撞在了寿枋上。不知是四奶奶年老体弱，还是四奶奶根本就没用力气，撞得并不重，但却引出了一个小插曲——

这些年公公天天爬进爬出，这些天大家也都过来过去，但谁都没有注意，寿枋上何时楔了一根钉，一下子把四奶奶的头发挂住了，四奶奶的头怎么抬也抬不起来了。别人看得见，四奶奶可不知是怎么回事，她还以为是公公显灵了呢！大惊失色地叫道："你个老东西，你要干什么？你赶紧松开手，我现在还不能跟你走……"

周围的人无论是正悲伤着的，还是正号啕着的，全都哈哈大笑起来。四奶奶弄清楚是怎么一回事后，羞得满面通红，捂住脸赶紧走了。直到公公的灵柩下地都没再露面。

公公的葬礼简朴而又壮观，抬寿枋的、捧花篮的、架花圈的、吹鼓乐的，以及途中挤进出殡队伍的，浩浩荡荡排了两三里，有千把口子人。途中，行人们自觉给送葬的队伍让道，一些小孩子还好奇地不请自来地加入到送葬队伍中来。过路的人，一边走着，一边打听道：

"这是给谁送殡啊？"

队伍里的人就自豪地答道："还有谁？孙一，未庄的村支书。"

那人便惊讶道："哦，是他啊？怪不得办得这么阔气。这么年轻就走了，太可惜了。"

队伍里的人就笑了："你这是哪跟哪啊？不是他。是他父亲，老支书。"

云河师范大学的教务处长也代表学校赶来参加了公公的葬礼，看见场面如此壮观，禁不住啧啧称奇："就是云河师范大学校长死了，也不过如此吧！"

出殡的头一天晚上，大家伙坐在一起商量出殡的一些具体事宜的时候，大嫂借机旧话重提。当时，主事的九叔公说："大家都想想咱还有什么没想到的事情么？尽量把事情想全它，不让老人家留遗憾，咱活着的人也不留遗憾。"

话音刚落，大嫂"腾"地站了起来："爹临走之前，多次说驴子年龄不小了，该成个家了，点明说把后院这三间堂屋留给驴子娶媳妇。刚刚主事的九叔公也说了，不让老人家留遗憾，爹明天就下地了，咱怎么着也得在他下地之前把这桩心事给了了吧！"

大嫂这么一说，大家伙齐刷刷地一下子把眼光都集中到了老公的身上，老公不敢贸然表态，瞥瞥眼瞅她。

她笑了笑，说："爹什么时候说的？"

"早几年就说了，而且说了还不止一次呢！"

"那没立个遗嘱什么的吗？"

"这……"大嫂一愣，马上又反应过来了。"哦，爹一直说立呢，我说都自己家人立什么立，显得那么薄气。再说了，二弟和二弟妹都是通情达理的人，在城里高楼大厦地住着，这三间破屋框子就是都给他们也不会要。所以，爹就没立。"说完就直勾勾地盯着她，看她如何反应。

大嫂一张嘴就咄咄逼人，一下子就把她给逼到了火炕上。她嘫然一笑，指着老公说："你看看爹，可不是老糊涂了？上周还给你打电话，说家里的这三间堂屋也不分也不卖，不管他老人家在与不在，今后我们回老家也有个落脚的地方。你说，这咋又许给驴子了呢？"

大嫂一听就急眼了，"爹啥时候说过这话？我们天天在爹脸前转，你这话我怎么没听爹说过？"

她不急不忙："我们整天跟爹通电话，你说的这事俺不也没听爹说过吗？"

对话一下子陷入僵局，大嫂脸上的肌肉有些僵硬。大嫂不接话不行，接话说不好还不行，因为说不好就要反目成仇。一旦那样，到头来吃亏的还是大嫂。因为她万一要是泛起了倔劲，坚决到底平分遗产，大嫂就得不到房子，或说是得不到完整的房子，得不到完整的房子，驴子就住不进去，驴子住不进去，就结不成婚……这一连串的因果关系让大嫂不得不收敛一下自己的行为。

大嫂强笑着，努力不让自己的笑容黯淡下去："你——"

"我看咱这样，你们看行不？"主事的九叔公赶紧站出来息事宁人，"咱农村有句俗话，叫作入土为安。咱现在一切为明天的葬礼让路，你们妯娌俩讲的事情容我们办完事慢慢商量。咋样？"

大家齐声赞同。

出门时，老公在后面轻轻地拉了拉她的衣袖，她会意地放慢了脚步。

"你老是逗她让她悬着颗心干什么？给她吃颗定心丸不就得了！"老公生气地说。

她把嘴一撇，"你以为我想要那三间堂屋？我是觉得这么多年她对爹不闻不问，爹这尸骨未寒就理直气壮地站出来要独吞爹的遗产，就这么轻而易举地给她了，也太便宜她了！"

他心领神会："见好就收吧。"

她眨巴眨巴眼睛："见机行事吧。"

老公指了指她的鼻子想说点什么，想了想，说"早点休息吧，明天还有好多事呢。"

第二天，大嫂像换了一个人似的，刚一看见她的面就带着几个年轻妇女眉语目笑地奔了过来，"弟妹，我给你介绍一下，这几位都是我娘家的妹妹。今天，她们几个主要任务就是照顾好你。你们几个听好了啊，俺家弟妹要是有一点儿闪失，别怪我拿你们几个试问！"

几个人叽叽喳喳："放心吧大姐，保证不会慢待了你家弟妹。"

她推脱说，"大嫂放心吧，我没那么娇惯，能照顾好自己。"

话是这样说，可那些人都是得了大嫂的令箭的，哪里肯听她的。她还没抬腿，就有人赶紧架住了她的胳膊，她要下跪，早有人在地上铺了布垫；一阵风吹来，有人替她拉拉围巾；一阵雨刮过，有人替她撑起了伞；她咂咂嘴，有人就递过茶杯……有一瞬间，她神情恍惚，不知自己究竟是师范大学里的女教授，还是金銮殿里的老佛爷。一路上，大嫂更是几次过来嘘寒问暖。大嫂的行为让她有些自惭形秽。如果大嫂此时再提房子的事就应了她算了，人家都把工作做到这份上了，你还要怎样？杀人不过头点地吧。她想。

如果说大嫂在这阶段的表演还算到位的话，那么，她在合坟时候的演出则完完全全称得上是精彩绝伦了。大嫂跪在墓穴边号啕大哭："爸爸呀，我的爸爸呀，你回来吧！我们不能没有爸爸，驴子也不能没有爷爷呀！"哀伤撕破了林地的宁静，一股同情突如其来地涌上了她的心头。她目不转睛地盯着大嫂，她注意到大嫂的眼眶这次润湿了。也许，大嫂并没有泪眼模糊，而是她自己瞬间迸发了涟涟泪水。大嫂有几次还虚张声势要跳入墓穴，但她的计划都被几个五大三粗的汉子给破坏了。那几个汉子紧紧抓住她，死活不肯丢手。

从坟地回来，已经是下午了，折腾了大半天，她浑身像散了架，坐在凳子上一动不想动。可大嫂似乎一点儿都不累，跑前跑后张罗着饭菜。

开饭时，主事的九叔公先说了几句开场白，大哥跪地上"嘭、嘭、嘭"叩了三个响头，然后，大嫂跟大哥挨着桌"谢吊"，说着些台面上的客套话，感谢亲朋好友、左邻右舍连日来的辛劳。这是农村丧礼中必不可少的程序，否则十里八乡都会骂你不讲礼数。主事的九叔公本来要她和老公也去的，大嫂说："你看俺家弟妹，累得筋疲力尽的，咋去？歇着吧，俺俩代劳了。"

让她始料不及地是，一圈敬下来，大嫂和大哥呼啦站到了她和老公的面前，"来，二弟和弟妹，我和你大哥敬你们俩一杯。"

她赶忙站了起来，"大嫂这是怎么说的，哪有你敬我们的道理？就是敬也应该我们先敬你和大哥啊。"

"话不是这样说。"大嫂摆摆手，"弟妹，这些年我对公公多有慢待，少尽孝道，让你不待见，这杯酒就当是我给你认错了！房子的事俺也想通了，就以俺平时对爹那做派，给俺俺也没有脸往里住。就按你说的，留着，你们啥时回老家来啥时住，平时就让你大哥给照看着，你放心，保证啥时来啥时干干净净、亮亮堂堂。"说完，一饮而尽。

大嫂一百八十度的大转变，一下子把她打了个措手不及。她的脸红红的，瞅着老公说:"你、你说两句……"

老公不紧不慢地把球又给推了回来，"我说啥，人家大嫂是跟你说的话。"

她懊恼地瞪了老公一眼，真诚地说:"大嫂言重了。实话说，在你对待公公的态度和做法上，我对你是有些看法。俗话说:百善孝为先。夫孝，天之经也，地之义也。无论你穷也罢，富也罢，只要用心去感受，你会真实而美丽地发现:孝敬老人其实是一种永不磨灭的幸福和感动，我们每个人都应该好好地珍惜这幸福，千万不要等到子欲养而亲不待的时候再后悔莫及。还有，孝敬老人也是善待自己。古人云，我孝于亲，子还孝于我。如果我们不懂得孝敬老人，那么在我们的言传身教之下，儿女会对我们孝敬吗?"

也不知大嫂听明白没有，脸红一阵白一阵的，满面愧色，"弟妹你说得对，这几天我的心里一直都很难过，就是你说的，爹活着的时候没尽孝道，想尽孝了，爹又不在了，真是后悔都来不及了。"说着说着，眼泪情不自禁地流了下来。

她看在眼里，眼圈立马跟着红了，"大嫂既然也都意识到了，那我也就无话可说了。爹留下的那三间堂屋，你就收拾收拾给驴子住吧。"

大嫂立刻破涕为笑，嘴惊愕得张多大:"真的?"

"那还能儿戏不成? 大哥、大嫂，我们这一走也不知哪天才能再来，屋不怕住就怕空。真是来了，在你屋里住个三晚两晚的，你莫非不让不成?"

"那哪能? 俺求之不得呢!"大嫂生怕她这一瞬间又改了主意，想着赶紧把生米做成熟饭，忙不迭地大声喊道:"驴子呢? 驴子呢? 快把驴子喊来。"

驴子不知被人从哪儿喊来，累得上气不接下气地。一进门就被大嫂按倒在地:"快，快给你二叔二婶磕头，你二叔二婶已经答应把你爷爷的房子留给你了。"

驴子也不知听明白没听明白，跪在地上就是一阵乱叩。她赶紧站起身去拉驴子，"好了好了好了，再磕就把头给磕肿了。"

大家伙都笑了起来。

主事的九叔公见好赶紧收，生怕哪句话再说岔了。"好了好了，说开就好。常言说:一尺布，尚可缝;一斗米，尚可舂。兄弟何苦不相容?"

老公也跟着帮腔:"九叔公说得好，度尽劫波兄弟在，相逢一笑泯恩仇。"

　　她听了，抢白他一句："就你瞎说，既是兄弟哪来的什么恩仇！"

　　大嫂赶紧附和："是的是的是的，本来就没有仇。"

　　老公一看连大嫂都跟她站到一个阵线上了，赶紧把嘴闭上了。

　　回城的火车就是来时那一班，说是朝发夕至，其实开车时都已经快十一点了。大嫂跟着驴子的拖拉机一直把她和老公送到火车站，还破天荒给她带了五斤绿豆和五斤芝麻，一再叮嘱他俩，放假的时候一定再回来住几天。火车都开老远了，她伸头瞧她还在站台上挥手。

　　她的心里一阵感动。

　　望着窗外沟壑纵横的田地和镶嵌在山坳里的一户户农家，她莫名其妙地浑身一颤，"也许是我们错了。"她说。

　　老公也跟着莫名其妙地浑身一颤，"啥事也许是我们错了？"

　　"也许老人家确实答应了把那套房子给驴子。"

　　"这不可能，"老公斩钉截铁地说："爸不会做这种厚此薄彼的事。"

　　"万事皆有可能，更何况——"

　　老公知晓她话里的意思，没容她说完就止住了她的话头。"何况什么？你也信他们无中生有胡编乱造？"老公踟蹰了一会儿，十分不情愿地说道："有件事，一直没给你说过，驴子就是大哥的孩子。大哥……给他做过亲子鉴定。"

　　"什么什么？我咋不知道？"

　　"这事就我跟大哥俩人知道，大哥让我帮着联系的。驴子到底是谁的孩子一直是大哥的一块心病。"

　　她点点头，"可以理解。"说完，突然大呼一声："是你，一定是你！"

　　他不知就里，"怎么一惊一乍的？什么一定是我？"

　　"出殡的头晚是不是你点化了大嫂，否则她不可能的在一夜之间判若两人。"

　　老公摇摇头，"什么事都逃不过你的眼睛。"

　　她假装生气地把嘴一噘，半是嗔怪半是撒娇地说："整天跟我花言巧语，说这个世上最亲近的人就是我，我也看了，都骗我的。还是你们一家人亲近，联合起来蒙我。"

他得意洋洋地一笑："这不也正是你想要的结果嘛！"

"你又不是鱼，怎么知道鱼很快乐呢？"

"子非我，焉知我不知鱼之乐也？"

"强词夺理！不理你了！"她把脸扭向窗外。

"老婆——"

她置之不理。

他再叫："老婆——"

她还是不理不睬。

他想了想："呦，今天又是周五了啊。"

她憋不住了，"扑哧"一笑："哼，周五也不跟你唱！"

"呜——"火车使劲儿地吼了一声。

（首刊于《延河》2014 年第 9 期）

谷 雨

（一）

"咚、咚咚……"

又响了，那奇怪的声音。

天快亮时，一阵阵隐隐约约若有若无的响声将吴运城从梦中吵醒。起初，睡眼蒙胧的吴运城以为是有人敲门。但也仅仅就那么一瞬间，吴运城就将这念头给打消了。

不可能有影的事儿。

吴运城定定神。你这是在胡思乱想。没有人会来这里，没有人会在三更半夜，跑到这人迹罕至的空城，只是为了吓唬你。一定是风。

不然，还会是什么？

打从三年前那次迁徙之后，这地儿就跟绝迹没啥两样了，别说上级单位的领导和以前的工友伙计没来过，就连亲戚朋友都没来过。站前站后村庄里放牧的人倒是想来。铁道两旁的杂草生长得葱葱郁郁、蓬蓬勃勃，矮点儿的也有半人高，小猪吃了都能长成大象。放牧的人眼馋得很。可是，铁道被严严实实的栅栏围得无隙可乘，别说人了，狗都钻进不来。村子里的男男女女老老少少，一天到晚站在外面眼巴巴地往里瞄。跟探监似的。

"咚、咚咚……"恼人的声音再一次响起。

吴运城屏息静听。

吴运城有些怀疑自己的耳朵。

就在吴运城疑惑不决时，又一阵"咚咚咚"的声音滚动而下降临到小站，他听出来了，那是雷声。似乎是为了证实吴运城确实没有听错，瓢泼大雨接踵而至，铺天盖地般地飞流而下。吴运城睡不着了。

吴运城披上棉衣，起身坐到床沿，踮起脚尖，在地上划来划去地去找他的鞋子。大约是来来回回划了有两三下，大脚趾碰到了一只，他把脚伸进去，又四下里去寻找另一只。可惜，这次的运气没那么好了。横着，竖着，划拉了十几下，全都擦肩而过。没办法，他只好把穿着鞋的那只脚踩在地上，光着的那只脚半翘着，弯下腰，探头到床下去找，就看见那只鞋，此刻正可怜巴巴、毫无生气地趴在地上。"你个小东西，你说你能藏到哪儿去！"吴运城骂了一句，伸出手，把鞋子拽出来，套在了脚上。

一切穿戴停当，吴运城缓缓踱到窗前，用枯瘦的手，颤抖着从脏兮兮的窗户上，撩起纱布窗帘，茫然地望向外面的黑夜。借着站台昏黄的光晕，吴运城看见，细细密密的水滴，"噼里啪啦"地落到地上，又飞溅而起，在风中，形成一团团、一团团浓浓的水雾。

吴运城讨厌下雨。

吴运城喜欢月光。

吴运城喜欢，让月光，隔着窗，洒在屋里，洒在床上、身上，洒在深深浅浅的梦境里。总觉得，夜晚没了浓浓淡淡的月色，就如同风里没了香润，花里没了香色，水里没了香气。好端端的一个婀娜多姿的女孩儿，脸上失却了颜色。

一阵风袭来，吴运城打了一个寒战。

吴运城想了一下，把胳膊伸进袖子，把扣子扣上。都过了春分了，一早一晚的还是这么冷，离不开个棉衣。吴运城摩挲着双手，既是为了取暖，也是为了平缓紧张的情绪。这个时候，能喝上一杯滚开的水，抑或是，一杯浓烈的酒，大概是最为行之有效的办法了。遗憾的是，这两个简单而又奏效的办法，吴运城全都无能为力。因为，好长好长时间，吴运城都没有烧过水了。渴了，把嘴对着自来水管，"咕咚咕咚"灌上几口，就全都迎刃而解了。至于那只形同虚设的暖水瓶，吴运城早已经记不得，上一次用它是什么时候了。那里面，干旱得恐怕连一滴水碱都倒不出来了。不是缺水，也不是缺柴，缺的是那种生活的心劲。至于酒，那就更是无稽之谈了，吴运城长这么大，就没沾过酒，不知那酒，喝到嘴里究竟是个啥子味道。

——三年前，铁路上慢车停运，快车提速。一夜之间，火车再经过这儿的时候，就不再停靠了。原先在小站上车下车的乘客们，要是再想进城，或到别的什么地儿去，就得走很远很远的路去坐汽车，或坐很长很长时间的汽车去大火车站坐车。小站就像个被爹娘遗弃在一望无际的铁道线上的孩儿，欲哭无泪，孤独而又无助。

中国有句俗话，叫作"皮之不存，毛将焉附"。车站都没了，还要职工做什么？为数不多的十几名职工相继都要被安排到能停快车的大火车站去了。

吴运城不想去，吴运城跟小站有感情。

这份情，比迤逦着缓缓流过车站的那条黄河还要深。

吴运城跟小站的感情要追溯到四十年前。

那时，吴运城的爹在这个小站上做助理值班员，一天到晚旗不离手。他摇摇手里的绿旗子，火车就"哼哧哼哧"地往前开，他摇摇手里的红旗子，火车便"吱嘎吱嘎"地叫歪几声，乖乖地停了下来。

吴运城三岁光景，娘抱着他从乡下来到小站来找爹，站长安排人把一间没有窗子的库房腾了出来，让娘儿俩住了进去。虽说是窝憋了些，好歹一家三口有了立锥之地。打那开始，吴运城就没离开过小站。每天晚上，吴运城都是枕着火车的轰鸣声入眠。不到七岁，吴运城闭着眼躺在床上，就能辨得出哪一趟是客车，哪一趟是货车，哪一趟是重车（重车就是装满货物的货车），哪一趟是空车了。

日子过得很快。转眼间，吴运城20岁了，可吃饭的家伙什一点儿着落都没有。吴运城似乎并不着急。皇帝可以不急，可太监却不能不急。没吃饭的着落，就说不上媳妇；说不上媳妇，就成不了家；成不了家就传不了宗接不了代。这对一个几辈子单传的家庭来说，可是天大的事。夫妇俩一合计，爹毫不犹豫地办了"病退"，把还残留着温热的"铁饭碗"传给了儿子。以爹的身子骨，其实完全可以再干个三年五年的，可为长远计，为吴家的江山社稷计，这点牺牲只能算作是吃饭时没小心，从嘴里掉了一粒米粒。吴运城就这样成了铁路工人。从此，那个整天摇旗呐喊的人，就由老子换成了儿子。吴运城一口气在这个小站待了三十年，他觉得自己已经成了小站的一棵树，龙蟠虬结，枝繁叶茂。哪能说移走就移走呢？人挪活树挪死。要我走，那不就想要了我的命吗？

吴运城找到车站领导，黯然地说："站长，昨天我去跟哑妹见面了，我跟她说，车站废了，站上的人都要到很远的地方去了，我也要去了。今后，就你跟孩儿在这儿了，你们娘儿俩好生地过，缺什么要什么就捎话给我，我给你们送过来。哑妹说：我和孩子都在这儿，你到哪儿去，你还有几年的奔头？跟领导上说一说，别折腾了，好生的在这儿陪俺们娘儿俩几年吧。"

站长正在收拾抽屉。其实，这会儿，不光站长，全站都在整理行囊，哪间屋子里都乱哄哄的，杂乱不堪，一片狼藉。跟吴运城在电影里看到的，兵败如山倒时国民党逃离大陆前那情景颇多相似。听见这话，停下手中的活，看了他一眼，然后又把目光移向小站对面那座光秃秃的山丘，在心里长长地叹了一口气，说："你要是真想留下，就留下吧，反正这儿也要留个人值守。不过，你要把这些站房看好了。说不用就不用了，多好的站房啊！好好看着吧，说不定哪天上面的头儿高兴了，一拍脑袋，这小站又派上用场了。"

吴运城以前听站长说过，小站建造于清光绪三十四年，由于建站地点位于当时的德国租界，因此设计图纸和建筑材料都来自德国：红瓦红墙、廊柱拱门，宏伟庄严，宛如欧洲城堡一般。站房周边，高大的树木山环水抱，葳蕤葱茏，在初春的空气里生机盎然。

吴运城说："站长，你只管把心放在肚子里，我会看好的。"

"这点我相信，你一个人在这儿要注意安全，有什么事，比如说头疼脑热的，赶紧给我打电话。"站长拍拍吴运城的肩膀，恋恋不舍地说道："保重，老吴！"

说完，匆匆忙忙地带着他的11名士兵赶赴了新的战场。转眼间，小站，成了一座空城。

"新的战场"这个名词是站长说的。

是他在小站最后一次全体大会上说的。

站长说的时候，一脸神圣，一脸憧憬。

站长带队出发的时候，吴运城看见了，雄赳赳气昂昂的，跟跨过鸭绿江去抗美援朝似的。谁知，这帮人刚到"战场"就让人家大鱼吃小鱼样的给吞并了。站长在小站上是个像模像样的官，一到那大站上就不行了，就啥也不是了，连个车间副主任都没干上，只弄了个大班班长，这算哪门子官？铁路干部序列里根本就没这个职名。站长带过去的十几个人也被全部打散了，一人去一个班组，两头碰不到面。后来，大家想明白了，敢情是人家怕小站去的人拉帮结伙、揭竿起义呢。常言说，防人之心不可无。到底是大车站，真是做到家了。无官一身轻的站长都自顾不暇了，哪还有心思管吴运城的什么头疼脑热？他不管，别人更不管。小站就成了"被爱情遗忘的角落"。

（二）

"咚、咚咚……"吴运城又一次听到了敲击声。

莫非真的有人敲门？

不论是不是有人敲门都看一看，多看一眼总不是坏事。不是说，小心驶得万年船嘛。吴运城拉开门销向外推门，没曾想，竟然没有推动。不对啊，这扇门哪天都得开个十回八回，没这么沉过啊？吴运城死命地又推了几下，终于推开了，才发现门后蜷着一团黑乎乎的什么东西。难道是跑来躲雨的野狗？吴运城抬起脚稍稍加点儿力地踹了一下，就听得黑团"哎哟！"一声。

吴运城登时脊背发凉，寒毛直竖。

原来是个人。

原来是个女人。

吴运城惊魂未定，借着屋内的光亮看过去，看见女人浑身上下全都湿漉漉的，一头的脏发披散着，一绺一绺地往下滴着泥水，身上是一件已经说不上颜色了的棉袄，领口、袖子和前胸处都破了，丝丝缕缕地挂着棉絮，整个人儿冻得没有了人形。

四下里一片寂静，只有女人在轻轻地呻吟。

吴运城的心急速跳动，汗水濡湿了手心，紧张和疑虑刺激着他的每一根神经。

"你是谁？"吴运城颤颤地问。

女人抬起头，满额满脸都是泥污，根本看不清眉眼，她有气无力地乞求道："大哥……求求你，让我进屋暖和暖和吧，我……快要冻死了！"

吴运城愣怔了一下，弯下身，半搂半抬地将女人挪进屋，放在靠墙边的一堆柴垛上。看见女人冻得瑟瑟发抖，吴运城想，要赶紧把炉火生起来。女人太冷了，需要一个暖炉，还有，女人的衣服也湿透了，也需要一个烈焰熊熊的炉火炕一炕。

炉子是现成的，柴火也是现成的。没怎么费劲，炉火很快就生起来了，屋里渐渐有了暖气。

吴运城从柜子里找来一件自己的棉衣，放到女人跟前，然后端来一盆热水。说："洗洗，把这件干衣服换上。你看来还没吃饭吧，我给你弄点儿吃的去。"

吴运城在做这一切的时候，女人一直蜷缩着身子，低着头，眼睛一眨不眨地盯着自己的一双光脚丫子。吴运城说完话，女人抬起头，盯着他的脸看了一会儿，似懂非懂地点了点头。看见吴运城转身出了门，女人把一双冻得没了知觉的手，伸到了热水盆里。霎时，一股温暖触电般涌遍全身。

女人幸福地闭上了眼睛。

吴运城转了一圈回来，女人已经收拾停当了。脸洗过了，不知在哪里翻了一把多年不用的梳子出来，把头也梳过了。吴运城一怔，赶紧别过了脸：原来还是一个有几分姿色的女人啊！吴运城拿给她的干衣服穿上了，吴运城没有拿给她的一双军用球鞋，也被她从床底下摸了出来，套在了脚上。

"倒是不客气！"吴运城在心里笑了一下，把一碗热气腾腾的面条和一盘自己腌制的红萝卜干放到小桌上，"太晚了，我这儿，就只有这些，你趁热吃吧。"

很快，一碗面就被女人狼吞虎咽了下去，额上立马沁出了一层密密麻麻的汗，脸也有了点颜色。

"妹子，你，这是从哪儿来的啊？"吴运城小声地问。仿佛是害怕声音太大，会吓着这个惊魂未定的女人。

女人的脸颊一鼓一瘪的，眼睛也一眨一眨的——女人在寻思着怎样作答。半晌，女人才嗫嚅道："……我，很远。"

"那你怎么来到这儿的呢？"

吴运城上上下下打量着女人——他不明白，这么一个一句话就能理得清的简简单单的问题，女人为啥要费这么大的难呢？吴运城的双眼深沉而严肃，投出去的目光像是一支支利箭，女人经受不住，一点一点地在吴运城的眼里低矮了下去。

女人停顿了一下，吮着自己的下唇："我……我从乡下去南方找俺男人，不知怎么回事，上错了车，稀里糊涂就被拉到了这里。"

女人没讲实话。这怎么可能呢？小站早就不停客车了，即便上错了车，也不可能被拉到这里。可吴运城并不去戳穿。

"天不早了，你到床上去歇息会吧，我……去外面走走，你在里面把门闩上好了。"吴运城站起身。

"大哥——"女人望着外面哗哗直下的雨。

"歇着吧，天亮以后，你就上路吧。从这往南走，也就七八里地，那儿有汽车站。"

"大哥，你听我说……"

吴运城摇摇头，"我不跟不讲实话的人打交道。"

女人仿佛被人猛地抽了一鞭子，身子颤了颤，说话的腔调也走了音。

"大哥，你别走，你听我说，你听我说，我跟你说实话……俺男人到南方打工，三年了，没回过一趟家。这半年，连个音信也没了，公婆让俺去南方打探打探。俺寻思着省两个钱，就在一个小站爬上了一辆货车。谁知，半道停车的时候，车上又爬上来了一个男人。那男人见俺有几分姿色，就起了歹心。车一开，他非要跟俺做那事，俺不同意，那男人硬要上。俺心一横，就从车上跳了下来……"

女人的话乍听起来，似乎有几分道理，细一琢磨，满是斑斑驳驳的漏洞。

吴运城皱起了眉头。

从小站通过的货车，哪一列速度都得在百公里以上，别说她一个普普通通女人了，就是一个经年累月在货车上蹦上跳下的铁路调车人员，摔几个跟头那都是轻的，她怎会安然无恙毫发无损的呢？

到目前为止，这个女人仍然没讲实话。

吴运城突然就失去了聊下去的兴趣。

吴运城从口袋里掏出一张 50 元，放到桌子上。"这里有 50 块钱，你拿着。钱不多，凑合着路上用吧。"

说完，不等女人搭话，就决绝地走进黎明前的雨阵。

在出门的前一刻，吴运城没忘，打量一下乱七八糟的屋子，以确认确实没有什么值得女人席卷而逃的值钱家什。

（三）

吴运城眯着眼坐在站台上。

往常这个时间他已经在准备午饭了。可今天他不想这么早回去。他怕那女人懒床，还没走脱，又要打照面。所以，就在站台上多磨蹭了一会儿。

吴运城从家里出来后，想也没想，就直接去了站台边那排空荡荡的站舍。这条道儿，对他来说可谓轻车熟路。吴运城记得清楚，站长在带着自己那群残兵败将仓皇出逃的时候，没忘再给他下达一项死任务：不管白天黑夜，一定把车站的大门锁好。别让村民给鼓捣开了，人和牲口跑进来上了线路，和车撞上，危及安全；每天检查三次站舍，早中晚各一次，别让闲杂人员和坏人把空置的站舍当成了落脚和藏身的好去处。把门窗关好，别让风雨钻进来，把房屋腐蚀和风化了。吴运城习惯于恪尽职守，遵规守纪，听从上级命令，即便站长现在已经不是站长了，吴运城还雷打不动毫不走样地落实着他在站长位置上时发布的指令。

雨在天快光亮的时候就停了，线路差不多都干了，空气很好闻，夹杂着青草与泥土的味道，清新而湿润。远处不时传来火车的汽笛声，吴运城循声望去，一列列长长的货车、客车从远方轰隆而来，从吴运城面前一驶而过，发动机奏出的巨大的轰鸣声充塞在雨后的空气中，激越而又震撼。吴运城凝神屏息地坐在站台上，用深炯的目光紧紧地追逐着那久久不散、令他心迷神醉的声音。

有一阵，线路空空的，好长时间没有车过来过去。吴运城听不到火车隆隆的叫声，看不见火车奔跑的样子，心里总是空落落的。

每当这时，吴运城就开始去想妻子。

吴运城的生活，这些年，一直都是单调而又充实。有车的时候看车，看车会让他心里感觉踏实。他以为，有车在，就有了安身立命的地儿。如果有一天，不再有车从这小站通过了，那他也就没有了在这儿立足的理由了。他就只能去妻子那儿了。这是有车的时候想的。没车的时候，吴运城就想妻子，闭着眼，想妻子的眉眼，想妻子的笑貌，想妻子的身影，想妻子每一次问候都饱含关切和恩爱，每一次抚摸都饱含温柔和体贴。想妻子会让他在心里感觉暖暖的。

吴运城的妻子不是娶来的，是捡来的。属于半路夫妻那种。妻子不懂啥叫"半路夫妻"，吴运城想了想，说："可能是说咱俩是在半道上遇见的吧。"

妻子点点头，似懂非懂。

吴运城的婚姻之路相当不顺利。那些年，爹娘为他的事没少操心，可总是高不成低不就，都二十八九了，还没见结个茧出来。为娘的还其心不死，爹早已经死心了。"是死是活，就看你自己造化吧，我是没有气力管你的事了。"爹说完这话不到半年就一命归西了，紧接着，娘也跟着撒手人寰了。没人管没人问也没人烦吴运城了，然婚事也就这么无边无际漫无天日地搁置下来了。

吴运城40岁那年，有天正在家里睡觉，站长差人来喊他，让他抓紧到站上去一趟。原来，十分钟前，一趟慢车上交下一对母女。车长说，这母亲本来坐得好好的，不知啥原因，突然就昏过去了，希望车站赶紧想办法送往当地医院抢救。车站恰好停了一辆来送货的汽车，站长一说司机答应了，愿意帮忙把这女孩妈妈送到县医院，但车站要去个人，不然有什么事说不清楚。站长说，"那是一定的，去，车站哪能不去个人呢？"站长说的那个一定要去的人，就是吴运城。

去县医院的路上，吴运城瞥了一眼那女人，脸色蜡黄，两眼一直闭着，身子骨虚弱的像一张被雨打湿的棉纸，吹口气都能破。吴运城想，看这样子，女人想回来，难了。吴运城再看女孩，女孩只是一个劲地流泪抽泣，问什么都不说。

吴运城只好一个劲地催促司机："大哥，快点，再快点。"

司机笑着说："别叫我大哥，再催我，我就得叫你大爷了。就我这破车，能跑到这速度就已经是奇迹了。"

医院的诊断结果让所有的人都始料不及。医生检查一番后，说："没什么大碍，就是饿的。先给她挂点水，醒来后，再给她吃点东西就好了。不过，切记不要让她一下子吃多。"吴运城盯着护士给女孩妈妈挂上水，叮嘱女孩两句，就到外面去给这娘儿俩买吃的。等他买了馒头、包子、面条回来，女孩妈妈已经醒过来了，女孩妈妈朝吴运城笑着打着手势。这时，吴运城才知道，原来这是一对哑巴母女。待一切停当，坐长途汽车回到车站，天都已经擦黑了。

在车站候车室，站长等几个人关切地问母女俩是从哪儿来的，准备到哪儿去？站长嘴手脚并用，急得满头大汗，还是不得要领。旅客中，有个懂手语的女孩，主动站出来充当翻译。女孩告诉站长，"这对母女是外出逃难的，没有家，也不知到哪儿去。女孩妈妈说，你们都是好人，就把她们娘儿俩收留下来吧，她洗衣、做饭，包括力气活儿，都能干。"

站长一挠头皮："留我这儿咋办？这又不是收容站。"站长跟翻译说："你跟她说，这是车站，没法子收留她们。让她们想别的法子去吧。"

翻译又跟娘儿俩比画了一阵子，转过脸跟站长说："妈妈说，娘儿俩没地儿去。她们就想借这候车室住一阵子，等找到合适的去处就走。不会给你们添麻烦的。"

站长把脚跺得"啪啪"作响。"你说说，这可咋好呢？这可咋好呢？"就在他团团乱转的时候，猛地就看见了吴运城。站长忍不住地笑出声来，上弯的嘴角在脸上形成了一个古怪的笑容："吴运城，你不是还没老婆吗？你把这娘儿俩收下吧。"

吴运城"唰"地从头红到了脖子跟。"站长，使不得，使不得，这玩笑不能开。"

站长不理他。跟翻译说："你问问这女的，这个男人还没成家，想娶她做老婆，愿意不？"

翻译还没开始比画呢，女人已经明白是怎么一回事了，红着脸，把个头点得跟拨浪鼓似的。翻译说："她愿意。"

站长得意地笑了："那还在这儿废啥话？吴运城，赶快把这娘儿俩带回家！"

其实，站长并非是乔太守乱点鸳鸯谱，因为有那么一瞬间，他从吴运城的眼里看到了那种真切的关怀。

吴运城梗着头，半推半就地将娘儿俩带回了家。

吴运城就这样有了一个哑妻。

对这段婚姻，好多人是不看好的。有人甚至说到了吴运城的面上。"前妻子、后汉子、到死两瓣子"，其意是说半路夫妻难贴心、不恩爱。

这话，站长也听到了。站长跟吴运城说："别听那些人瞎鬼日捣，古人说，半路夫妻恩爱深。你看那电影《暴风骤雨》里，车老板老孙头有句话说的就很好：黎明的觉，半路的妻，羊肉饺子清炖鸡。这人生最美的四件事中，其中之一就是半路夫妻。"

<h2 style="text-align:center">（四）</h2>

吴运城将房门拉了一条缝，人还立在门外，眼就直了。

原来狼藉不堪的屋子就在他不在的这段时间里，被这位夜半到来的女人悄无声息地收拾得井井有条。桌上堆积如山的杯杯盘盘已不知收到哪里去了，桌面被擦拭得能照得出人影；床上也已焕然一新，换下的床单、枕套、被罩等已被浸泡在盆里；原先扔的到处都是的裤头、破鞋、臭袜子也都不见了踪影，吴运城想，一定被压在了洗衣盆的最下面。吴运城还看见，火炉上架着铁锅，随着热气的升腾，一缕清香之气袅袅升起。

吴运城仔细地打量着，骨碌碌乱转的眼中满是惊诧。

女人正在弯腰扫地，看见吴运城不知所措地站在门外，直起腰，满面笑靥地招呼着吴运城，女人的声音轻柔婉转："大哥回来了？进来啊，怎转了这么老半天？"

像已经跟吴运城熟悉了很久很久似的。

这个场景，让吴运城情不自禁地想起了哑妻。

每次，吴运城从外面回来，哑妻就好用这种妻子特有的，富有包容力的微笑，来迎接他。

吴运城禁不住将眼睛转向女人，然后，在她脸上、身上胶着、流连。

女人的长发蓬蓬松松，在脑后绾了一个拳头大的结，光洁的额头下，是一双好看的女人眼睛和一张白皙精致的脸，小巧的嘴角撒娇似的抿着，腮边有一颗褐色的痣。吴运城的心里微微地笑了一下。这个女人还这么年轻？顶多三十岁。

看见吴运城目不转睛地注视着自己，女人娇柔地用手摸了摸头发。"怎么了大哥？我的脸上长出胡子了吗？"

吴运城尴尬地别过脸，"哦……没有，没有。"

"进来吧大哥，你先坐下歇歇，咱这就吃饭。"

女人说话的时候，两只会说话的眼睛，始终盯着吴运城的眼。

吴运城没有抬头，但他感受到了。这个女人注视他的那种火辣辣的目光，不仅灼得他脸有些疼，同时，也让他内心很慌乱。

吴运城干咳了一声，"你……怎么还没走呢？"

这话问得太生硬了。说完，吴运城就后悔了。

女人也感觉到了这话问的突兀，她用手指摩挲着瘦削的脸颊，讪讪地笑着说道："看大哥这话说的，就你这家乱得跟什么似的，不拾掇利落，我能放得下心走吗？"

"话不是这样说，我这都习惯了。再说了，这点儿小事，怎么好耽搁你去找男人？"

"大哥这是在赶俺吗？"女人霎时退去脸上的笑容，变得忧郁起来。"大哥要是嫌弃俺，俺……现在就走。"

"不不不，我不是这个意思，我的意思是，别——因为我，耽误了你的大事。"

"大哥不嫌弃就好。大哥放心，我没大事。"女人叹了一口气，换了话题："不说这了，先吃饭吧。人说，巧妇难为无米之炊，还真是，我今儿个有心想给大哥做顿好吃的呢，只可惜，新来乍到摸不到锅灶，啥啥找不着。大哥就先将就着吃一顿吧。"

"这哪里话，这都不该麻烦你的。"

吴运城说着，把棉袄脱下来，搭在椅子靠背上，在桌跟前坐下。就这一转眼间，女人已经把热乎乎香喷喷的饭菜端上来了，一盆白菜炖豆腐，一盘炝土豆丝，还专门给吴运城做了一盘下酒菜：凉拌萝卜丝。女人给吴运城摆上酒杯，斟满酒："先喝吧，喝完再给你盛饭。盛早了，就凉了。"

这屋里头有女人没女人就是不一样。往昔，吴运城转上一圈，回到家，这屋里的锅是凉的，床是凉的，任哪儿都是凉的。这女人一来，一切都变了。

吴运城夹了一口菜放进嘴里，津津有味地咀嚼着。

"大哥，怎样，味道还行不？"女人小心翼翼地问。

吴运城的嘴里菜还没咽下去，说出的话儿含混不清，"嗯，不错。"

"那就好，那就好。大哥说好肯定就好。"

女人给自己盛了小半碗饭，大大方方地坐到吴运城对面，一口一口，不紧不慢地细嚼慢咽起来。吃着，还不忘让着吴运城："大哥，你别光喝酒，你吃菜，吃菜。吃完它，别剩下了，晚上咱再做新的。"

有这么一阵子，吴运城几乎摸不清了，这儿到底是他的家，还是这女人的家。

两杯酒下肚，吴运城的心里热乎起来，主动张开嘴："我说，哎，你……"

"我叫槐花，大哥。就是槐花盛开时节出生的。"

"哦，槐花。"吴运城点点头。

槐花瞅着吴运城，"大哥你还想问啥？"她的眼睛乌黑清澈明亮。

吴运城把头低下，"没、没了。"

"那……大哥你喝酒，吃菜。"槐花端起酒杯，双手递给吴运城。

吴运城接过酒杯，一口倒进嘴里。

"桂、槐花妹子，你……"

"大哥你说——"

"我……不说，不说。"

"大哥是不是不想喝了？要是不想喝了咱就吃饭。"说着，摸起桌上的碗，给吴运城盛了尖尖一碗。

吴运城低着头，一口气扒了半碗，放下，鼓足勇气，说："你听我说，槐花妹子——"

"大哥你说——"

"不是大哥嫌弃你，我这家你也看了，我是有妻子有孩子的，你住这儿不合适。万一，我妻子知道了……"

槐花笑了，"大哥，你要是不会说瞎话就别说。人可以说谎，可这屋子不会跟着你说。我是女人，女人最敏感的就是女人。你这屋子多久没进女人了，昨晚上一进来屋，我就闻出来了。你这屋里根本就没有女人。有女人的屋子，不是这个样子的。"

吴运城还想强词夺理，"我是——"

槐花伸出手，止住了他，"别说了大哥，我还是那句话，大哥要是嫌弃我，我现在就跪下给你磕三个响头，谢你昨晚搭救之恩，转脸就走。我出了这门，冻死饿死都与你无关了。"槐花顿了顿，让吴运城有时间发表意见，但吴运城没有说话，于是，槐花又继续说道："你要是念及槐花可怜，就再宽限俺几天，待俺恢复恢复身子再说。大哥——"话没说完，槐花无声地低下头去，双手捂住了脸，豆大的泪滴，从她的指缝间，一粒，一粒地溢了出来，她的肩头剧烈地抖动着，满头的秀发也都披散开来，像黑色的瀑布一样遮住了她的表情。

吴运城的心，软了。"那就……那就，缓缓再说吧。"

人世间，真是有好多事情，让人无法预料。就譬如说吴运城吧，一直到死，他都没有想明白，自己究竟为什么要容留槐花。他总觉得，在这件事上，自己似乎一直在被某种看不见的力量牵动着，而不是照自己的意思去做。

"我就知道大哥是好人，不会硬赶我走的。"槐花收起眼泪，娇嗔地瞪了吴运城一眼，破涕为笑。"大哥，你看我是这样想的，还找什么男人？人都不要我了，我还费那么大的劲儿，上赶着去找人干吗？我谁都不找了，就留在这儿跟你过了。你看行不？"

吴运城抬起头，一脸惊愕："别别别……"

槐花莞尔一笑："缓缓再说，缓缓再说。"

（五）

槐花就这样在这儿住下了。

吴运城让槐花睡在床上，自己睡到隔壁柴房去。槐花不愿意，说一个人睡害怕。于是，吴运城就用几块板子在外间搭了一张铺。小站上，空闲的房子比吴运城身上的肋骨都多：售票房、行包房、客运室、货运室、行车室、信号楼……连起来，比一列火车都长，包括以前的站长室都在大敞着门虚位以待。吴运城想住哪间住哪间。吴运城如果不嫌麻烦，一天换一间，也不是不可以。

吴运城哪儿都不去，就住在这间老食堂里。

因为，这间屋子，哑妻住过。

——那天，吴运城就汤下面把哑妻娘儿俩接纳下了。但是，怎么安顿，他心里一点谱儿都没有。他只能先把娘儿俩带回了集体宿舍。父母回乡下后，先前住过的那两间屋子，就由站长做主，给了一位拖家带口的职工，吴运城就搬到集体宿舍，与一位货运员搭伴。这天，恰好货运员休班回家了，天也好，地也罢，都归了吴运城一人管。吴运城见缝插针，自作主张把小女孩安排到货运员铺上，把哑妻留在了自己床上。就在这间不足十五平方的小屋里，吴运城彻彻底底地完成了从男孩到男人的嬗变。第二日，吴运城想再变一次呢，货运员像一位不速之客一样不合时宜地回来了。

吴运城啥话也没说，拉着哑妻的手来到了站长室。

吴运城说："人是你留的，房子的事，你看着办吧。"

这没地儿住找我来了，昨儿，你他娘的两个人干柴烈火的时候，咋没说让我也跟着去热热身呢？这是站长的心里话。嘴里的话可以放在心里说，心里的话却不是全都可以放在嘴里说。就像刚才这番话，站长就只能在心里说，嘴里说了，就不符合站长这个身份了。

站长乜斜着两个人说："你娘的，我这做好事，还做出毛病来了？"站长起身走两步，推开窗子，像个将军一样，倒背着手站在窗前，很有气势地从左到右自上而下地梭巡着。然后，右手向窗外一指，说："吴运城，眼下，只有那两间老食堂空置，愿意，你现在就可以搬进去，如果不愿意，那我就实在是无能为力了。"

哪知他话未落音，吴运城已经拉着哑妻欢天喜地地跑走了，到了门口，才想起没给站长回话，又拐回头，说："站长，愿意，愿意。"

和哑妻住在老食堂里的那段时间，吴运城觉得，是他一生中最快活的一段光阴。他想，从出生到现在，整整四十年了，从未像现在这样幸福过，漫长的人生终于以一种最美丽的姿态，展现在了他的面前。你说，吴运城怎么可能轻而易举地就擅离这所屋子呢？不能。无论哑妻在与不在，吴运城都会不离不弃毫无怨艾地坚守在这里，同时，也绝不会让别的什么人肆意闯入。守住了屋子，就守住了哑妻，守住了哑妻，就守住了那份让他刻骨铭心的爱。

所以，他绝不能做对不起哑妻的事。

在和槐花同屋而眠的这几日里，吴运城夜夜都是和衣而睡。他不是怕槐花，是怕自己，怕自己万一一时把持不住，跟槐花有了那事，哪怕只一次。他记得娘说过，男人和女人之间，是不能有那一层的。有了那一层，就有血黏在一起了，有筋长在一起了。想要割，怎么样的割法，都会痛。

让吴运城稍稍感到有点儿心安的是，槐花住下来以后，除了给吴运城洗衣、做饭之外，再没任何进一步的举动。甚至，连一句过火的话儿都没说过。倒是吴运城自己，对槐花的身世之谜总是排解不开。他一直都想问一问，她到底是从哪儿来，又是怎样像一片树叶样降临到个小站来的。可是，每次都是，自己刚一张开口，本来还有说有笑的槐花脸色一下子就变了，不是欲言又止，就是顾左右而言他。不是吴运城爱疑神疑鬼，你想想，一个人要是干干净净、坦坦荡荡，有啥子要期期艾艾、遮遮掩掩的呢？所以，吴运城不能不设问，隐藏在这个神秘莫测的女人身后的到底是什么？是沧桑，还是肮脏？

这天傍晚，吴运城在槐花的劝慰下，多喝了几盅老酒。他感觉有些晕晕乎乎的，便早早地躺下了。不一会儿，他就听见槐花窸窸窣窣下了床，蹑手蹑脚走出里间，来到他的跟前。

"她要干什么？"

吴运城警惕地盯着她的一举一动。

槐花径直走到吴运城床前，蹲下身来，充满爱怜地看着他，槐花的眼睛墨瞳幽深秋水含情。吴运城心跳不已。槐花默不作声地看了一会儿，起身坐在床沿。她拾起吴运城裸露在被子外面的手，把它包裹在自己的手中，细细地摩挲着。吴运城注意过槐花的手，这双手，干净、白皙、细嫩，跟露水洗过似的。他觉得，比她的脸更有吸引力。也就是一袋烟工夫，槐花不慌不忙地解开了前襟，毫不犹豫地将他那只粗壮的大手放到了自己温软的胸上。吴运城的心"嘭嘭"狂跳起来，说吃惊已经不足以表达他的心情，震惊，无比的震惊，才是他最真实的感觉。吴运城神经紧张到了极点，恐慌已经浸遍他的四肢百骸。他不知自己是该坐起身来，紧紧地把槐花搂在怀里，然后，酣畅淋漓地亲吻她，抚摸她，还是该大义凛然地斥责她，赶走她，让她永永远远地离开这座屋子。无论哪样，吴运城都没有这个勇气。吴运城无可奈何地对自己说，放任自流吧，听凭自然吧，她不会把你怎样的。然后，闭紧了双眼，心安理得地等待着槐花的引领。

"把眼睛睁开吧，我知道你没睡着。"槐花娇笑着，那么迷人。

吴运城听话地睁开了眼睛。

"我长得很丑吗？"

吴运城摇了摇头。

"我人很讨厌吗？"

吴运城又摇了摇头。

"大哥，从来的那天起，我就一直在想，我和你，前世一定有缘。不然，怎么解释我的到来？大哥？你说是吗？"

吴运城点点头，"是。"

"那你，为什么不要我呢？"槐花伸出手，轻轻地抱住了吴运城的脖子，"大哥，你知道吗？我爱你爱得心都痛了。"

吴运城低下头，痴痴地望着槐花玉软花柔的身体，"我也爱你。只是……"

说完这话，吴运城就惊住了。这是他从小到大，第一次说出"爱"这个字眼。他跟哑妻都没有用过。他是一个羞于把情感淋漓尽致地表现在脸上的男人，他总期望自己什么也不说，什么都不做，哑妻就能够自然而然地吃透他的心意。

"只是什么呢？"

"只是……眼下我还没有说服自己。"

槐花点点头，表示能够读懂他眼里的纠结，也理解他心里的挣扎。

"那就，让我来帮帮你。"槐花抓过吴运城的手，把它放在自己光滑柔嫩的双胸上，来来回回地揉搓着。"现在，你说服自己了吗？"好一会儿，槐花问。

吴运城心旌摇荡。他感觉好像有一只秋千，在他的心里，荡来荡去，荡来荡去。

"现在？"吴运城犹豫了一下，"我想，我……已经说服自己了。"

槐花松开吴运城的手，把他的整个身子搂进了怀里。吴运城也紧紧地抱住了槐花。吴运城的力气太大了,槐花觉得自己的肋骨,都要被他勒碎了。槐花感觉到了,吴运城这是用心在拥抱她。槐花双手捧起吴运城的脸,像饿了很久似的如饥似渴亲吻着他。槐花的吻,那么投入,火一般地灼热,吴运城那颗冷酷的心,融化了。吴运城张大流着涎水的嘴,像鬼子手里的探雷器似的,在槐花的脸上、胸上来来回回地探寻着。槐花笑了,仰面倒在床上,将身体花儿一般地在吴运城面前展开。诱人的酮体,易如反掌地就撩起了吴运城最原始的欲望,吴运城轻轻叫了一声:"槐花。"随即,抱紧了她。

不知过了多久,吴运城觉得,有一个世纪那么长,吴运城缓缓从槐花身上滚下来,和槐花并排躺下。槐花转过身,一往情深地看了他一会,起身下了床。

"天还早呢,妹子你起床干吗?"

"大哥,我把我给了你,我就要走了,我要去找自己的男人。谢谢大哥的收留,我已经在这儿住了太长时间了。"

"不行,我不让你走!"吴运城歇斯底里般地喊道。

槐花停下脚步,转过身,脸上浮起决绝的微笑,"没用的,我决定的事情,谁也改变不了。"

槐花的眼睛里,满是坚毅的光泽。

吴运城想喊,光张嘴,就是喊不出声。他想动,可他的双腿如灌了铅一般沉重,根本动弹不了。不知过了多久,吴运城一下子惊醒了,他感觉到头晕目眩,梦中的一切历历在目。就在这时,他听见了槐花的吼声:"快来救我!快来救我……"

槐花又梦魇了,这已经是第三次了。

要知道,她总共才在这儿住了五晚啊。而且,第一晚,还是下半夜才到的。

吴运城一闪身跳下床,趿拉着鞋,向里间屋跑去。

槐花已经醒了,惊魂未定地坐在床上。看见吴运城过来,槐花无助地把脸贴在他的怀里,双手搂在他的腰间。

吴运城犹豫了一下,"到底是怎么回事?"

槐花心惊胆战地摇摇头,"没有,没有什么事。"

（六）

吴运城的颈上，顷刻间青筋暴起，愤怒的吼声，也从他的胸膛喷薄而出，冲到了喉间。不过，最终被他咬紧的牙关给拦腰挡下了，变成了弱弱地一声叹息。

"到现在还嘴硬？告诉我，你到底是什么人？做过什么见不得人的事？"

槐花摇摇头。她的嘴唇在颤抖，泪水在她的眼眶里打转。

吴运城心情复杂地望了望槐花一眼，把手伸到背后，去掰她的手，没有掰开。槐花的两只手，像条曲曲弯弯的蛇，紧紧地，紧紧地，缠在吴运城腰间。吴运城在心里给自己暗暗地鼓了一把劲，然后，又在手上悄悄地使了一把劲。掰开了。

"你不能再住在这儿了，今天就走吧。我不能收留一个不明不白的人。"

吴运城决绝地说。说完，抛下她，头也不回地走向外屋。

吴运城不愿再细想自己对槐花的感觉。

吴运城点了一支烟，在床前坐下，闷闷地吸着。

过了一会儿，槐花从惊梦中缓过神来，也从屋里走了出来，站到了吴运城的对面。吴运城收回盯着地板的目光，定定地看着槐花，槐花也同样地望着他。槐花的眼睛，闪闪烁烁，亮亮晶晶，就像寒夜的天空中漂移不定的小行星。

幽暗中，两个人四目相对。

夜很暗，也很静，没有晚星，没有月色，也没有人声，只有两个人的呼吸和感觉在暗夜里此起彼伏，惊断了夜的安宁和孤寂。

"大哥。"槐花哀哀地叫了一声，先是，伸出手，软软地搭在吴运城的肩上，少顷，挨着吴运城顺势在床沿坐下。那只搭在吴运城肩上的手臂，自然而然地由肩膀滑落到脊背，恰到好处地落到了吴运城的腰际。

吴运城紧张地僵直了身躯。

槐花感觉到了。

"大哥……"

"……嗯。"

"其实，我也一直很困惑，不知，该不该把自己的事说给你。不是槐花想瞒你，实在是……有些话儿，说不出口。"

"……嗯，我知道。"

"大哥，要是不相信槐花是个好人，那我就跟大哥说了吧。"槐花哽咽道。

"不说了，去睡吧，一会儿天就亮了。"

槐花仿佛没听到吴运城的话一样，运了一口气，缓缓述说道：

槐花十九岁那年，和村里好几个同年龄的女孩一起，跟人到城里去打工。带她们的人，也是本村里的，早年些跟人在外面跑运输，搞建筑，据说是挣了些钱。每次回村里，都开着轿车。按辈分，这几个女孩子，都还得称呼他长辈，唤他"九叔公"。九叔公几句话，就把几个女孩说动了心，又把几个女孩的爹娘说动了心。九叔公说："等着吧，一年，最多一年，闺女回家来给你们盖瓦房。"说完这话，九叔公腆着怀了九个月孕似的肚子，踩着爹娘们满怀期望的笑容，带着姑娘们上路了。

进城的路途十分遥远而又繁复。她们先是坐了半天的牛车从山里出来，到了县长途汽车站，从那儿又坐了半天的车到了郑州，从郑州转火车到了一个什么地，从那儿上船，在水上漂了一天一夜，到了一个前不靠村后不靠店，也无人烟的建筑工地。姑娘们心有余悸地问："咱们不是进城的吗？怎么到这儿来了呢？"九叔公一脸坏笑地说："咱在这儿等着，城里的人，一会来这儿接咱们。"

在等候城里人的时候，九叔公先把年龄最小的一个女孩喊了出去。女孩回来就哭，大家伙问啥，女孩都不说。一会儿，九叔公又喊出去一个，这一个也是哭着回来的。直到九叔公把槐花也喊了出去，并不由分说地剥光了她的衣服的时候，她才明白，姑娘们为啥痛哭流涕。也是，还能怎样呢？眼下，她们唯一能做的，也就只有痛哭流涕了。让她们没想到的是，一个更坏的厄运还在后面等着呢。

第二天，天还没亮，一个剪着齐耳短发的女人，手里夹着烟走进屋来。她面无表情地扫视了她们一圈，说："从现在起，你们就归我了，你们要老老实实地听我的话，我叫你们做什么，就做什么。否则——"

"否则"的结果，短发女没说，吝啬地留在了嘴里。

槐花胆战心惊地说："我们要见九叔公，九叔公在哪了？"

短发女人瞥了槐花一眼，笑道："傻姑娘，还找他呢？实话跟你说吧，就是这位九叔公把你们卖给我的。你还找他？他现在啊，不知正躲在哪儿喜笑颜开地掰着指头数钱呢！"

此时此刻，姑娘们真是欲哭无泪啊！

没想到，这个九叔公脱了衣服是禽兽，穿上衣服又变成了衣冠禽兽。

槐花这时候才理解了啥叫叫天天不应，叫地地不灵。

短发女人又把槐花卖到山里一户人家。这户人家，有四个儿子，每一个都在如狼似虎的年龄，因为家境穷，都没有成家。家里面是东挪西借，凑的点儿钱，才得以把槐花从短发女人手里买来。当娘的嫌贵。当爹的说："行了，花一个媳妇的钱，给四个儿子用，值了。"当娘的有些担忧，"那有了孩子算谁的啊？"当爹的说："这纯是你娘的看三国掉眼泪，替古人担忧。咱的目的是什么？是传宗接代。谁的？只要不出自家门，都是自家人！"买过来当晚，槐花就被这四个禽兽不如的儿子给轮奸了。

也不知是槐花不管用，还是四个儿子不争气，一年过去了，四个儿子每晚都轮番上阵，槐花来例假都不放过。眼看就要把槐花的命给折腾没了，可肚子那儿还一点儿反应都没有。当娘的沉不住气了，说："这养只鸡还能下个蛋呢，养这有啥用呀？时间长了，啥也没落着，倒把四个孩子的身子骨给毁了。赶紧给卖了算了！"当爹的琢磨一番，不怀好意地说："那有点个太便宜她了。不然，这样吧，我来试试。"当娘的指着当爹的额头说："我早就知道你没安好心！"当爹的把眼一瞪："这不也是没办法的办法吗？你说卖了，这要是一时半晌买不来，这家怎么办？这孩儿怎么办？"当娘的不作声了。也许是老马识途，也许老当益壮，这当爹的就上了一次，槐花就怀上了。槐花在这儿一待就是九年，给"当爹的"生了两个儿子、一个女儿。时间一长，这家人也渐渐放松了对槐花的监管。有一天，槐花在到河边洗衣服的空儿，趁人不注意，跑了。槐花不敢走大道，怕被这家派出的人捉住，捉住了就会一顿毒打。不死也得脱层皮。头发被风吹散了，衣服被树枝刮破了，鞋子也跑丢了，脚上磨起了燎泡。饿了，吃个树上的野果；渴了，喝口河里的凉水。一路上，她遇船上船，逢车坐车，没白没黑，不知跑了多少天，最后漂泊到了这个小站上。

往事不堪回首，但是，往事有时又必须回首。

"说句实在话，连我自己都不知道，是怎么流落到你身边来的。"回首往事，似乎耗尽了槐花一生的气力。她虚弱地把头靠在了吴运城的身上，慢慢地从故事里回来。"想想，这十年，真好似噩梦一场啊！"

槐花的话，犹如一把玻璃碎片，在吴运城毫无防备的情况下，悄然散落到心里，绞痛的无法喘息。吴运城告诉自己，不要哭，但眼睛依然湿润了。为了避免让槐花看到，他把脸转向了一边。吴运城的心里激荡着，不知该用怎样的话来安慰她，才能让她逃离出记忆的茫茫苦海。

"好在这一切都过去了。"苦思冥想了半晌，吴运城顺着斑驳的光晕，漫无目的地往上看着，说道。

"但愿吧，但愿都过去了。"

槐花喃喃地说。

（七）

天刚刚透亮，吴运城就出门了。天，阴沉沉的，而且很冷，看起来像是要下雪。惊蛰以后还铺天盖地般地下雪，这样的先例是有过的。

这些天来，他的心里一直揣着一件事，那就是去跟哑妻见个面，把跟槐花的奇遇和妻子说道说道。特别是有了昨晚那一幕，他觉得，就更有必要去说一说了。虽说，到目前为止，两个人之间没发生过任何事。唯一的一次亲密接触，就是昨晚，槐花搂了他的腰。仅此而已。可是，这孤男寡女的同居一个屋檐底下，同吃一锅饭，同举一杆旗，日子久了，谁敢说不会发生点什么事？眼下，别说别人不敢打包票，连吴运城自己都不敢使劲拍胸脯了。常言说，心若不动，风又奈何。如果说他的心是铁板一块，怎会在三更半夜做那一场怀春的梦？日有所思了，才会夜有所梦。

这让吴运城心里十分愧疚。所以，他一刻也不能耽搁，他要立刻就去跟哑妻忏悔。吴运城什么事都不瞒着哑妻。以前，车站在的时候，谁家的女儿出嫁了，谁的儿子参军了，谁跟谁说话红脸了，站长的老婆又把站长的脸挠破了……东家长、西家短，吴运城也不管哑妻听得懂听不懂，一五一十，事无巨细地全都悉数说给哑妻。从没隐瞒过半句。每次，吴运城如数家珍的时候，哑妻就瞪大眼睛瞅着他，从不放过一个眼神，一个手势，不管听得懂听不懂，吴运城说的那人，认识不认识。家里的活，哑妻从不让吴运城伸手，吃的、穿的、用的，全都给备得齐齐全全。不让吴运城操一分心。吃五谷杂粮，谁都难免会有个头疼脑热，吴运城也不例外。摊到身上了，哑妻就像伺候月子里的孩子一样，不睡觉，成夜成夜地守在身边，给他喝水，给他吃药、给他试体温。吴运城不痊愈，哑妻就不合眼。

不仅于此。在那方面，两个人也是琴瑟和谐，鸾凤和鸣。仿佛山火遇到了台风，激情从第一晚便熊熊燃起。

吴运城没想到，别看哑妻一句话都不会说，但在做那方面事的时候灵光得很。而自己，相比较就差得远了，人都过 40 岁了，在这上面还是一张白纸。哑妻就像一个耐心的教书先生，手把手地牵着他，带他熟路，带他犁田。吴运城很惊讶自己，这样一桩从未干过的生分事，哑妻只带了一次，就让他十分顺利地完成了由生到熟，熟中生巧，巧夺天工的跨越，仿佛已经干过了一辈子似的。但他毕竟不是青壮小伙了，久了，难免要气喘吁吁、汗流浃背、力不从心。有人说：三十如狼，四十如虎。那都是理论上的，一遇实践，完全不是那么一回事。做得多了，管你虎狼，就是一头威风凛凛的狮子，也会心余力绌，最后还是要无能为力的败下阵来。每当这时候，哑妻总是善解人意地想着各种法子奉迎他，好让他省点儿气力。

你想，这么一个善解人意、温柔体贴的女人，吴运城怎么能去背叛她呢？

余秋雨说过一段话：我藏不住秘密，也藏不住忧伤，正如藏不住爱你的喜悦，藏不住分离时的彷徨。

这段话，似乎就是在说吴运城对哑妻。

翻过小站的四股铁道线，再翻过密如蛛网的铁栅栏，首先映入眼帘的是一座寸草不生荒凉萧疏的山脉。光秃秃的山下，是一大一小，用尘土顽石堆成的两个圆形的坟丘，用裁剪得整整齐齐的树杈围裹着，里里外外都打扫得干干净净，清清爽爽，就像布置有序的私家庭院。

吴运城围着坟茔缓缓地转着，说着："哑妹——"他一直都是这样唤她，"我来看你们娘儿俩了，来跟你说几句心里话。我这来的是不是早了点呢，你醒了吗？"

说完这句话，吴运城的眼泪情不自禁地流了出来。

吴运城的泪是从心里流出的，淌到眼里，要走很长很长的路。

吴运城跟哑妻的好日子，只持续了三年。

那一年，刚进了秋季，天就一天到晚地苦着脸，说哭就哭，把人心都湿透了。吃晚饭时，吴运城瞅着窗外淅淅沥沥的秋雨，说："等天晴了，咱去集上买点肉，包点水饺吃吧？想吃水饺了。"哑妻跟他比画着说，"吃个水饺有啥难的，明天起来就去集上称肉，中午就给你包。"吴运城凝视着哑妻的脸，说："别了，还是等天晴再说吧。"哑妻笑笑，没再说话。第二天，吴运城一早爬起来就去上班了。哑妻还在梦中。大约是九十点钟时，吴运城正在信号楼里往黑板上抄写作业计划，忽听得外面一列货车鹤鸣九皋地哀鸣了一声，"呜——"声音仿佛催人上战场般，急切而又紧迫；紧接着，就是一长串刺耳的列车制动声，"嘎——嘎——"这是车闸紧抱着车轮在钢轨上摩擦着奔跑的声音，撼人心魄。还没容他反应过来，就已经有人大喊道："快，轧着人了！火车轧着人了！"

听见喊声，吴运城正在写字的手，在半空中顿了一下，黯然地埋怨道："又轧着人了，这谁啊？怎么这么不小心呢！"不知吴运城这是在埋怨火车司机，还是在埋怨被火车撞到的人。这时，小站的货运员跌跌撞撞地闯了进来，看见吴运城正在发怔，不由分说，拉起他的手就往外走。"你拉我干吗？你忘了，我正当班，不能离岗的。"吴运城说。货运员转过脸，眼睛瞪得像要吃人似的，怒吼道："你他娘的还当什么班？赶紧去看看吧，哑妹被撞到了。哑妹被撞到了，你知道不？"吴运城一把揪住货运员的衣领，"你说什么？哑妹怎么了？"货运员掰开吴运城的手，"快去看看吧，哑妹，哑妹出事了！"吴运城心里一惊，撒开腿就朝外跑去。还没到跟前，就看见了：躺在血泊中的一大一小两个人，不是别人，就是哑妻母女俩！

——由于，雨下得太大，哑妻娘儿俩又光顾着赶路了，没注意火车已经近在咫尺，刚踏上铁道，就被急驶而来的火车给撞上了。哑妻从集上买来的猪肉、韭菜、面粉洒的满铁道都是。像一滴水注入了大海，娘儿俩的生命，永永远远嵌在了老天哇哇哭泣的这个上午。

和吴运城朝夕相处的人都知道，吴运城就像一个似乎只会呵呵傻笑的人。见谁都笑。他从不埋怨谁、嘲笑谁，当然，也不羡慕谁。阳光下灿烂，风雨中奔跑，做自己的梦，走自己的路。可是，自从哑妻离开他以后，他生活的轨道似乎一下子就偏离了。他行走的这条道上，没有阳光，没有鲜花，没有风景，更没有微笑。吴运城每次看到哑妹留下的遗物：哑妹使用过的筷子、碗，哑妹睡过的床，盖过的被子……都会顿生一种莫名的落寞与悔恨。"也许，你永远都想象不到，看见自己的亲人倒在血泊之中，是什么滋味……我每天都在谴责自己，你为什么要这么馋？你为什么要说自己想吃饺子？否则，哑妹不就不会出事了吗？"每一次有人这样问他，都会让他重新经历一遍被魔鬼夺去爱人的时刻。

在处理后事的时候，吴运城拒绝了所有人的提议，执意把哑妻娘儿俩埋在了小站对面的山脚下。吴运城就像愚公移山那样，从远处运来了好多好多土，在土里撒了各色各样的种子。第二年，春天一到，五颜六色的野花都盛开了。每天，不论多忙多累，他都一定要到墓地来看看，给野花洒洒水，给坟茔除除草，有啥事，跟哑妻念叨念叨。但是，自从这个叫槐花的女人来了以后，这个雷打不动的制度，似乎有了松动。

吴运城转完一圈，拣了一块干净的地角，点了三炷香，面朝坟茔，坐了下来。

"哑妹，你知道的，你走这些年，我一直都本本分分，清心寡欲地守着你们娘儿俩过日子，从没动过一点儿邪心思。可是，自从槐花来了以后，我这颗心啊，觉得有些变了。这槐花对我啊，真是没的说，又是缝补，又是洗浆。往天那屋子里啥样，乱糟糟，臭烘烘，我自己都不愿意呆。现在你再进屋瞅瞅，到处利利落落、亮亮堂堂的。还有，槐花来了以后，一天三顿不重样地端到跟前，这才几天，你看，我这二嘴巴都长出来了。"缕缕香烟清淡疏朗，在清晨的愁云惨雾中，袅袅娜娜地升腾着。"哑妹，你别怨我男人久不见莲花，开始觉得牡丹美。人与人之间的情感，真是无法预测。这槐花妹子，我看了，也是个规规矩矩人家，勤快、朴实，也本分。只可惜，这命运太不济。她受的那些罪，就别提有多苦了，我听了肝花肠子都扯碎了。哑妹，我来，就是想让你给我拿个主心骨。你觉得行呢，就把火苗向上挑挑，不行，你就把火苗灭了。你说行不？"说完，吴运城就瞪着俩眼，一眨不眨地瞅着烟火。

似乎是冥冥之中自有天意，就在这时，一阵凉风徐徐吹来，在吴运城的身边发出了沙沙的响声，三炷站立不稳的火苗，随着微风中微微歪了两下，紧接着"蹭蹭蹭"地熊熊燃烧起来。

吴运城惊异地站起身来，"啊！哑妹，你同意了？你同意了！"

与此同时，吴运城惊异地发现，槐花不知什么时候悄悄地来到了他的身边。他一转身，差点撞到她的怀里。吴运城吓了一跳，赶紧退后几步，刻意拉开了两个人之间的距离。

槐花没看吴运城，就仿佛他没在跟前一样，兀自"扑腾"一声，跪在了哑妻的坟前：

"大姐，大哥跟你说的话，我都听见了。大姐，咱俩都是吃过苦的人，吃过苦的人，最知道感恩。滴水之恩，咱也会涌泉相报。你放心大姐，槐花一定会尽心尽力地伺候好大哥的！"

（八）

"哎哟，大哥啊，今天是什么好日子，你咋买这么多的菜啊？"槐花一边往桌上一盘一盘地端上熬好的鲢鱼、煮好的牛肉、猪肝、海米炖冬瓜，一边张着大嘴巴，乐呵呵地问道。

吴运城慢吞吞地说："你说啥好日子，想吃就吃，还要看日子吗？"

"不大对，见天看你去赶集，也没见你买这多菜啊？"槐花瞅着吴运城的脸，疑惑地问道。

"啥事也没有，就是想吃了。行不？"

"行，行！想吃咱就吃。开工！"

槐花拖着长腔答应着，把一盘凉拌拉皮放到桌上，车回身，到厨房去拿碗筷。吴运城复杂地看着她的背影，叹了一口气，在桌边坐下。他先是给自己斟了一杯满酒，想了想，又摸过一只杯子，放到自己的对面，漫不经心地倒着。

"大哥，想啥呢？酒都洒到杯子外面了。"

听到槐花的叫喊，吴运城才知道自己走神了。

槐花满腹狐疑地问道："大哥，你今天怎么了？魂不守舍的？"

"有吗？我怎么没觉得？"吴运城掩饰地招呼道："别疑三惑四的了，坐下吧，陪我喝一杯。"

吴运城早就想让槐花喝一杯酒。因为，他总在怀疑。槐花究竟是不是一条白蛇变的。如果是的话，她喝了酒，就会痛苦不堪地躺在地上扭滚，然后，蜕去身上这张人皮，现了原形。可是，这个计划始终没能够得以实现。因为，槐花根本就不上他这个当。槐花如同一只紧闭的蚌壳，连一丝风，都吹不进去。

　　槐花拒绝干脆，"大哥，你知道的，我不喝酒。"

　　"尝一尝。一杯酒，不至于有什么大碍吧？"

　　"大碍？哪能有什么大碍？总不至于像课文里说的那样，误了卿卿性命吧？只是，大哥今天是怎么了？我总觉得有些怪怪的。大哥，你跟我说，你是决定要娶我了，还是决定赶我走了？不论哪样，我都喝，醉了也喝。"槐花盯着吴运城的眼说，"舍了命陪你这位君子。行不行？"

　　"……都不是。"

　　"那倒是为了啥呢？"槐花紧追不舍。

　　吴运城被逼上了梁山。他咬了咬牙，怒吼道："为了、为了……你喝就喝，不喝就不喝，哪这么多的废话？"

　　槐花辗然一笑："大哥，看你咬牙切齿的样子，像是俺拿刀逼着你一样。不就是想让俺喝酒吗？没说的，俺喝。俺槐花这条命都是你给的，喝死了，就算是还给你了。"说完，摸起瓶子就要往嘴里灌。

　　吴运城赶忙阻拦，"你……这是干什么？哪有这样喝酒的？"

　　"还说有我这样喝酒的吗？有你这么劝酒的吗？一会儿叫喝，一会儿又不叫喝。你说俺是喝还是不喝啊？"

　　"不喝，不喝。你还是，看着我喝吧。"吴运城败下阵来。

　　三杯过后，槐花看见吴运城的眼里挂上了酒意。

　　"大哥，这才喝了多少啊，就有了醉意？趁着还清醒，想说啥，紧着说吧，别待会儿喝醉了，啥也说不成了。"说完，目不转睛地盯着吴运城。

　　吴运城低下了头。

　　吴运城有点儿害怕槐花的目光，如此专注的目光，让他有些意乱情迷。

　　"你不是问今天是啥日子吗？我跟你说，今天是谷雨。"吴运城低着头说。

　　槐花一颤，"……谷雨？谷雨有啥子值得庆祝的呢？"

"谷雨不是你的生日吗？"吴运城目光如炬。"妹子，你没跟哥说实话。你不叫槐花，叫……叫谷雨对吗？乡下里的习俗，叫清明，叫芒种，叫小满的，大都是生在这日。你，也是生在这日。对吗？"

槐花苦笑道："大哥这是啥话？槐花怎么听不明白呢？"

吴运城没说话，他把一条腿伸直，把手伸进裤袋，在里面摸摸索索了半天，掏出一张皱皱巴巴的白纸，在槐花面前铺展开。

"这上面是你吗？"

这是一张公安部门印制的"通缉令"。上面写着：×年×月×日×省×县×镇发生一起特大投毒案，犯罪嫌疑人苏谷雨毒死九人后畏罪潜逃。下面是犯罪嫌疑人苏谷雨的体貌特征，潜逃时的穿着打扮，联系电话和一张苏谷雨的模拟画像。

槐花的脸色当即就白了。"你从哪儿弄到的？"

吴运城一切都明白了。"今儿上午，我到集上去买菜的时候，路过派出所，瞧见好多人叽叽喳喳地围在'公告栏'下议论纷纷，也围了过去。结果，就看到了这张通缉令。你为什么要这么做？"

"你报警了？"谷雨答非所问。

"没有。"吴运城摇摇头，"我想让你自己去投案自首。这样，能落个好态度。你为什么要这么做？"

"你这么想知道吗？"

"我要知道。"

"好，我全告诉你！"谷雨从容不迫地给自己倒了一杯酒，一饮而尽。谷雨说："我跟你说过，那个九叔公是个禽兽，可你知道吗？那家人连禽兽都不如。老老少少把我糟蹋完后，当娘的看我有几分卖相，就在我身上打起了别的歪主意。家里没灯油了，就让小卖铺的人来睡我；家里没面粉了，就让磨面房的人来睡我；该割麦了，就让开联合收割机的人来睡我。那一片，十里八村，但凡有点性能力的，几乎都睡过我。随便给他们家点儿什么就成，拿一盒子洋火来都成。用当娘的话说，闲着也是闲着。我只要是胆敢不从，全家人都围上来拳打脚踢。打完还得从。"谷雨在述说这段过程的时候，语气出奇的平静，一点儿不像不是在述说自己的苦难历程，而是说刚刚从集上超市里买了一瓶水、一粒糖、一包烟一样。"那天下午，有个外乡人，抱了一只公鸡来睡我。晚上，一家人欢天喜地地围坐在一起吃那只老公鸡，却逼着我在外面等着接客。我又冷又饿，浑身上下没有四两劲。想想这些年受下的苦，想想这家人是怎么待我的，顿时，恶从胆边生，怒火从心而起。我不能再忍了。你们不让我好受，我也不能让你们好活！我要反抗了！我一不做二不休，从床底下翻出那包'毒鼠强'——说真的，那包'毒鼠强'是我为自己准备的，想着哪天实在活不下去了，喝下去，就一了百了了——趁人不备，不假思索地倒进了炖鸡的菜锅里。也就是二十分钟吧，一家九口，老两口、四个儿子，还有我的三个孩子，就横七竖八地躺到了地上。"

"你不该连孩儿也一块儿杀了，他们是无辜的。"吴运城瓮声瓮气地责备道。

"是的，尽管这三个孩子被他们教导的从不喊我娘，跟他们一样骂我是贱货，可毕竟也是我从我身上割下的肉啊。可是，我哪里有的选择啊？不如此，我就报不了仇，就逃不出苦海。"

"可……你不知道杀人是要偿命的吗？"

"欠债还钱，杀人偿命。怎能不知道呢？其实，那天，我也是要死的。你想想，一个亲人都没了，这仨孩子就是留在这世上，活得下去吗？那天，我才知道，一个人真要是想死，也不是那么容易的。当我拿起剩下的'毒鼠强'，想往嘴里倒的时候，那一瞬间，我犹豫了。我想，从小到大，还没享过一天福，全都是受罪，这样死了，太亏了。我又改变主意了。所以，我就逃了。谁知，亡命天涯的日子，也不好过。一天到晚提心吊胆。直到到了你这儿，我才如释重负地松了一口气。就像一个被释放的犯人那样，觉得自己好像重新获得了自由。"

"你真是糊涂啊！"

"糊涂不糊涂都已经这样了，要杀要剐，受着就是了。你这不是已经再给我送行了吗？大哥，是怕我当饿死鬼，是吗？"

"躲是躲不过去的。吃完饭，我陪你到集上派出所去自首。要是政府宽大处理你，不管你被关在哪儿，多远，我月月去看你。要是不宽大处理你，每年的祭日，我会一年不落地给你送纸钱。"

"大哥这是执意要送我上断头台啊？"谷雨低叹道。

吴运城不舍地低叹道:"不是大哥执意,谁犯了法,都得如此。这是没办法的事。"

其实,从谷雨到来的那一天,吴运城就想到了,终有一天,谷雨会离开这个地方——吴运城只是没有想到,谷雨的离开,竟会是以这种方式——就像一阵风吹到这里,终究还是要吹走,停不住的。因为,这里根本就不是她的归所。可吴运城的内心里,还是期望,谷雨能留在这里,哪怕一天,一小时,一分钟。谷雨之于他,就像一个天井,能够时不时地仰起头,看一看外面变幻的风景。尽管到目前为止,他还什么都没看见。

谷雨哀怨地瞅了吴运城一眼,说:"大哥,谷雨这一走,生死未卜,不知还能不能再见到,我想——"

"妹子,说。"

"我想,抱抱你,好吗? 长这么大,我还从来没有出心地想抱过哪个男人。"

吴运城稍稍犹豫了一下,宽宏地点点头:"好吧。"

吴运城站起身,谷雨走过来。谷雨温柔地抚摸着吴运城的眉眼、耳朵、鼻子、嘴巴。有两日没有刮脸了,吴运城黝黑的下巴上,窜出了好多好多密密麻麻的胡茬,刺得谷雨的手有隐隐的痛。吴运城一动不动,安静得像一只很乖的猫。其实,他的内心一点儿都不平静。他的内心万马奔腾翻江倒海。谷雨甚至听得见,吴运城的血,"突突"地撞击太阳穴的声音。谷雨的手,穿过内衣,游走到吴运城胸前的时候,他的身子,不自然地颤抖了一下,撞到了桌子的角。酒杯翻了,在桌上格楞格楞地滚动着。酒,顺着桌沿往下淌,嘀嗒,嘀嗒,打在吴运城的鞋上。

"如果,谷雨就这么一刻不停地抚摸下去,自己还会不会固执己见,坚持把她往不归路上推呢?"吴运城在心里悄悄问自己。

不知道。吴运城想,这怎可能会有答案。也许会,也许不会。也许现在不会,时日一长,又会了。人心是没有定星盘的。就像,当初谷雨哆哆嗦嗦来到小站的时候,还叫槐花,那时,春分刚刚过。这才几日,谷雨就到了,槐花也改成了谷雨。季节变,人也会变,啥都会变。

谁都说不准的。

"大哥——"谷雨幽幽地叫了一声,眼里,突然就涌满了泪水。

吴运城莫名地看着谷雨,"嗯。"

"如果……谷雨伤害了你……你，会恨谷雨吗？"

吴运城眨巴一下眼，笑了："这不可能。妹子怎么可能伤害我呢？"

"那你别问。你只管回答我，你会恨谷雨吗？"

吴运城很认真地想了想，斩钉截铁地说道："不会！"

"大哥——"谷雨一声声地唤着，嘴里呼出的热气，喷到了吴运城的耳边。吴运城感觉到，心里一阵阵酸痛。

"大哥，我不想去坐监狱……大哥不知道，谷雨逃出狼窝，有多么不容易，打死我也不愿意再回到虎口里去了。"谷雨哭出了声。

吴运城错愕地看着她，长叹了一口气。

"大哥你同意了？"

"不！"吴运城摇摇头。"这事儿，哪能由——"

话没说完，吴运城突然感觉到腹部一阵剧烈疼痛。

"哎约——"吴运城大叫一声，双手捧腹伏到了桌上，接着，又滑落到地上。桌上的盘盘碗碗，连汤加水，扣了他一身。

"妹子，我的肚子，怎么这么疼啊？"吴运城痛苦地喊道。

谷雨怜惜地搂着吴运城，把自己的脸紧紧地贴在吴运城的脸上，哽咽着说："大哥，你别怨谷雨。你今儿，从集上一回来，我就打你眼里瞅出了不对劲儿，又看你买了这多菜，我就明白了。大哥这是要送我上路呢。所以，我……就在你的酒里，下了毒。大哥，不是谷雨想害你，谷雨实在没有别的办法，我不想死啊！"

"青竹蛇儿口，黄蜂尾上针；两者皆不毒，最毒妇人心！"

老天啊，你怎么把美貌加在这么一个残忍的女人身上啊？真是浪费了！

吴运城恨恨地看了谷雨一眼，在谷雨的眼睛里，吴运城看到了比毒药更可怕的冰冷而又坚硬的东西。吴运城想起上小学时，学过的那篇叫作《农夫和蛇的故事》的课文。有个愚蠢的农夫，干活回来，看见一条蛇冻僵了。觉得它很可怜，就把它拾起来，小心翼翼地揣进怀里，用暖热的身体温暖着它。可蛇却恩将仇报，反咬了农夫一口，农夫因此受了致命的创伤。此时此刻，自己像极了那个可怜的农夫。可这一切又能怪谁呢？有谁明火执仗地来胁迫过自己吗？没有。不都是自己一步、一步，心甘情愿地走进人家设好的圈套里的吗？如果有来世，自己一定要学会辨别是非，蛇也有落难的时候，狐狸也会哭泣。不论怎样，都决不能怜悯蛇一样的恶人。吴运城厌恶地转过头去。他觉得，这个时候，哪怕是看这个蛇蝎一般的女人一眼，与自己都是一种罪过："你……走！你……给我——"

话未说完，一口鲜血，如喷泉般急射而出，洒落在谷雨的身上。谷雨，就变成了一朵，开在春天里的，罂粟花。

掩映在"花丛"之中的谷雨，先是大吃一惊，继而声泪俱下地大声喊道："大哥！大哥！你别死，你不能死！大哥，我不该，不该害你啊……"

吴运城闭上了眼睛。谷雨撕心裂肺般地呼喊，他已经听不见了。

谷雨瘫在地上，悲痛欲绝地紧抱着吴运城，她的头上、脸上、颈上、衣上、手上，全都沾满了吴运城的鲜血。

"大哥，你别恨我。谷雨本来，真是铁了心要跟你过一辈子的。你，错就错在不该多管闲事去看那张无事生非的通缉令啊……"

谷雨仿佛着了魔一般，泣不成声地自言自语道，一遍，又一遍，再一遍……

（九）

吴运城的尸体，是三天后被人发现的。

云河市评选"百家不可移动文物"，小站赫然在列。那天，站长陪同有关方面人士到小站察访，喊吴运城开门，久喊不应。站长翻墙而入，推开虚掩的门，看见屋子里拾掇的利利落落，井井有条。吴运城半搭着被，和衣躺在床上。

"熊东西，这可没人管了。几点了，还不起。"

站长说着，蹀到了床边，一把扯起了被子，扔到了一边。

"啊——"眼前的情景，一下子，把站长吓了一跳。

形容枯槁的吴运城，紧闭着双眼，死气沉沉地躺在床榻上。他的身体，已经僵硬了，脸也变成了土灰色。铁路公安处七八个刑警，在一位姓商的副支队长的带领下，屋里屋外搜索了三天，酒喝了二十一斤半，最后得出结论：自杀。

铁路警察用的是排除法。

商副支队长一副学贯中西、通晓古今的派头："大家来看，仇杀不可能。吴运城在这个世界上，不光没有亲人，更没有仇人；图财也不成立。吴运城的工资本，还有五千块钱现金，整整齐齐地捆在一起，就压在他的枕头下，动都没动；至于情杀，那就更不可能了。众所周知，在情杀案例中，多数是因为男人想摆脱女人纠缠而引起。女人为什么要纠缠，男人为什么想摆脱呢？这是因为，女人和男人上床前，无论是否出于自己本意，哪怕是女人自己爬上的男人的床，一旦激情过后，穿上衣服就会觉得自己吃亏了，为男人付出的太多了，或者说是付出了一切。当然，这主要与中国文化中，男人与婚外女人上床仅仅是男人占了便宜的认识有关。哈哈哈，扯远了，扯远了。大家都知道，吴运城根本就没有女人，所以，就谈不到摆脱，无论是他摆脱人家，还是人家摆脱他。没有了摆脱一说，那又何来情杀之谜？"

"你说的似乎有点道理。可是——"站长百思不解地问道："吴运城过得好端端的，平白无故，为什么要自杀呢？"

商副支队长皱了皱眉头，他似乎很不喜欢站长"似乎有点道理"这个评价。

"那你只能去问他本人了。"商副支队长把两手一摊，滑稽地耸了耸肩膀。

火化那日，站长把小站原先的人马全都喊来了，大家眼含热泪送了吴运城最后一程，将他埋在了哑妻的旁边。

三个月后。

一天，小站东北角村里的一个半大孩子，赶着一群羊，打从秃山脚下路过，看见一个穿戴得整整齐齐的女人，安详地躺在吴运城的坟前。羊倌好生奇怪，好好的一个人，哪儿不好待，怎跑这儿躺着呢？羊倌斗着胆子近前一看，才发现，女人已经死了。羊倌吓得一口气跑回村，连羊都跑丢了一只。村里人听了羊倌的叙述后，果断地报了警。

还是那位姓商的副支队长，带着那几个酒量很好的刑警，开着警车，鸣着警笛，风风火火赶到秃山脚下。女人两手空空，除去身上衣服，连个布丝都没带。警官们费尽心机，在女人的内衣口袋里发现了一张字迹已经模糊，但折叠得方方正正的"通缉令"。警官们按图索骥，查实，倒在吴运城垠前的这个女人，正是通缉在案故意杀人犯苏谷雨。

警方给出的，苏谷雨之死的结论是，畏罪自杀。

可她为何会选择在这个地方畏罪自杀呢？

这回，商副支队长不再那么胸有成竹了。

"也许，这里面，根本就不存在选择一说，苏谷雨是在其他地方服的毒，恰好走到这个地方时毒性复发，然后，就倒在了这里。否则，还能怎样解释呢？"

商副支队长说。

（首刊于《雨花》2015 年第 6 期）

远 行

　　鸡叫头遍的时候，娘坐起了身，摸着黑窸窸窣窣地穿衣下了床。丫头迷迷糊糊睁开眼，透过窗棂的空格，看见淡青色的天空上，稀稀疏疏地镶嵌着几颗忽明忽暗的残星，大地朦朦胧胧的，犹如覆盖了一层银灰色的薄纱。丫头瞪着眼想了一下，是不是该闭上眼再眯一会儿，因为，此时此刻她竟没有一点儿睡意。

　　——昨天傍晚，丫头放学回家，在村头遇到娘。看那样子，娘是刚从地里回来。看见她，娘把菜篮放到地上，蹲下身把她揽到怀里，捋着她被风吹乱的头发。

　　"丫头，你爹单位的叔叔今儿个来电话了，说你爹在的时候建的高铁通车了，明天不上学，娘带你去坐高铁。"娘看着丫头的眼睛说。

　　爹活着的时候，娘就整日价跟她说："丫头，等你爹把高铁建好了，娘和爹一起带你坐车去北京。"

　　丫头问娘："干吗等那么久啊，邳州城里不就有现成的火车吗？"

　　娘带着明显的不屑："咱才不坐那种车呢，慢得跟牛车似的。你爹说了，他现在建的高铁线，火车在上面跑起来可快了，比飞机还快呢！"娘每次说这番话的时候，脸就好像绽开的白兰花，荡漾着憧憬和愉悦。哪似现在，眼睛里丝丝缕缕全是忧郁和哀伤。

　　丫头没坐过飞机，连邳州城那趟慢车都没坐过。

　　在丫头她惯常的印象里，邳州城开的那趟火车就已经够快了。丫头跟娘上邳州城去的时候，经常在铁路道口见到，就像一块巨大的不知疲倦的铁，好多次，还没容她数清楚几节车厢呢，就咆哮着呼呼啦啦地穿过去了。比村里的拖拉机都快。要是比它还快，那这高铁得快到什么样子啊？

丫头想象不出来。

丫头喜欢火车，喜欢火车墨绿墨绿的颜色，喜欢火车一格一格的窗户，喜欢火车吭哧吭哧的声音，喜欢……丫头没有事的时候就好想那些坐在火车里的人都在干什么？吃饭、睡觉、打牌、看书？小朋友坐在车上闹不闹大人？爸爸妈妈坐在车上嚷不嚷孩子？从那以后，丫头跟娘一样，天天盼着爹修的那条铁路能赶紧铺好。

"娘说的是真的吗？"

"这次是真的了。"娘说："你爹参加铺的那条铁路通了，明天开行第一趟车，咱陪你爹一起去坐坐。"娘的眼里满是泪花："这下，你爹在九泉之下也可以瞑目了。"娘说完，紧闭着双唇，使着劲儿把哽咽咽下去，可是眼泪还是不争气地涌了上来，亮晶晶地挤在眼圈边上，一会儿工夫两颗大泪珠离开眼睛，慢慢地顺着两颊流了下来。

——丫头爹是铁路局的一名桥梁工，主要工作就是逢山开路、遇水架桥，见天待在荒郊野外，常常一年都难得跟家人见一回面。很辛苦。大约是两三年前吧，上级决定将他所在的工队调到已开工的高铁工地去参加会战。这下可把他给乐坏了，早就盼着这一天了。

进工地前，丫头爹回了一趟家。

丫头记得，那天爹很晚很晚才风尘仆仆地回到家，一进门就拉着娘的手，兴高采烈地说："丫头娘，这下好了，我们队也被调去建高铁了。以后丫头长大了，俺也能自豪地拍着胸脯跟她说了：丫头，知道不？高铁，你爹建的！"

乡下封闭，丫头娘自己带着孩子，还要伺候爷爷奶奶，还有好几亩地，能填饱肚子，能种上庄稼就不错了，哪有时间看报纸看电视？所以，爹的这些子话与她来说无异于对牛弹琴：

"啥子是高铁啊？"丫头娘问。

丫头爹说："高铁就是高速铁路，一小时能跑几百公里，从北京到上海四五个小时就到了。比飞机还快呢！"

丫头娘就问："飞机跑几个小时？"

丫头爹摇摇头："……不知道。"

"那你怎么说跑得比飞机快呢？"

丫头爹强词夺理地说："就是比飞机快！"

丫头娘痴痴地笑了。

丫头爹在家只待了一天，就匆匆忙忙地赶回了工地。

由于高铁建设工期紧、任务重，爹一猛子扎下去大半年都没能回家。

丫头放寒假时，娘带着她去看爹。其实丫头娘自己也想看看那被爹吹得神乎其神的高铁到底是啥样子。好不容易找到了建设指挥部，人说，爹到工地去了，这就喊他回来，让她们娘儿俩在屋里等一会儿。谁知这一等就是一大半天，连午饭都是工友们给打来的。

这天冷极了，凛冽的寒风卷起沙尘在天空中肆虐，四下里一片昏暗。

娘忧心忡忡地说："你看咱娘儿俩躲在生着炉火的屋子里都冻得直跺脚，真不知你爹在无遮无拦的工地上是怎么受的。"

丫头娘走出屋伸长脖子向远处眺望，当时正是黄昏时分，圆形的太阳不知怎么回事也变成半圆形了，光芒也远不像平日那么刺眼，云在微弱的太阳光照射下，颜色由原来的火红变成橘红。目力所及之处，但见天是红的，山是红的，人是红的，影影绰绰似乎有个人影好似丫头爹，威风八面地在一面红旗下站着。风一吹，仿佛能听得见人和红旗都呼啦啦地响。

"丫头，该起床了，再晚就赶不上车了。"把一切收拾停当，丫头娘喊道。

其实，丫头娘起这么早也没什么要收拾的，就是心里有事，睡不着。

邳州城不通高铁，想坐就得到徐州城去坐，但前提是必须要先赶到邳州城。为了能赶上邳州城开往徐州城的长途汽车，他们黑魆魆就动身了。从村里到邳州城35.2公里，是村里的拖拉机送的她们娘儿俩。丫头娘本来也是要拒绝的，支书很有气魄地说："哪能事事都听你的，那还要我这个支书做什么？让村里的拖拉机送你，就这么定了！你要记得，丫头爹不仅仅是他们铁路人的骄傲，也是咱们村的骄傲，也是咱们邳州人的骄傲！"那一瞬间，丫头娘惊讶地发现，支书的眼里竟也蓄满了泪水。丫头娘刚转过身，支书又说道："还有，从今往后，你家里的事，就是咱们村的事，就是党组织的事！"

行囊很简单，丫头背了一个书包，里面装着娘头天晚上烙的一摞子饼，还有两可乐瓶子早晨烧开的水，留着打发路上的。丫头娘挎了一只竹篮。丫头没有问，但她知道，篮里放着的是爹的骨灰。

——将丫头爹的遗体火化完，丫头娘没有接受单位随即安葬的建议。她说："丫头爹这辈子最高兴的一件事就是参加了高铁的建设，不让他坐一回，黄泉之下他闭不上眼啊！"丫头娘把丫头爹的骨灰带回了家，每当夜深人静的时候，就独自一人对着骨灰盒念叨，家长里短的什么都说，当然，末了忘不了跟他说一声，队里还没来电话，看样子高铁还没修好，你耐心地等着吧，到时候一定陪你去坐一回。

出门时，娘四处打量着屋子，泪又流出来了：

"丫头他爹，天天唠叨着要去坐高铁，这个梦今天要成真的了……丫头爹，你再看一看咱们的家吧，这一走就再也回不来了……"

娘的话，又让丫头想起了上次见爹时的情景——

那天，爹一直到更深夜静的时候才回从工地回来。丫头和娘一直没睡，坐在灯下等他。当他气喘吁吁地跑进指挥部办公室的时候，丫头和娘竟一下子没认出这个灰头土脸的男人是爹。

爹的头上歪扣着一顶破柳条帽，又宽又厚的安全皮带紧束在已经辨不出颜色的旧棉衣外面，长筒靴上溅满了黄泥巴。双颊也塌下了，鬓部和下巴上胡须邋遢，过度的疲惫和操劳让他明亮的眸子上罩上了密密麻麻的血丝。

看见她们娘儿俩，爹显得手足无措地说："你们娘儿俩怎么来了？"

丫头听得出，爹的嗓子嘶哑了。

娘的心当下就酸酸的，含泪笑道："我们怎么就不能来？你也不算算有多长时间没回家了？"

爹赶紧道歉："对不起对不起，工期实在太紧了。"

虽然爹说起话来有说有笑的，可娘总觉得哪点儿不对劲，有时抬抬手都要皱下眉头。

"你怎么了？是不是哪儿不舒服？"

娘说着伸手就去捉爹的胳臂，爹一闪身，立刻疼得大叫了一声："哎哟——"

娘没再容爹掩饰，不由分说地拨开爹的棉衣领子，往里一看，一下子就怔住了。后背不知什么时候受的伤，内衣和伤口都黏在一起了。娘一边蘸着温水给他泡开结在伤口上的内衣，一边止不住地眼泪吧嗒地滴在爹的背上。爹满背的累累伤痕让娘无暇多想，就从背后紧紧地箍住了他，把头贴在他的脊背上放声大哭起来：

"丫头他爹，你怎么伤得这么厉害啊？怎么这么不注意？为什么不去医院看看呢？你要是不在了，我和丫头怎么过啊……"

"没事的，哪有什么不在了？我怎么可能这么不经事啊！"爹轻轻地拍着娘的手，宽慰她说："丫头娘，你到高铁工地上去看看，工友们哪一个身上不是疤痕累累，新伤摞旧伤？哪一个对父母对妻儿不是怀满了歉疚？你还记得咱们结婚时给咱证婚的那位老队长吗？本来，再有一个月就到退休的点了，领导已经批准让他提前回家休息了。这时，上面决定调我们队上高铁建设工地。老队长一听，说啥也不愿意回去了，坚决要求跟大伙一起会战高铁。他找到领导说，我铺了一辈子铁路，这眼看就退休了才遇到这么一个前无古人、千载难逢的机会，你说我能错过吗？哪怕就是到高铁工地干一天呢，回到家俺也能拍着胸脯跟村里的人说：高铁，俺铺的。领导拗不过他，就同意了。建设工地不说你也能想象到，整天风里来雨里去就不说了，连吃饭也是都是饥一顿饱一顿的，再加上高铁建设是百年大计，科技含量高，质量要求高，施工难度大，老队长跟我们年轻人一样早来晚归，一样肩扛手抬，一样精雕细琢。没一句怨言，劲儿比我们年轻人还足。"

爹抬起头，满含着泪水的眼睛一眨不眨地望着窗外，仿佛能望得到远处的山峦，"就在上个礼拜天，我们正在一个山口架梁，突然暴风雨夹着拇指大小的冰雹铺天而下，打在安全帽上噼啪作响，砸在身上生生作痛，肆虐的狂风吹得人睁不开眼。此时正是落梁的关键时刻，140吨重的桥梁吊在空中，如果不能快速就位，很可能造成机毁人亡。老队长站在一个山坡上，一手拿着话机，一手举着小旗，冒着雪花冰粒，不顾腿脚冻僵，整整站了两个多小时，指挥着大伙终于把桥梁稳稳地落在桥墩上。就在大家伙齐声高呼的时候，老队长却双膝一抖，软软地仰面倒在了雪地上……在整理老队长的遗物时，大家伙看见箱子里那一摞摞的病历，一沓沓的假条，一瓶瓶的药片，才知道这个天天有使不完的劲儿的老头儿半年前就已经是癌症晚期了……"爹用袖子擦了擦泪流不止的眼睛，哽咽地说："老队长临终前说，能参加高铁建设我死而无憾了，明天下地狱，我也能闭上眼了。老队长唯一的要求就是把他的骨灰埋在高铁线旁，要亲眼看看，他亲手铺设的高速铁路到底能跑多快……听见老队长的话，在场的人全都哭了。给老队长送葬那天，大家伙面对老队长的遗体举手庄严宣誓，哪怕豁出这百十斤也要确保高铁按期完成！那天下午，整个工地的人都在高唱着大家伙自己改编的歌曲：娘啊，儿死后，你要把儿埋在那高铁旁，将儿的坟墓向东方，让儿看列车驶如飞，听那汽笛在歌唱……"

爹的话没说完，娘这边早已是泣不成声，泪流成河了……

窗外的风声如泣如诉，丫头感觉到有一股无端的悲凉莫名地掠过心头。

丫头跟娘原准备到工地看看爹就回去的，可娘儿俩一住就是三天，把爹的和叔叔伯伯们身上的、床上的、盆里的、柜里的里里外外全都缝补浆洗了一遍才回去。

那天，爹把她们娘儿俩一直送到车站。

"我知道你干的是件大事，我会带好丫头的，家里和地里的事也都不要你操心，俺娘儿俩不会拖你的后腿。可你也要——"临别时，丫头娘拉着丫头爹的手千叮咛万嘱咐："千千万万照顾好自个儿，我和丫头不能没有你……"

爹摩挲着丫头的头，笑着宽慰娘："放心，不会有事的。我也不能没有你们！"

丫头和娘到达徐州高铁站时，丫头爹单位里的人已经等候多时了。

原先的副队长现在已经接替了丫头爹的队长位置，丫头娘认得他。

"嫂子一路上辛苦了！"他指着身后的几位工友说："听说你们娘儿俩要陪队长来坐高铁，大家伙说什么都要来陪队长一程，可工地上实在走不开这么多人。刘复学和董向华找到我说：我俩的命就是用队长自己的命换来的，不陪这最后一程，这辈子都不能安心，就让我俩去吧。嫂子，今天就让我们几个一起陪陪你们一家吧。"

丫头娘的眼圈又红了，"劳累你们了！"

"嫂子客气了，咱们进站吧。"

丫头娘微微鞠躬："那就太感谢你们了。"

——建设工地，丫头娘儿俩与爹一别又是大半年杳无音信。

这晚，丫头吃完饭在灯下自习，娘不知怎么了，收拾罢碗筷就在里里外外、来来回回地走动着，心事重重的。搅得丫头也跟着静不下心来。

"娘，你干吗呢？还让不让我做作业了？"丫头心怀不满地说。

娘坐到了丫头的对面，忧心忡忡地说："丫头，娘这一晚上眼皮老是跳，跳得我心惊胆战的。唉——"娘长叹了一口气："你爹好长时间没给家里来个信了，该不是你爹那儿有啥事儿了吧？"

丫头笑了："娘，别老是疑神疑鬼的，老师说了，拜鬼求神是愚昧无知的表现。"

娘笑了："但愿是我想多了。"

果然这天后半夜，丫头家的门被村支书敲响了。

"丫头娘，快起，丫头他爹那儿来电话了，你赶紧到俺家里去接。"

全村就村支书家一部电话，他家的电话号码村里家家都记得，可村里人有一分容易谁都不去他家打。不是不想去，实在是支书婆娘那张脸子太难看。至于支书屁颠屁颠地亲自去喊人到他家接电话，那更是想也不敢想的事。丫头爹几次想给家里装一部电话，都被丫头娘给拦下了，她总觉得花那个钱不值，又没啥当紧的事，还不如留着这钱给丫头选好学校用呢。这次，支书破天荒地三更半夜跑到丫头家喊人去他家接电话，且还破锣嗓子喊得山响，村里的人听见了直在心里犯嘀咕："这太阳从西边出来了？"没多久，丫头娘一声撕心裂肺的哭喊从支书家里传出，直刺云霄。当下，全村的人就都知道了："丫头家出事了，而且是出大事了。"

从夜里接完电话，丫头娘就没睡，就这么直挺挺地坐在凳子上流泪，一声声压制的、苦楚的唏嘘，从她灵魂的深处艰难地一丝丝地离析出来，分布在屋里，织出一幅暗蓝的悲痛。

当她的泪水快要流尽的时候，来接她和丫头的车也到了。

路上，司机告诉丫头娘：这段时间连降暴雨，上游的一座年久失修的水库突然发生了决口，愤怒的洪水掀起了万丈狂澜咆哮着扑面而来，也就是眨眼之间，昔日人声鼎沸的工地霎时变成了恶浪滔天的海洋。最要命的是，从上游漂流下来的树木很快便把刚刚修造好的铁路桥的桥洞给卡住了，如果不及时弄走，飞流直下的洪水很快就能把这座桥连墩子都翻过来。刚刚从水中爬上来的丫头爹敏锐地发现了这一险情，一转身又义无反顾地跳进了滚滚激流中。他一面组织队友顺流疏通，一面还要保护大伙的安全。突然一阵浊浪涌来，丫头爹和两名工友被掀入激流之中。按丫头爹的水性他完全能够游到旁边的树上求生，但他没有，他考虑到水中还有自己的工友，"水中有人吗？"他边游边开始寻找，突然，他听到不远处有微弱的呻吟声："队长……我……是刘复学。"丫头爹闻声奋力游到刘复学身边，抓住他的胳膊游向不远处的树丛。但是，刘复学已无力爬到树上，丫头爹也筋疲力尽。丫头爹边游边鼓励小刘："一定要顶住……我们会没事的！"正说着，一个浪头打来，丫头爹借势用肩膀把刘复学顶到树上。"队长，太危险，你也上来吧！"刘复学担心地高喊着。丫头爹摆了摆手，再次游向激流中寻找落水的工友。这时，丫头爹又听到有人高喊："救救我！"丫头爹循声望去，看见工友董向华正在水中时沉时浮，丫头爹奋不顾身地游向董向华，一把抓住他的手，拖着不顾一切地向岸边游着，一米、两米……终于游到了一棵树旁，丫头爹猛力一推，董向华就势抓住了树枝，而丫头爹却被一个巨浪卷得无影无踪。等到同志们找到他时，已经不省人事了。眼下，正在地方上一家医学院附属医院抢救。

丫头跟娘赶到时，丫头爹已在弥留之际，正是靠着输液和氧气才维持到现在。

丫头娘不禁打了一个寒战，难道他就这样跟我们娘儿俩永别了？

副队长看见丫头娘，刚喊了一声"嫂子……"眼泪哗哗就在脸上淌，再一句话也说不出来了。

医生告诉丫头娘，由于他极度劳累，导致心力衰竭，肺部大面积出血，情况非常危险。

"就没有一点儿办法了吗？"丫头娘几乎在祈求医生道。

医生摇摇头，"除非有奇迹出现。"

或许丫头爹听见了丫头娘跟医生的对话，他的眼睛突然就睁开了，身体还轻微地动弹了一下。

"是……丫头来了吗？"丫头爹嚅嚅地说。

"来了，来了。"有人赶紧把丫头往前面推。

丫头战战兢兢地走到爹的病床前。

"丫头……爹要是不在了，要听娘的话，好好学习……"

丫头娘一路上都在流泪，这时倒坚强起来了，强忍着泪说："看你在说什么？不会有事的。你不是说好了吗？等高铁建好了，还要带俺和丫头一起去北京呢！"

病房里，一片萧瑟肃穆的气氛。

丫头爹摇摇头："看来……不行了，丫头娘……想求你一件事——"

丫头娘点点头，"你……说。"

丫头爹深情地望着这娘儿俩，竭力想使脸上的肌肉凝结成一个笑容，遗憾的是，他已经失去了指挥千军万马的威力，连面部的肌肉都开始背叛他了，但那双疲惫的眼睛却依然执着地闪烁着希望和期待的光芒。"我走了……把我也埋在老队长旁边吧……我想陪着老队长一起看车来车往……"

"……"丫头娘哽咽着，没说出话来。

丫头爹的眼睛已经没有了光泽，可他还在努力的梭巡着。

副队长看见了，站前一步，"队长，你还有什么要交代的吗？"

"我……我……"丫头爹已经说不出话儿来了。

"队长，你放心吧……你常跟我们说，养兵千日，用兵一时，不论遇到再大的困难和麻烦，我们都一定会按期完成任务的，绝不会后退一步！"

丫头爹大概是想说"好"，可是嘴还没刚张开呢，一口浓浓的鲜血"噗——"地喷了出来……

"轰"的一声，天一下子就塌了，塌在地上，把地砸出了一个天样大的坑。

丫头娘先是大惊失色，继而天旋地转，一下子就栽到了。

丫头仿佛傻了一般，木然地站着，一句话也不说，直到看见叔叔伯伯们落泪饮泣的时候，才突然间泪如雨下，发了疯地叫了起来："爹——"

在场的全是身材魁梧的精壮汉子，听见了这令人肝肠寸断的声音，没有一个不失声痛哭……

"呜——"

列车长鸣一声缓缓启动，转瞬之间便疾驶如飞。丫头娘一惊，望望车窗外一闪即逝的城市、街道、工厂和楼房，忙不迭地说道：

"丫头她爹，你快看看吧，开车了。这车真是快，果然就跟你说的一样，比飞机还快呢……"

上车后，大家自觉就把靠近车窗的那个座位让了出来，让丫头娘依窗而坐。丫头娘没有客套。她在座位上坐下，郑重其事地把竹篮放在小桌上。然后开始不厌其烦地把看到的每一处她认为稀奇的景观念叨着跟丫头爹听。两只红肿的眼睛瞪得大大的，一眨不眨地紧紧盯着车外，生怕漏掉一处。

"丫头爹，钻山洞了，这山洞修得真长，你抽袋烟都过不去……丫头爹，曲阜到了。我记得你说过这个地方，你说是孔圣人住的地方……丫头爹，过大桥了，这座桥修得也长，比咱县那座运河大桥还长呢……丫头爹，济南到了。你还记得吗？那年，你在这儿架黄河大桥，你丫头来看你，你还专门请了一天假带俺娘儿俩去看过大明湖、趵突泉呢……"

从徐州发车始，一直到北京，一路上，丫头娘嘴里就没闲着，始终在念念叨叨。期间，除去叮嘱丫头把水拿出来跟叔叔们喝以外，没说过一句多余的话。

上车之前，队长曾专门安排董向华买了一大包绿茶、红茶、矿泉水和面包等，一看丫头从包里掏出的是自家烙的饼，可乐瓶里装的是自家烧的水，几个人心里十分不是滋味，再也不好意思往外拿了。

"丫头爹，北京到了，咱就要去看天安门了！"

车快到北京站时，丫头娘悄声地跟丫头爹说，然后，面色平静地挎起竹篮，跟着一行人下了车。

队长事先就安排好了一辆车等在了出站口，直接把他们送到了天安门广场。

——天安门，中国古代最壮丽的城楼之一，在过去的若干年里，无论是丫头还是丫头娘，都和它只在电视里或课本上见过面。1949年10月1日，毛泽东主席就是在这里庄严宣告：中华人民共和国成立了，中国人民从此站起来了！并亲自升起了第一面五星红旗。

丫头无限深情地望着，然后又转过脸，贪婪地望着对面的人民英雄纪念碑、毛主席纪念堂、人民大会堂、中国国家博物馆……望着，望着，大家突然听见一声哭泣，那是一种一边强烈抑制着又终于抑制不了的哭，是一种情不自禁、忘乎所以的哭。丫头像一个在夜幕来临时迷路的孩子那样悲恸地哭着，她在哭自己，哭娘，哭蓦然间消失了的亲人，也哭她的茫然，哭她的一切的一切……她痛哭失声地叫道："爹，你说话不算数！你早说你带我来看天安门呢，可你一声不吭就走了……爹，我来了，你在哪儿啊？你在哪儿啊？"

新队长也跟着泣不成声地说道："队长，高铁通了，你刚刚也坐了，跑了三百多公里呢。咱们队这几日就要转到新的工地去了。你放心，不论到哪里，我们都一定会苦干、巧干、拼命干的，绝不给你丢脸！你就安心地去吧。"

丫头娘此时此刻已经欲哭无泪。悲痛在她身上，激起的已经不是眼泪，而是长久的沉默。她觉得自己心口上有一把锋利无情的刀子，一刀一刀地割着，剐着，血也在一滴一滴地流着。

听见新队长的这一番话，情不由衷地说道：

"丫头爹，我知道，这铁路没在你手里落成，你心有遗憾。这下不遗憾了吧？大家伙把你没完成的工作干完了，把你没实现的梦想实现了……我和丫头怎么办呢？你在的时候，哪怕一年半载不回来，我这心里不慌，我知道，这个家的擎天柱就在那儿竖着呢！你就这么倒下了……往后，这地里的麦子青了，豆子熟了，草该除了，我跟谁去说啊……"

说着，两滴泪从丫头娘的眼里悄然滚落。

不知何时，丫头已擦干了眼泪，她的小手紧紧地攥着娘的手，"爹，你放心吧。丫头已经长大了，能照看娘了，从今往后我跟娘下地，给娘做饭。我也一定好好学习，等我大学毕业了，也和你一样去建铁路！"

丫头娘把丫头紧紧地搂在了怀里。

三天后，在京沪高铁线路旁老队长的墓穴边，悄然凸起了一个小小的土包，上面载满了长短不齐、高低不均的野花，春风微荡之中，花瓣像银色的霜花，像透明的玉屑，像水洗的胭脂，每当列车通过，各色花儿就会随风摇摆，散发出阵阵馨香。

在含苞怒放的万花丛中竖立着一块石碑，碑文写道：

碧血付高铁，无私无畏英勇献身；
青山埋忠骨，为民为国虽死犹生。

清　明

（一）两个人的金戈铁马

这年头，没有人讲实话。说金钱是罪恶，都在捞；说美女是祸水，都想要；说高处不胜寒，都在爬。没机会，谁都说自己不想当官，一旦有了点儿希望，哪怕是萤火之光，只要其亮不远，就总会有人跃跃欲试、蠢蠢欲动，将这个寒冷的冬天，搅得沸沸扬扬。

上周，北方铁路局主管运输的副局长走马上任地方铁路局。笼子刚空了，铁道部党组还没决定是凭空而降还是就地取材呢，铁路局上上下下早已是波涛滚滚、暗流涌动了。摆开架势准备凿壁偷光的人已不仅仅是按捺不住摩拳擦掌的问题了，而是已经上升到赤膊上阵志在必得的层面了。尽管铁路局党委书记陈百川、铁路局局长汪洞箫对此种鸡鸣狗盗之举深恶痛绝，但作为主政一方的党政要员，却不能不为下属的前途和进步着想。从本局中层干部中优中选优，不仅对被提拔的人是一件利好的消息，于他们两人的面子上也有光彩。因为，总是从上面往下派干部，不仅对下面的同志们的工作积极性是一种挫伤，久而久之，对党政主要领导的权威也是一种动摇。这年月没有圣人，每个人都有自己的目的，又想让马快，又想让马跑，还想让马不吃草的好事永远都不可能重现了。鲁迅说过："倘若一定要问我青年应当向怎样的目标，那么，我只可以说出我为别人设计的话，就是："一要生存，二要温饱，三要发展。"要想让人觉得跟着你有"干头"，首先要保证他们在政治上有"奔头"，生活上有"盼头"，这样，工作起来才会有"劲头"。否则，再多美丽的口号都是一句空话。长此以往，那些看不见希望和曙光的人就会带动更多的人，与你离心离德，渐行渐远。就像多米诺骨牌，推倒了第一张骨牌，其余的就会跟着发生连锁反应依次倒下。古人云：上智下愚。能干到一个大铁路局的党委书记、局长，哪一个都不是等闲之辈，连一名普通老百姓都能看透的问题，陈百川、汪洞箫们能熟视无睹？是不是？所以，他们是绝不会让这种"和平演变"的悲剧发生在自己身上的，任何困难都不能成为阻碍他们"进部"（铁道部）的羁绊。

陈百川、汪洞箫趁热打铁。春运刚一结束，俩人就专赴北京，当面向部领导直陈种种利弊。

"都说完了？就这些？还有没有其他想法？"

部领导一言不发地听完他俩的陈述，面色严峻地问道。两个人不知深浅，没敢作答。

"单就凭你们的这种本位主义思想，我就不能同意。中央领导同志是怎样要求的？在选人用人问题上，眼界要宽阔，胸襟要宽阔，扩大选人用人视野，克服局限在本单位、本部门、本行业选人用人，防止拉小圈子、搞近亲繁殖甚至山头主义，坚决摒弃个人好恶和亲疏远近等私心杂念。你俩自己说，你们这种思想与领导同志批评的这些现象有什么区别？"

陈百川和汪洞箫涨红了脸。

"当然，"部领导缓了一口气，"这并不是说你们本单位即便有优秀人才也绝对不可以选，不也有内举不避亲这么一说吗？问题是谁来选？怎么选？标准是什么？没有一个公正无私的伯乐，有可能选出一匹一心为民、才华横溢的千里马吗？好伯乐不常有，真千里马又怎能常有？"

陈百川赶紧见缝插针表态："这一点请部领导放心，我们一定会从党的事业的高度出发，树立正确的选人用人观念，让那些品德高尚、能力出色、实绩突出、作风正派、群众公认的干部受关注、受尊重、受重用。同时，通过树立正确用人导向，在全局营造更加重德的浓厚氛围，引导干部更加注意品德修养，按党的要求为官、按传统美德修身、按群众期盼干事。"

"好，那我就看结果吧。"部领导瞥了一眼墙上的挂钟。陈百川、汪洞箫知道自己该告辞了，遂站起了身，部领导坐在位置上，与二人握手言别。

返回路上，陈百川和汪洞箫就商定好了调子，那就是公推公选，把慎之又慎的选人用人权交给大众，让群众选择自己信得过、靠得住的人。

铁路局党委常委（扩大）会议上，陈百川严肃地要求大家一定要跳出干部工作来认识干部工作中的扩大民主。不能再把扩大民主仅仅看作是组织上或人民群众的单向需求和热情，而应着力构建一个双向互动的运作体系，营造良好的民主环境。通过扩大民主，实现"三个转变"：由"伯乐相马"的"相马"机制向"赛场选马"的"赛马"机制转变，由"少数人在少数人中选人"向"多数人在多数人中选人"转变，由封闭式、神秘化的组织"内部操作"模式向透明化、公开化的"阳光操作"模式转变，真正形成"组织定规则，群众当裁判，赛场选贤才"这一用制度选人的新机制。

文件发布后，果真如陈百川预料的那样，一石激起千层浪，惊动五洲四大洋。全局上下符合竞聘条件的处职干部有百余人，有三分之一的人报了名。经过笔试、面试，局党委常委（扩大）会议研究，确定三名成绩优秀者进入程序。这三人，分别是干部部长郑树森、总调度长王旭明、运输处处长柯炳生。

名单一发布，全局上下一片哗然。

什么"赛场选马"？说得好听，到头来还是一个穿着皇帝的新衣的近亲繁殖的怪胎！

——郑树森是全局上下众所周知的党委书记陈百川的忠心耿耿的"门生"。陈百川在基层做党委书记时，他是跟在陈百川屁股后面亦步亦趋的小干事；陈百川做局党委书记后，郑树森先是做宣传部长，后在陈百川的斡旋下，又坐到了干部部长这个重中之重的位置上。王旭明、柯炳生背景就更深了。二人跟局长汪洞箫还在铁道学院读书时，就以"三剑客"蜚声校园，是肝胆相照的哥们。机关大院里的人，私下里都是拿他俩与张昭、周瑜作比，说汪洞箫是内事不决问旭明，外事不决问炳生。这话传到汪洞箫的耳朵里，汪洞箫哈哈一笑："给我做谋士啊？两人还嫩点。"这些年，王旭明、柯炳生寸步不离地跟在汪洞箫身后，汪洞箫水涨一尺，王旭明、柯炳生也跟着船高一寸，直盘踞了铁路局长、总调度长和运输处处长这三个举足轻重的位置。毫不夸张地说，铁路局的运输命脉，就把持在他们三人的手里。想在铁路局做点跟运输有关联的生意，没有他们三人中哪一人的默许，天皇老子都不灵。

先前摩拳擦掌、跃跃欲试跟着蹚浑水的人，难免有一种被欺骗、被愚弄的感觉，旁边还有人跟着扇阴风点鬼火："早就跟你说了，在职场里摸爬滚打，首先自己要行；其次，要有人说你行；再次，说你行的人要行；然后，才能想怎样都行。就你，跟打麻将似的，十三不靠，嘛嘛不行。你说你不是猪八戒照镜子自找难看吗？"

俗话说，外行看热闹，行家看门道。其实，对更多的人来说，场面上的沸沸扬扬，早已司空见惯见怪不怪，掩藏在沸沸扬扬背后的那种长袖善舞才是他们所要观赏的要义。就如看戏，"弦、笛、锣、鼓、钹"须听，"生、旦、净、末、丑"要看，风格、音乐、对白也应讲究，但更重要的还是要谙达剧情，领悟内涵。就如眼前这场白热化的副局长之争，表面上看，是郑树森、王旭明、柯炳生三个人的明博暗弈，实则是陈百川和汪洞箫两个人的金戈铁马。

（二）风水轮流转

汪洞箫与陈百川之间的关系之微妙，有点儿像琼瑶编制的狗血剧：千回百转。

陈百川都已经坐到了铁路局党委副书记的位置上了，汪洞箫还在运输处做副处长，后来提了处长。任免令是陈百川代表铁路局党委去宣布的。那时的汪洞箫，就是一燕颔儒生，做事谨小慎微，说话小心翼翼。别管是在道上还是在哪儿，只要看见陈百川，离老远就站住了，毕恭毕敬地喊道："陈书记好。"然后就毕恭毕敬地侧过身给陈百川让道。尽管那马路宽着呢。是什么时候发生变化的呢？陈百川经常会想起这个问题。思来想去，确切地说，应该是在汪洞箫出任铁路局副局长以后。

汪洞箫升任运输处处长不久，铁道部和清华大学联合举办了一个"青干班"。这个班，说穿了就是铁路的"黄埔班"，能去这个班学习的，基本上都是各铁路局的后备干部。当时，铁路局上上下下，有希望的，没希望的，钻窟窿打洞想去镀层金的人挤破头，哪一个都不是等闲之辈。汪洞箫有自知之明，自己能做处长，已经是烧高香了，提副局长这样的好事，怎么轮，也轮不到他汪洞箫的头上去。那段时间，别人都在忙着踏铁路局党委书记叶双喻家的门槛子，只有汪洞箫心无旁骛、本本分分地做自己的事。谁都说不清汪洞箫是什么时候被叶双喻给看到眼里去的。铁路局党委办公会上，叶双喻言之凿凿地说："200年前，英国公使马戛尔尼说：中国人没有宗教，如果说有的话，那就是做官。他说错了，不想做官的大有人在，我们铁路局就有一个，他就是汪洞箫！"就这样，汪洞箫踩着叶双喻的这句话一步一步迈入了青干班。两年期快结束的时候，铁路局主管运输的副局长退休，汪洞箫毫无悬念地回来接了班。

真正让陈百川不能接受的事还在后面。

也合该汪洞箫运气好。汪洞箫提任副局长的第三个年头，铁路局行政一把手蒋德又到了退休年龄。而且，铁道部党组毫不犹豫地再度选择了汪洞箫。梦里依稀慈母泪，城头变幻大王旗。汪洞箫一个连续的三级跳，震得陈百川根本就缓不过气来，好长时间，他都跟阿庆嫂似的，辨不清这个铁路局"到底是姓蒋还是姓汪"？汪洞箫很快就适应了这个得之不易的新角色，手眼身法步以及唱念做打，"五法四功"一招一式全都拿捏得很有腔调。再见陈百川的时候，就不仅仅是没了"敬"的问题了，连"恭"也都免了。陈百川若是主动招呼，汪洞箫就微微颔首示意；陈百川要是避而不语，汪洞箫那更是四处茫茫皆不见。

最让陈百川感觉到愁肠百结的就是老党委书记叶双喻退居二线那段日子。

部党组有文字为凭，明确陈百川以副书记之身代理党委书记之职。陈百川认为能不能坐到铁路局党委书记的位置上，并不是汪洞箫所能决定的，汪洞箫不是如来佛，他的小手遮不了那么大的天。换言之，汪洞箫并不掌管着他陈百川的生杀大权。但这决不意味着因此就可以小觑汪洞箫。汪洞箫手里的这一票，不是基干民兵怀里的三八大盖，而是"十步杀一人，千里不留行"的侠客手中的独门暗器，翻手可助陈百川上云天，覆手也可以送陈百川下地狱。作为铁路局行政第一负责人，汪洞箫坚决不同意他陈百川做铁路局党委书记，部党组不会不认真考虑汪洞箫的意见。

当然，鱼死网破、玉石俱焚对双方都没有好处。以汪洞箫如此冰雪聪明之人，不到迫不得已，是绝不会做那种蠢事的。可他陈百川却不能不防微杜渐夹起尾巴做人。好在时日不长，也就是半年时间，陈百川也如愿以偿地扶了"正"。只是他实在是在副职的位置上坐得太久了，即便已经跟汪洞箫齐般高了，可这平起平坐的感觉已经找不到了。往汪洞箫跟前一站，人还没说话呢，自己先矮了半分。

不能不承认，汪洞箫确确实实有着他独特的魅力。经过这么多年的折腾和历练，汪洞箫的内心明显发生了巨大的变化，变得坚硬。他的身上，不仅依然保持着知识分子的理性，又兼容并蓄糅进了许许多多的江湖气息，混杂在了一起。就像是一株雪里蕻，经过不同的卤汁、不同的分量、不同的时间腌制，已经失去了原来的味儿。不用刀刮，你是辨不出他最真实的本色的。所以，这么多年，与汪洞箫朝夕相处，陈百川从来都是藏锋露拙、以退为进，避免无谓的冲突、摩擦与麻烦。

就说这次"赛场选马"吧，本来是郑树森骐骥一跃一马当先，王旭明紧随其后，柯炳生稍逊风骚。可是，铁路局党政联席会上，汪洞箫不着痕迹地说："我们家乡有句土话，是骡子是马拉出来遛遛。有道理啊！这三位同志能够从几十名竞选者中脱颖而出，充分应验了这么一句话：路遥知马力。我同意把柯炳生、王旭明、郑树森三位同志作为候选对象报部党组考察。"

汪洞箫非常随意地就将柯炳生和郑树森来了个本末倒置。

汪洞箫这一举动看似漫不经心，其中玄机实际深得很。

对于"排座次"这事儿，中国人自古以来就有着深厚的底蕴和微妙的情结。《礼记》中讲："天地位焉"，其意就是说，天地万物各有其位。大家普遍认为，座次的先后，不仅标明职位的高低，权力的大小，更显示了你在官场中资历的深浅、价值的高低、分量的轻重。

"眼前有景道不得，崔颢题诗在上头。"与会的人，没有一个看不透汪洞箫的心思，可是，哪一个也都只能默认这一结果。包括陈百川在内。谁的官职大跟谁，谁的权势大听谁。这是长期形成的因对权势的畏惧和盲从而造成的行为准则标准的偏离，不是一朝一夕，或者哪一份文件，谁一句话就能改变了的。汪洞箫虽然不是陈百川的领导，但汪洞箫抢先定了调子，陈百川只能打掉门牙往肚里咽。反之，如果是陈百川占据了先机，汪洞箫也一样束手无策。

铁路局党政联席会议刚结束，郑树森马上就知道了会议的内容。

对郑树森来说，这个噩梦实在是太残酷了些。"他妈了个逼的，这也欺人太甚了吧！"郑树森抬手就把桌上的茶杯掼到了地上。"我还就不信没有说理的地方了！"说罢，怒气冲冲地冲出了办公室。

陈百川正闭着眼仰在沙发上回味刚刚结束的党政联席会议上的一幕一幕，郑树森猛不丁地闯了进来，连门都没敲，吓了他一跳。但他理解郑树森此时此刻的心情，所以，也就没有计较。

"陈书记，汪洞箫也欺人太甚了吧？"郑树森一进门就口无遮拦地嚷道："这党管干部，是中国共产党长期坚持的一项重要原则，是党的组织路线为政治路线服务的一项有力保障。你是铁路局党委书记，用谁不用谁，怎么用，怎么都得由你说了算，他汪洞箫有什么资格乱点鸳鸯谱？不是我说陈书记，你就是太低调了，啥事都让着他，因此才把他惯成今天这个样子。"

郑树森用了一个类似于褒义的中性词："低调"。低调在这个时间里所代表的是什么呢？是软弱？是无能？抑或是二者兼而有之？陈百川想。

陈百川在心里暗暗一笑。

陈百川低调行事，并不是从今天始，多少年就这样。记不得是谁曾经这样劝慰他说：心软，是一种不公平的善良。成全了别人，委屈了自己，却被别人当成了傻子。何必呢？但他坚持认为，生命如此短暂，人品还是应该以正直为贵，心地还是应该以善良为高。这话在跟郑树森聊天的时候，曾经流露过，郑树森并没有提出过疑义。相反，倒是经常奉承陈百川。就在昨天临下班，郑树森到陈百川办公室汇报工作时，还不失时机地又把陈百川夸了一通，说他身上有种独特的、富有魅力的领袖气质，在面对恩怨得失的时候，有着不同寻常的达观和洒脱，总能够跳出事件，以一种局外人的超然来看待和面对。陈百川淡淡一笑，未置可否。从那时到现在，满打满算，还不到 24 小时，事情就突然之间来了一个 180 度的大转变，豁达变成了软弱，高贵也变成了低贱。看来，这任何事物的属性都是多向位的，即便是同一件事情，从不同的角度观察，其性质也可以是多方面的。有时真的不在于你怎么做，而在于观察人以怎样的角度和心情看你。

陈百川刚开始时确确实实是微笑着在听郑树森怒斥汪洞箫的。这已经很难得了，因为陈百川从不在非正式场合议论、评价、诋毁他人，不论这个人是他的上级、同级还是下级。这也是包括汪洞箫在内的铁路局领导班子集体一直敬重他的根本所在。但这一次，汪洞箫实在是过分了，明目张胆的营私舞弊，连一点儿耳目都不掩。"领导犹水也，群众犹鱼也，其行动犹游泳也，大鱼前导，小鱼尾随，是从游也，从游既久，其濡染观摩之效，自不求而至，不为而成。"长此以往，铁路局还能称其为铁路局吗？还有，一个同志的政治生命让他覆手之间就给毁了，这也太儿戏了，怎能不让人家发发牢骚？但是，郑树森的牢骚也同样过分了。陈百川不好直截了当批评汪洞箫，批评你郑树森可是手到擒来。所以，陈百川听着听着，突然就敛起了笑脸，接着，脸上又变了颜色。

郑树森见状，赶紧闭上了嘴。但是，晚了。

陈百川已经箭在弦上了。"说完了吗？没说完还可以继续说。"

"说……完了。"郑树森嗫嚅道。

"说完了？干吗要说完，你不是牢骚满腹吗？接着说嘛！一个铁路局党委的干部部长，说出这样有失偏颇和水准的话，我听了都觉得脸红。"陈百川站起身，原地转了一个圈，用手指着郑树森的鼻子说："谁告诉你说党管干部就是党委书记管干部？啊？不错，用谁不用谁，不是局长说了算，可也不是党委书记说了算。而是这个党组织说了算！洞箫局长作为铁路局行政第一负责人，党委第一副书记，他怎么没有权利和资格发表自己的意见和建议？怎么是乱点鸳鸯谱？是不是选其他人就都是乱点鸳鸯谱，推举你才是唯一正确的选择？"

陈百川连番密集的发问如疾风骤雨压得郑树森抬不起头来，额上顷刻间沁出了密密麻麻一层汗珠。

"你也是做干部工作的，你在跟那些向你要名利要地位的同志谈话时是怎样要求人家的？是不是告诫他们，在对待党和国家事业上始终保持进取之心，在对待人民赋予的权力上始终保持敬畏之心，在对待个人名利地位上始终保持平常之心？是不是这样的道理只是用来教育别人，而对自己则不起任何约束？"

郑树森的脸红一阵白一阵，他小心翼翼地解释道："不是，陈书记，我……只是觉得，本来我是排在第一位的，他这一翻个……这对我，太不公平。"

"对你不公平？那对那些连名次都没进的同志呢，那就公平了吗？啊？"陈百川上上下下地打量郑树森。看着，看着，陈百川的目光突然在郑树森的头上定了格。因为，他发现郑树森的发间，一天之间，多了一丛白发。细碎的白发在他的额上懊恼地颤抖着，像一朵无精打采的雪菊。陈百川的心里陡然生出了一丝恻隐之心，他没再继续说下去，轻轻地叹了一口气，坐下了身子，端起杯子，浅浅地饮了一口茶。

郑树森看见，赶忙拿过热水瓶，给他的杯子里续满了水。

陈百川摆摆手，示意郑树森在自己对面坐下，语调和缓地说："树森啊，你在干部部长这个位置上坐了也不是一年两年了，用干部是怎么一回事还要别人明说吗？有的人是靠吹牛拍马走上领导位置的，有的人是靠拉帮结派走上领导位置的，真正靠苦干实干走上领导位置的有几人？你是干部部长，你说这公平吗？"看见郑树森口服心服地点了点头，陈百川的脸色也缓和起来，慢慢地又露出了笑容。"大幕才刚刚开启，你就这么颓然地倒下了，实实在在让我始料不及。也由此让我想起了这么一句话：真正能让一个人倒下的，不是你的对手，而是你绝望的内心。得失成败，不是看一事一时，要看最终的结果。所谓千里马，并不全都是跑得最快的那一匹，但一定是耐力最好的。可以抱怨，但必须忍耐，积蓄力量，等待机会。不到最后一秒钟，谁都不敢说，谁是赢者，谁是输者。还有，我这样说，你也许你会想我是站着说话不腰疼。这个副局长的位置真就这么重要吗？'佛为心，道为骨，儒为表，大度看世界；技在手，能在身，思在脑，从容过生活。三千年读史，不外功名利禄；九万里悟道，终归诗酒田园。'真难为你跟了我这么多年，连这么朴素的道理都没悟透。回去吧，回去好好想想。我相信，你会想明白的。"

"那我走了，陈书记。"郑树森讪讪而退。

陈百川坐在沙发上点点头。

考察组是三月中旬进驻铁路局的，一行五人，带队的是部人事司副司长冯有权。人还没到，已有消息从灵通人士那儿传出，此人系汪洞箫、王旭明、柯炳生铁道学院的同门师兄，同时，由于工作对口，跟郑树森也相处甚笃。

这下，有好戏看了。

（三）你的心情雨打风吹

春天的黄昏总是姗姗来迟。靠近地平线的太阳，仿佛一团快要奄奄一息的火球，半死不活地在西边的天际线那儿晃荡着。

尽管这一天疲于奔波车马劳顿，冯有权财殚力痛，但车快进站时，冯有权还是抖起了十二分精神，眯着眼睛，饶有兴致地透过车窗打量起了这座城市的风貌。

冯有权是早上六点半钟从家里出的门，步行十分钟到公交站，坐了四十分钟的大巴，又乘了半个小时的地铁，到办公室都八点半多了。刚进门，司长打来电话，叫他过去一趟。这一去，就是将近一个小时。等他收拾好出差所需用品，带着一行人走出铁道部大院时，已经十点多了。他们没有向办公室要车。不是要不来，是没要。因为，这时节，到处都拥堵，相较于乘地铁，坐车去高铁站除了面子上好看一点，其他没有一点儿优势可言。他们是在十二时整上的高铁，午饭是在站下买的盒饭，带到车上吃的。这一坐，又是五六个小时。别说冯有权了，所有的人都感到了疲乏。

车进站时，冯有权发现站台上站着个身材苗条玉面桃花的女人。

"该不会是来接我们的吧？"冯有权心里想着起身下车。

没想到，刚迈下车，那个女人迎上前来，同时向他伸出手来。"冯司长？"

冯有权与她握了手，"我就是。"

"我是铁路局干部部的彭晓婉，来迎各位领导。"彭晓婉自报完家门，落落大方地跟各位嫣然一笑。"请走这边。"引着一行人向贵宾室走去。

无论从哪方面看，穿着黑色短裙、裸着两只白腿的彭晓婉都是一个非常有吸引力的女人。修眉联娟，杏面桃腮，美目纤腰，媚态如风……冯有权边走边在心里品味着。"哼，任你百般风骚，我是不会神魂颠倒的。"这念头刚刚沉渣泛起，一阵寒风吹过，冯有权不由自主地拉紧了衣服。"难道这姑娘不怕冷吗？"冯有权不由自主地又瞥了一眼彭晓婉的腿。

彭晓婉扭着婀娜多姿的腰肢与冯有权并肩而行。透过余光，她注意到，简单的客套程序结束，冯有权的脸正在悄悄地绷紧，乍看她时获得的那点儿愉悦正在一点一点随晚风飘散。大概是碍了她一个美女的面儿，冯有权没有发作，没有骂娘了。

其时，冯有权早已经骂过了。他是这样子骂的："他妈的！派个熊娘们来接我，就算把我打发了？你们铁路局的领导死绝了！"只是，这次骂人的方式，由于彭晓婉的出现，由粗放型变成了婉约型，由外骂式换成了心骂式。他跟自己说：不论你的内心是多么愤怒，在女人，特别是一个姿色还不差的女人面前，最起码的绅士风度还是要保持的。

冯有权就是一副司级干部。这一级干部，在部机关里，房上掉一块砖，都能拍死仨。只因其是主管干部的副司长，这身份有些类似地方上的组织部长。所以，在一般人眼里，就有了些有异于常人的意味。这情形，似乎可以理解。同样都是正司级干部，财务司司长跟档案史志中心主任能一样吗？人事司司长跟武装部部长能一样吗？别说远了，同是人事司副司长，管组织的和他能比吗？管组织的到下面铁路局，最多出来一位分管组织的副书记陪一陪。他就不一样了，起码是党委书记出面接待，局长、党委书记同时出面的情况也都是家常便饭。

冯有权心里也清楚，这不过就是个面子，或者说，是为了减少不必要的麻烦。让谁说，这些人会真心地敬重他冯有权？不会，他们敬重的，不过是他的位置，甚至连这个位置都不足以敬重。能混到铁路局局长、党委书记这个级别的人，哪个人的背后都有一棵枝繁叶茂的大树，都有一个五彩斑斓的背景，褪下伪装，哪一个都比他冯有权的腰粗。副司长冯有权，掌握不了人家的生杀大权。冯有权说好话的，未必提得起来；冯有权说坏话的，也未必就起不来。虽说你冯有权的手里有面旗，可是，摇不摇，怎样摇，摇几下，一切都得由主子发话。冯有权做不了主的。在发话的主子面前，那些人比摇旗的冯有权更得宠。可是，有的时候，别人一忽悠，冯有权就忘乎所以晕乎乎跟着飘飘然起来。

有一年，冯有权到东北一铁路局去，局长、书记亲自出面接待。席间，局长、书记站起来给他敬酒，书记说："冯司长到我们局来指导工作，是对我们的厚爱，我和局长敬冯司长一杯，感谢对我们工作的关心和支持。我们先干为敬。"说完，两个人举杯喝了个底朝天。冯有权正襟危坐，连屁股都没动一下，"好，你们辛苦啊，我代表部里几位领导向你们表示慰问。"

说完，象征性地把杯子放在嘴边舔了舔，连嘴唇都没湿就放回了桌上。局长当时就火了，把杯子往地上使劲儿一摔，指着冯有权的鼻子破口大骂："冯有权，你装他娘的什么熊？别大言不惭走着坐着说你管干部？全路这么多铁路局，哪一个书记是你提起来的？哪一个局长是你提起来的？部领导不点头，别说正职了，一个副职你提的了吗？你办不到！别给你脸你不要脸，我告诉你一声，以后走哪儿，千万别再说你是管干部的，你只是个管干部档案的！"这一次，冯有权是彻彻底底地熊了，低着头，连句硬气话都没敢说。这件事，不几天就传到了各铁路局。好多人打电话给局长，说："骂得好！"直到那位局长退休，冯有权再没去过那个铁路局。按说，有了如此惊心动魄的教训，冯有权该收敛点，或者，起码该隐晦点了吧？不然，冯有权历尽苦难痴心不改，该怎样还怎样，继续大张旗鼓地低调做事高调做人。没办法，骨子里面的事。

冯有权出生于豫东农村，家徒四壁，非常非常贫困。家中大哥出生时，父亲心里最期待的，其实并不是儿子，而是一方田地。因为，有儿子一家人还得饿着肚子，而有了田地就有可能扭转这一局面。所以，大哥名唤冯有田；二哥出生的时候，父亲的心里就开始变化了。父亲想，有一方田只能解决温饱，要想富足，还得有钱。所以，二哥名唤冯有钱；冯有权出生的时候，父亲的心里已经发生了革命性的变化。父亲说，有田可以吃饱，有钱可以穿暖，但你并不一定能够赢得尊重，还必须有权。有权才能呼风唤雨，有权才能一手遮天。因此，给他取了一个大名鼎鼎的雅号："冯有权！"冯有权小的时候，在外面受了欺负，回家告诉父亲，父亲都是这样对他说，"你一定得好好读书，只有把书读好了，才能做大官。只有做了大官，你才能欺负别人，否则，你一辈子都要被别人欺负！"如此入脑入心根深蒂固坚不可摧的思想观念，你想通过这么一两次对冯有权来说，如同和风细雨般的口诛笔伐，就让他脱胎换骨重新做人，可能吗？那真是天方夜谭了！

这次在讨论部考察组的接待时，铁路局党委副书记曹国柱主动请缨："本来这次的接待工作应该由树森担当的，可他这次是被考察人之一，瓜田李下的，不方便去接站。冯有权这个人咱是知道的，走哪儿都爱拿个大，要不我去接一下？"

陈百川和汪洞箫相视一笑，"好吧，那就辛苦你一趟吧。"

谁知事到临头，曹国柱也去不了了。军中无大将，那就只好由干部部副部长彭晓婉充当廖化，去做这个"急先锋"了。

从冯有权的那双油光锃亮的"老人头"皮鞋刚一踏上高铁站台，善于察言观色的彭晓婉就一直在读冯有权那张变幻莫测的脸。

"是这样冯司长，本来，我们铁路局党委副书记曹国柱是要亲自到车站来接您的，临时接到通知到地方上参加一个紧急会议，就没能赶过来。请您多多担待。曹书记晚上过来陪您用餐。"彭晓婉微笑着解释道。

少给我来美人计，我冯有权不吃这一套！冯有权迅疾地看了她一眼，就赶紧转过了眼帘，说："没那个必要了吧？吃顿饭陪什么？我们是来工作的，又不是来吃饭的。"

彭晓婉的脸上一如既往地挂着那副灿烂的微笑："说好了，说好了。都说好了。"

一路上，冯有权都闷闷不乐。

彭晓婉没话找话，故意问他北京这段时间气候怎样，物价贵不贵，冯有权有一搭没一搭地回着。及至铁道大厦，下车看见曹国柱已经迎候在大厅了，冯有权的脸色才略微有了点暖意。

进餐时，冯有权又摆出了一副公事公办的架势。曹国柱征询冯有权，是喝白酒还是喝红酒。冯有权想都没想就一口给回绝了："曹书记就别煞费苦心了，大家坐了一下午的车，也累了，晚上还要碰下头，把明天的工作安排一下。还是直接吃饭吧。"

曹国柱搞不懂冯有权是真马列，还是做做样子，他玩笑似的又说了一句："我可是认真的啊。"

冯有权一本正经回应道："曹书记以为我是在开玩笑吗？"

"那好，"曹国柱轻松地吩咐彭晓婉道："就按冯司长说的办，直接上饭。"

曹国柱没有想到，他的这一草率决定，又把冯有权惹着了。冯有权的脸部神经当即又绷紧了。天底下，哪有这么招待人的？客人刚说不喝酒，你马上就坡下驴说上饭，慢说这还是款待上级领导，就是接待普通群众，你也得客气几句啊！这分明就是在敷衍了事，分明就是在应付官差，分明就是没有把他冯有权放在眼里。

一顿饭吃得兴味索然。冯有权不主动说话，曹国柱问一句，他答一句，有时还不答。曹国柱还得问两句、三句。所以，曹国柱索性也就不再问。两位主角不说话，配角想说又不能说话。房间里的气氛异常沉闷。一桌子人都在埋头吃饭，只有"叮叮叮，当当当"，杯盘碗筷相撞的声音，小心翼翼地此起彼伏。不到半个小时，就结束了战斗。

在电梯口，冯有权拦住曹国柱："曹书记辛苦了，时间不早了，就别上楼了。"

曹国柱一点儿也不推让："那好吧，冯司长有什么需要直接安排晓婉好了，不必客气。"

冯有权慢条斯理地说道："那倒不必。不过，如果百川书记和洞箫局长有时间的话，我希望能见个面，把我们这次工作的相关程序，特别是部领导的重要讲话精神，跟二位通个气。"冯有权阴阳怪气话中有话地说。

曹国柱不易觉察地笑了。

冯有权这是在为汪洞箫、陈百川没来给他接风洗尘耿耿于怀呢。

冯有权一直都以为，以他这种身份来到基层——冯有权一直都是把铁路局看作是基层的，如果党政一把手不亲自出面来拜会他，那将是最大的不敬。而不敬对冯有权来说，是绝绝对对不能容忍的。

俗话说，听话听声，锣鼓听音。作为一个铁路局党委副书记，曹国柱一天要见多少人，理多少事，就冯有权这点雕虫小技他会听不出来。

来者勿禁，往者勿止。迎来送往，在哪儿都是必不可少的接待程序，无论是从工作角度，还是从礼节礼仪，汪洞箫和陈百川都不会不来拜会他的。说白了，就是见一面，说两句不痛不痒没有实质意义的官话，能费多少时间？但不一定就是现在。冯有权实在没有必要把这种表面程序看得如此之重。看来，这个冯有权同志还需要历练啊。

曹国柱微笑着打量着眼前这位小官僚，不说话。不一会儿，冯有权便不自在起来。

"……怎么了，曹书记？"

直到这时，曹国柱才"呵呵"笑了两声，把目光从冯有权脸上移向人来人往的大厅，模棱两可地说道："好好休息，做个好梦！"

望着曹国柱渐行渐远的身影，冯有权心里蓦然产生了一种被人戏弄了的感觉，可又说不出来。

这时节，不知哪儿传来了一阵"黑鸭子"的叫声："……我不知道你到底为了谁，你的皱纹刻不了千山万水；我不知道你到底为了谁，你的心情雨打风吹……"

这是电视连续剧《誓言无声》的主题曲，"黑鸭子"组合唱的。说不上什么理由，冯有权第一次听，就喜欢上了这首歌曲，并还将这首歌设为了手机铃声。"黑鸭子"唱了一遍又一遍，眼看就要将嗓子喊破了，冯有权才猛然想起原来是自己的手机在响。

他赶忙摸出手机："喂，哪位？"

"你好冯司长，是我，我是柯炳生。"

"柯炳生？"冯有权迟疑了一下，"有事吗？"

"汪局怕你吃不好，安排我请你出去再吃个消夜。"

冯有权的心情还没有恢复过来，他断然说道："谢谢。请你转告他，我吃得很好，消夜就不必了。"

"冯司长——"

柯炳生还想说什么，冯有权这边已经将电话挂了。

（四）山雨欲来风满楼

"咚咚咚！"

一阵清脆的敲门声，把冯有权从睡梦中惊醒。

冯有权看看表，才刚刚六点。谁啊？这么早就砸门，还让不让人睡了？

"谁？"冯有权没好气地问道。

"冯司长，是我，彭晓婉。我们汪局长和陈书记看您来了。"

啊？是汪洞箫和陈百川来了啊！

冯有权连滚带爬地翻身下了床，胡乱地套上衣服，跌跌撞撞地冲到卫生间，对着镜子简单地捋了几下头发，边扣着扣子，打开了门。

"哎呀，实在对不起呀冯司长，昨晚我和陈书记到地方上去参加一个会议，没能过来陪你，请冯司长千千万万不要见怪啊！"

汪洞箫一进门就紧紧握着冯有权的手连声称对不起，陈百川也一个劲地跟着赔不是。

冯有权很大度地笑着说："你看看，你看看，这是说的哪家子的话啊？都是自己人哪有那么多的客套？我也是从基层一步步干上来的，基层的工作性质我还不了解吗？千头万绪，我是很体谅你们的。"

陈百川说："你看看，还是冯司长关心我们，如果部机关的领导能都像冯司长这样，既高风亮节，又平易近人，那我们的工作就真是如鱼得水了。"

冯有权谦虚地摆摆手，"陈书记言重了，一样的，一样的。陈书记一定要相信，机关的同志们是会做好的。"

陈百川说："那是，那是。"

这时，彭晓婉抱着一包东西走了进来，汪洞箫说："前些日子，南方局的同志到我们这儿交流，带了几盒大红袍过来，百川书记说，冯司长这叫来得早不如来得巧，专门安排我拿两盒来请您品尝品尝。"

"汪局长、陈书记真是太客气了！难得朋友一片心意，还是你们自己留着喝吧。"

陈百川说："我们家乡有句话叫见面分一半。也难得洞箫局长一片心意，你就别客气了。"

"那我就恭敬不如从命了。"冯有权显得很为难地说："我听说洞箫局长对茶道是挺有研究的，是不是啊？"

"研究谈不上。喜欢琢磨琢磨倒是真的。你看，同样是喝茶，北京的茶客喝的是贵气，杭州的茶客喝的是诗意，上海的茶客喝得是腔调，福建的茶客喝的是茶艺，成都的茶客喝的是闲适，重庆的茶客喝得是热闹，广州的茶客喝的是生活，广西的茶客喝的是口感，潮汕的茶客喝的是感情。"

"汪局长是哪一种呢？"冯有权问道。

"过尽千帆皆不是。"汪洞箫哈哈一笑："我啊，是因为口渴。"

大家都笑了起来。

陈百川看了看腕上的手表，说："时候也不早了，这样吧，冯司长赶紧洗漱洗漱，我和洞箫局长在餐厅等你，咱们一起共进早餐。"

"好，那咱们待会儿见。"

"待会儿见。"

冯有权将汪洞箫和陈百川送出口，转身闭上门，然后就一头扎进了卫生间。

"咚咚咚！"他刚刚将牙膏挤到牙刷上，门又被敲响了。

"谁？"冯有权不耐烦地问。

"冯司长，是我，我林晓彤。"林晓彤是部人事司的干事。

"林晓彤？什么事？"

"冯司长，不好了，你快出来看看吧。"林晓彤慌慌张张地喊道，"大字报把咱这一层楼都给糊满了。"

"大字报？什么大字报？"冯有权打了一个机灵，醒了。

冯有权睁开眼，四处看了看，惊异地看见自己还四仰八叉地躺在床上。哪有什么陈百川？哪有什么汪洞箫？哪有什么大红袍小红袍？刚才那无限温情的一幕，分明就是南柯一梦。他的心里陡地升起一股沮丧。

"冯司长，不好了，你快出来看看吧。"门外，林晓彤又喊道。

"来了，来了。敲什么敲！"冯有权不紧不慢地穿好衣服，把门打开。

"冯司长，你看——"

冯有权顺着林晓彤手指方向看过去，顿时惊得目瞪口呆。长长的走廊两侧墙上横七竖八高低不平地贴满了大字报，迎面是一个长幅，上面写道："柯炳生是大流氓、大贪污犯！"每个字都得一尺见方那么大，触目惊心。那些小张的上面，全都是列举的柯炳生种种劣迹，譬如，怎么是"大流氓"的；譬如，怎么是"贪污犯"的，譬如……

冯有权怒不可遏地吼道："这是干什么？要炮打司令部吗？打电话给彭晓婉，叫她立马安排人把这些乌七八糟的东西给我揭下来。"林晓彤刚想转身，冯有权又吼道："还有，叫她火速通知陈百川和汪洞箫到房间来见我，我一定要好好问问他们，这就是他们推荐的所谓最佳人选？"

冯有权气势如虹地端坐在沙发上，等着陈百川和汪洞箫来面见他。

这两个自以为是的小官僚一定想不到会发生这种事，否则，昨晚绝不敢忘乎所以地放他鸽子。冯有权想。同时，在心里想象着，待会儿，两个人见到他可怜巴巴畏畏缩缩地祈求他在部领导面前多给美言几句时，会是什么样子。他想，自己要不要居高临下地拍拍汪洞箫的肩膀，语重心长地说："还是古语说得好啊：话，不能说得太满，满了，难以圆通；调，不能定得太高，高了，难以和声。"没想到，陈百川和汪洞箫根本就没有露面，连电话都没打一个。冯有权双眼望穿，最后仅等来了回眸一笑百媚生的铁路局干部部副部长彭晓婉。

冯有权把脸偏向了一边，"你来干什么？你们的书记局长呢？"不知为啥，冯有权有点儿怕看见她。

"对不起冯司长，汪局长和陈书记这会儿恰巧有个会，走不开。所以，不能过来拜会您了，半个小时以后和您在局里见面，安排我过来接您。您看，您准备准备，我在楼下等您。"

冯有权坐在沙发上的身子一下子挺直了。你们不就是个局领导吗？这架子也忒大了吧！面不露一个，电话也不能打一个吗？就派一个工作人员来知会我一声，这是把我当成自家人了吧！可这话他不能跟一个工作人员发作，特别是这个工作人员又是彭晓婉。他克制住自己的情绪，慢慢地把身子重又仰靠到椅背上，睁大眼睛瞪着彭晓婉："这是谁的主意？你吗？"说完，连他自己都感觉到莫名其妙，怎么这么说话？

彭晓婉回望着他，表情平淡。"冯司长觉得我有这个能力吗？"平和的语调像丝绸一般柔滑。

冯有权恋恋不舍又义无反顾地从彭晓婉的脸上收回目光，轻轻地叹了一口气，摆摆手，示意她先出去。

听到关门声，冯有权情不自禁地骂出了声："你他妈的说半小时就半小时？你是上级领导还是我是上级领导？大祸临头了还他妈的不忘摆谱！"

冯有权打开电视，一个电视剧刚刚开始第二集，叫《婚姻料理》，看名字就是家庭情感剧。这类垃圾剧，冯有权一向不看。打开，就是让它呜里哇啦地响着。冯有权闭着眼，把身体很舒服地躺在沙发上，磨磨蹭蹭了二十多分钟，才慢慢腾腾地爬起身，更衣，换鞋，对着镜子整理一番，走出门去。

（五）兼听则明　偏听则暗

"对不起了，让我们的大司长久等了啊！"

冯有权在会议室里起码干坐了有十几分钟，汪洞箫和陈百川才姗姗来迟。

陈百川一进门就对冯有权表示道歉。

"没闲着，正好见缝插针利用这段时间看看报纸。"冯有权笑笑，扬了扬手中的《人民铁道》报，话中有话地说道："部领导的这篇文章写得好啊，要形成一个广纳群贤、人尽其才、能上能下、充满活力的用人机制，严格按照《党政领导干部选拔任用工作条例》的要求，做到坚持原则不动摇，执行标准不走样，履行程序不变通，遵守纪律不违规，狠抓监督不放松，以确保企业选准人，用好人。"

汪洞箫听出了冯有权的弦外之音，故意佯装不知，轻描淡写地跟他打哈哈道："钱思公平生唯好读书，坐则读经史，卧则读小说，上厕则阅小辞，盖未尝顷刻释卷也。冯司长有过之而无不及啊。到底是领导身边的人，呵呵，不一样就是不一样。陈书记，冯司长身上的这种钉子精神，很值得我们学习啊！"说完，居高临下地在冯有权的肩上漫不经心地连拍了几下，转回身，一屁股坐到沙发上。

汪洞箫这一拍把冯有权拍恼了。不为别的，因为一下子就把冯有权的身份给拍低了。民间有句俗话："对上拍马屁，对下拍肩膀"。下级只能拍上级的马屁，只有上级才可以拍下级的肩膀。刚刚在宾馆，冯有权之所以为要不要拍汪洞箫肩膀愁肠百结，其原因就在这里。没想到，由于自己的犹豫不决踌躇不前，让汪洞箫占了先机。特别是汪洞箫这种拍法，看似不经意，其实就是在告诉冯有权，别狐假虎威了，你不过就是一个小喽啰而已。冯有权满腹愤懑，却又无可发作。"好小子，小心今天你对我爱理不理，明天我叫你高攀不起！"冯有权强咽了一口气，在心里恨恨地说道。

这一切，陈百川全都看在眼里，他有些左右为难。他既不能顺着汪洞箫的话，揶揄冯有权，也不能反着汪洞箫的话，讨好冯有权。他只能把两边都平衡好。"洞箫局长说的是啊，是要好好向冯司长学习。"陈百川握着冯有权的手，态度诚恳地说："冯司长这一次到我们局来指导工作，是我们近距离向冯司长学习的最好机会啊。"

由于有了汪洞箫在前面作比较，所以，无论是陈百川的态度，还是陈百川的话，都让冯有权心里很受用。"哪里，哪里，陈书记言重了，我得好好向二位领导学习。"

"别都老站着了，坐下说吧。"汪洞箫说。

陈百川和冯有权相视一笑，松开手，各自退后两步，坐在沙发上。

"听说怎么回事，一大早就惊了冯司长的驾？"冯有权一落座，汪洞箫就直言不讳地问过来。

冯有权皱了一下眉头，"谈不上惊驾。我就一机关办事员，哪有什么驾？只是，我们刚刚到，锣鼓还没敲响，就碰上了这一出，这算什么事啊？这是给我们一个下马威吗？所以，想尽快见到你们局领导，好给我们指点指点迷津。"

冯有权的话语里明显地充满了对汪洞箫的不满。

陈百川见机赶紧接过话头，"我想，不论是冯司长，还是我和洞箫局长，都不愿意看到这种事情发生。一早，洞箫局长一听说这事，当即就说了，不管是怎么一种情况，总之是我们的工作没有做好，我们要认真接受部领导和冯司长的批评。"

冯有权一听就知陈百川这是在维护汪洞箫，以汪洞箫那种性格，他绝不可能说出这么有党性觉悟的话。这是官场的"通则"：无论关起门来怎样拳打脚踢血流成河，一旦一方遭遇外侵，他们又会毫不犹豫地施以援手一致对外。当然，这种拔刀相助并非完完全全出于心甘情愿，但是，无奈之举也得众擎易举。因为一旦城门失火，往往就会殃及池鱼。陈百川这次就属于这种情况。今早这件事，万一部领导怪罪下来，他的屁股上绝不会比汪洞箫少一棍子。

"二位领导怎么看待今早发生的这件事情？"冯有权直截了当地问道。

"这件事——"

"陈书记，还是我来先说吧，陈书记总结。"汪洞箫礼貌地阻断陈百川，"这样的事情，对你们部机关来说，可能是旷古未有，而对一个铁路局来说，则是见惯不怪。所以，既不能掉以轻心，也不必如临大敌。"

这种官话，冯有权听得太多了。他不屑一顾地微微一笑，未置可否。

这个细节，被汪洞箫不经意间看在了眼里。

"我想，我有必要给冯有权司长讲一个故事——"

"晏婴，冯司长知道吗？我国春秋时的政治家，齐国三朝卿相。齐景公继位之初，这位两朝元老并未受到重用，而是被派去治理东阿边陲，就是今天的山东阿城。过了三年，齐景公想了解东阿的治理情况，没想到，所到之处听到的全都是晏婴的坏话。齐景公很生气，找来晏婴问罪。晏婴检讨说：'臣错了，请您再给我三年时间，保证您听到的都是好话。'看在是老臣的份上，齐景公勉强同意了。又过了三年，果然众口交赞。齐景公要重赏他。然而，晏婴却拒绝了。晏婴告诉齐景公说：来东阿前三年，晏婴尽职尽责，花大力气修桥建路，重拳打击贪赃枉法，黎民百姓无不击节称赏。为此，却得罪了一大批土豪劣绅。此外，上级官员到访时，晏婴照章办事，既不阿谀奉承，也不奉上重礼。为此，又招致了满朝文武们的不满。这样一来，上上下下群起而攻之也就不足为奇了。而后三年，晏婴做一天和尚撞一天钟，混日子，守摊子，不思进取，庸官懒政，反而好评如潮。晏婴说："前期臣是真作为，大王本该奖励反而要惩罚；后期臣是滥作为，大王本该惩罚却要奖赏，臣实在难以接受啊！"齐景公这才知道自己听信谗言，错怪了晏婴，遂委以重任。这个故事告诉我们，要善于同时听取各方面的意见，才能正确认识事物；只相信单方面的话，必然要犯片面性的错误。希望冯司长一定要擦亮眼睛，三思而后'信'。"

如果这番话是铁路局党委副书记曹国柱说的，冯有权一定会问他，那毛主席他老人家说的，"真理往往掌握在少数人手里"怎么说？但这话是汪洞箫说的，所以，冯有权的话到了嘴边，又咽下去了。有些话，能不说就沉默，藏在心里更合适。冯有权想了想，觉得没必要跟汪洞箫斤斤计较。这既是给自己留一个空间，同时，这也是给自己的校友柯炳生留一个机会。行前，他们共同的老师，专门给他打了电话，让他关照一下柯炳生。所以，这也是给老师留一份尊严。一石三鸟，一举三得，何乐而不为呢！可是，他必须得把话讲透。把矛盾交给铁路局。

"如果汪局长和你们铁路局党委坚持认为，柯炳生同志是一名政治上靠得住，作风上过得硬的好同志，我们可以继续对柯炳生进行考察，但是，我希望发生这种事，是第一次，也是最后一次。"

说完就盯着汪洞箫的眼睛看。

汪洞箫歪过脸来，看着陈百川。

"是啊，是啊是啊。"陈百川说。

（六）前波未灭后波生

第一天的考察，不管铁路局党委事前是否做了预演和彩排，确确实实非常顺利。无论是集体测评，还是个别征询意见，大家对柯炳生一致看好。至于大字报一事，多数同志都是这么认为的：柯炳生的手里掌管着整个铁路局的运输计划，给谁不给谁，没有特殊的情况，譬如领导插手等等，基本上就他说了算了。计划是什么？计划说白了，就是钱。在铁路内部，有一个专用术语，叫作限制口。什么意思？就是铁道部在运输能力紧张区段的前方，指定一个车站作为限制口，限制列车的接入数量，以维持铁路全局的有序运输。通常，限制口都选在铁路局和铁路分局的分界站。农药、化肥、粮食等物资紧俏的时候，想搞到一张进入限制口车皮计划，真是"难于上青天"。那个时候，一节车皮计划别说卖几千块，卖个上万块几万块都不在话下。就那，还一票难求。你想想，全局上下，路内路外，得有多少人算计着柯炳生手里的那些计划？可柯炳生偏偏是一个把原则看得比生命还重的人。规定允许的，谁来他都尽力给予解决；规定不允许的，天王老子，他也照例不给你办。因而，得罪了可以说是一大批想在他那里捞取好处的人，这些人会善罢甘休吗？所以，关键时刻，在背后跺两脚、捅两刀、戳两剑，也都在情理之中。完全可以理解。此外，对王旭明、郑树森两人的考评也都不错。冯有权的脸上，有了些许的笑意。

"看来，铁路局所荐人选还是过得硬的。"

晚上，在由陈百川、汪洞箫共同作陪的酒宴上，冯有权发自内心地赞叹道。

汪洞箫听到这话，如释重负地吁了一口气。"这次，柯炳生这小子总算是如愿以偿了。"

陈百川也吁了一口气，但意思差之千里。陈百川的这口气，是为郑树森吁的。"这次，这小子算是彻底地没戏喽！"

然而，谁都没有想到，忽如一夜春风来，桑田碧海须臾改。

一大早，汪洞箫刚刚睁开眼，党委副书记曹国柱就在电话里报告了一个坏消息：有关柯炳生腐化堕落的大字报，昨夜再次出现。只是，这次的地点不再是高朋满座的铁道大厦，而是铁路局机关那道坚固森严的院墙上。

其中还有一首打油诗：

      领导领导你真坏，顿顿酒肉有招待，夜夜小姐搂在怀；受贿再多不嫌怪，回家太晚难交代，大洋彼岸主意来。

      领导领导你真坏，老婆孩子搁国外，资金转移到海外；出国考察看大奶，还让大奶把孕怀，革命传宗要接代……

——昨天上午，和冯有权见过面后，汪洞箫回到办公室就打电话给铁路公安局范局长，让他安排人去查一查，到底是谁导演了这部骇人听闻的大戏。范局长一刻不敢耽搁，当即就派人到酒店调取了那夜的监控视频。

"作案人是两个身着迷彩服的年轻人。"范局长向汪洞箫汇报说。

汪洞箫笑了："什么作案人？啥事一到你嘴里就变得严重了。"

"习惯了。"范局长不好意思地笑了，"他们是在大约凌晨四点的时候到的酒店。进门后，乘电梯直奔冯司长他们下榻的楼层，一人往墙上刷糨糊，一人往墙上贴，分工十分明确，几分钟就齐活了。出门后，分头离开。很快就脱离了监控。对方应该早就料到了我们会调取监控，提前就做好了一切预防措施，捂得严严实实的，别说眉眼鼻子嘴了，连脖子都看不清楚。这一时半晌的，我想……"范局长欲言又止。

"一时半晌很难破案，是吗？"

"我想，是这样。而且，这种案子——"范局长字斟句酌地说道。

汪洞箫点点头，"你不要说了，我明白。这件事，就到此为止吧。告诉那些经办的同志，绝对不许到处乱说。"

范局长郑重地说："这请汪局长放心，我已经安排过了。"

哪曾想，此愁无计难消除，才下高楼，又上了墙头。

汪洞箫有些恼羞成怒地说："真是一波未平一波又起，跟百川书记汇报了吗？"

"汇报过了，他交代跟你再汇报一声。"

汪洞箫怔了片刻，"你先安排人把大字报揭下来，半个小时后，在我办公室见面。"想想，又补充道："要尽量控制消息扩散，知道的人越少越好。尤其，不要让那位钦差冯大人知道了。"

"听门卫的保安说，是一大群晨锻的人最早发现的，其中，好些是咱们铁路的退休职工。"

"尽量吧，我说的是尽量。"汪洞箫不满地说。

"好吧。"曹国柱挂了电话。

汪洞箫不知道，其时，冯有权已经知道了铁路局门口发生的大字报风波。在曹国柱向他报告案情的同时，冯有权的手机上也同时接到了一条与大字报内容相同的信息。

冯有权对着手机，默默地一连看了三遍，然后，摸起电话喊过林晓彤。

"有事司长？"一脸睡意的林晓彤蓬头垢面地跑了过来，两只手不停地拢着凌乱的长发。

冯有权直视着林晓彤。"你就不能早起会儿床？"

林晓彤没搭话。她的嘴里干干的，胃里涌起一阵不舒服的感觉。

林晓彤太了解冯有权了，他对任何人的工作都从未有过满意的时候，只要是下属，一点小事就大吼小叫，还喜欢打小报告。

"今天上午的工作是怎么安排的？"冯有权见她不吱声，又问道。

"按照原来的计划，今天上午是征求一下几位退休老领导的意见，下午——"

冯有权粗暴地打断林晓彤："好了好了，我知道了。你现在就去找彭晓婉，就说计划要变一变，退休老领导的谈话，先放一放，我今天上午要先跟柯炳生谈一谈。"

"好，这就去安排。"林晓彤飘然而去。

冯有权望着林晓彤娉娉袅袅的背影，陷入沉思。

（七）醉人的笑容你有没有

柯炳生手托下巴，默默地站在位于铁路局调度大楼十层他办公室那面宽大的飘窗前，望着远处星星点点的万家灯火，绞尽脑汁地苦思冥想。晚饭都没去吃。"这到底是得罪谁了呢？谁跟自己有这么刻骨铭心的深仇大恨，竟下这般毒手！"

王旭明打电话给他，"二哥干吗啊？还没干大局长呢，就开始摆谱了，这要是真干上了，那你还会认得兄弟？来吧，遍插茱萸少一人，弟兄们都在希尔顿等着你呢。"

这次副局长竞选，王旭明本来是排在他柯炳生前面的，是汪洞箫大笔一挥，给他来了一个乾坤大转移。这事虽是汪洞箫一人之功，怪不得他柯炳生，但不能不让王旭明心存芥蒂。可王旭明就是王旭明，毫不介意，至少面上看不出什么来。见了柯炳生，依然是满面笑容地跟他打招呼，至真至纯地跟他称兄道弟。弄得柯炳生总感觉心里亏欠了他什么似的。王旭明主动约他，柯炳生心存感激。可此时此刻，他的心里七上八下的，哪有心气跟他们去胡吹海捧。他强笑着说："哪有的事啊？我跟你说，王八蛋才想当局长呢！秀琴刚刚来电话，也不知吃了啥不洁的东西了，上吐下泻，正在小区医院挂水呢。你说，我不得过去看看？"

秀琴是柯炳生的妻子。

"是这样啊？那是得过去看看。"王旭明知道柯炳生在扯谎，可他并不去戳穿："你忙吧，我们就不强你所难了。"

王旭明的电话刚刚挂上，汪洞箫的电话就拨进来了。

"大哥，你还没回家？"柯炳生听见电话里有隐隐约约的钢琴声，他知道汪洞箫还在路上。汪洞箫的车里就一盘 CD，是贝多芬的 32 首钢琴奏鸣曲。多一盘都没有。车一动就开始翻来覆去地播放，不论是上班下班，还是出差或下去检查。时间久了，连他的司机随便地哼几句，都是其中的旋律。

"在哪？"汪洞箫冷冷地问道。

"我在办公室了大哥。"

"这个点儿还在办公室？好难得啊！"汪洞箫冷嘲热讽地说道："怎么没出去花天酒地？"

"大哥……我现在真是连肠子都悔青了。"

"我这样说有什么不对吗？我是不是早就叮嘱过你们，不该去的地方不要去，不该吃的饭局不要吃，不该拿的钱物不要拿，你听了吗？天天灯红酒绿，顿顿花天酒地，夜夜活色生香。早听我的话会陷入如此尴尬之局面吗？你这是典型的作茧自缚，典型的自作自受。"

"大哥，我错了。有这次教训，我一定洗心革面。"

"你一定洗心革面,这知道错了?晚了。早知如此,你何必当初?"汪洞箫换了一副口气,说:"别沮丧了,告诉你一个好消息吧,刚刚在吃饭的时候,冯有权说了,今天的考察对你非常有利,如果不出意外的话,你这个副局长基本上是胜券在握了。"

柯炳生喜出望外,"真的?"

"大哥什么时间跟你开过玩笑?"

"哎呀,太好了,太好了!我就知道大哥关键时候得帮我。"柯炳生悲欣交集,两行泪水无法遏止顺着脸颊滚滚不断地流淌下来。

汪洞箫感觉到了,"你错了,是那些参与考评的同志们帮了你。假若他们也跟着瞎起哄的话,天王老子也救不了你!"

"谢谢大哥!"

"嗯。"汪洞箫挂了电话。

挂上电话,柯炳生心中,像放落了一副千斤担子般的轻快,阴郁了一天的脸上顷刻间满是甜蜜的微笑,活像一朵盛开的玫瑰花。他在屋子里来来回回走了两圈,这么利好的消息,怎能像落雨一样不生不息的就消失在大地里了呢,怎么也得找个人分享一下吧?他拿起手机,十分稔熟的拨出了一串号码,没响几声,通了。

"喂,宝贝,吃饭了吗?"

"宝贝"嗔怪道:"吃什么时候的饭?你睡醒了?"

"我这不是忙昏头了嘛!"柯炳生不好意思地解释着:"你看,我这刚刚抽出点时间,赶紧就给你打电话。"

"你以为你这样说我会相信吗?你不是现在刚有时间,你一天都有时间,只是没有心情。对不对?说吧。"

柯炳生明知故问:"说什么?"

"没有好消息,这么晚了,你会给我打电话?别让我问了,老老实实说吧。"

柯炳生笑了,"宝贝,你就是我的太上老君,什么事都瞒不了你!"然后,将汪洞箫刚才那番话,鹦鹉学舌般原原本本地叙述了一遍。"怎么样宝贝?出来庆贺庆贺不?"

"宝贝"一口回绝。"不去,我劝你也不要去。老老实实回家,现在还没到'我定与君笑狂饮'的时候。听我一句炳生,不到最后一刻,谜底不揭晓，谁都不知谁是成者王，谁是败者寇。回家。我今天有点累，早睡了。"说完，不等柯炳生回话竟自挂了电话。

"这熊娘们，真不解风情。"柯炳生自言自语道："不去算，我找别人。"说话间，拨通了王旭明的电话，"三弟，你在哪个房间？我马上过去。"

"别来，别来，二嫂身体不好，你还是去看二嫂吧。"王旭明揶揄道。

"这话说的，我是那么不讲究的人吗？女人如衣服，兄弟如手足。"

"真难得二哥就要走马上任大局长了，还能说出这么有情有义的话来。好，你抓紧过来吧，我们在曼谷厅。"

"好，我这就到。"

开车去"曼谷"的路上，柯炳生感觉自己的心仿佛荡漾在了春水里，轻飘飘的歌声，像一只翩翩而飞的蝴蝶，按捺不住地从他的嘴里飞了出来："泉水叮咚，泉水叮咚，泉水叮咚响。跳下了山冈，走过了草地，来到我身旁。泉水呀泉水，你到哪里，你到哪里去？唱着歌儿弹着琴弦流向远方……"

柯炳生的到来，引起了好长一阵欢呼声。

"旭明喊我，天大的事我也得到，要不还叫弟兄们吗？是不是？"柯炳生边脱着衣服边自圆其说。

"说得好，给二哥鼓掌！"王旭明提议道。

大家也不管真假，一个跟着一个"呱唧呱唧"鼓掌。

王旭明在柯炳生面前并排摆了三个酒杯，一一斟满酒，"二哥，你来晚了，也不罚你了。你定的老规矩不能破，奖励三个酒。"

"这酒该喝。"柯炳生连饮三盅。

刚放下杯子，酒店餐饮部经理李小曼走了进来，"我说今晚的月亮咋这么亮呢，原来是柯局长大驾光临了。"

"小曼别人埋汰二哥，你也跟着埋汰啊？"柯炳生转过脸，笑着说："你别听三弟胡咧咧，八字还没一撇呢！"

"这事肯定能成。不说别的，就凭二哥德艺双馨、德高望重，不选二哥天理不容。"

"就凭小曼这句话，二哥不喝一个天理不容。小曼，这事儿要是成了，二哥第一个请你。"说罢，站起身，举起了杯。

"慢！"李小曼把手按在柯炳生的胳膊上，"小曼有话跟二哥说。"

柯炳生爽快地说:"说小曼,今天这一桌人哪个都不能随便乱说,只有你,只有你小曼可以随便说,想说啥说啥。"

"谢谢二哥真是看得起我。小曼就一句话,二哥升了官,可不能忘记你们曾经一起打拼过的兄弟啊!"为了加重语气,李小曼还在柯炳生的胳膊上拍了拍。

"三弟,你看小曼这话说的!"柯炳生明白,李小曼说的这位"曾经一起打拼过的兄弟"是王旭明,遂把脸偏向了他,诚心诚意地说:"这世上的事千变万化,哪个人都有可能,今天是处长,明天是局长,后天突然又啥都不是了。随时随地都有可能在变。但有一点是不会变的,那就是咱的这个同学关系。"

王旭明百感交集:"好,二哥这句话够哥们,干一个!"

李小曼主动请缨:"我赞助一个!"

柯炳生赞许地看着李小曼说:"好!弟妹够意思!"

三人"砰"地一碰,然后一气喝了个底朝天。

有人开了头,就有人跟着接应。

柯炳生喝酒本来就潇洒飘逸,今日又人逢喜事,人不劝都想自己喝一杯,何况还有这么多的人跟着趁火打劫狂轰滥炸!不多会儿,就酒不醉人人自醉,未曾沉醉意先浓了。

王旭明见状,赶紧劝他见好就收:"二哥,不能再喝了,不然回家又要被嫂子骂了。"

柯炳生疏狂不羁地说:"三弟,你不了解二哥吗?二哥喝酒怕过谁?啊?你二哥是唯有醉酒多壮志,敢叫老婆骂三天。"

王旭明跟着说:"那是,那是,一切反酒派,都是母老虎。何况二哥是武松!"说完,夺过他手里的杯子,把酒倒掉,换上矿泉水。然后,转过脸朝李小曼努努嘴。

李小曼笑着回了他一个鬼脸。

酒宴没结束,柯炳生已经酩酊大醉了,最后,连路都走不成个了。是被王旭明扛着送回的家。

（八）出来混早晚要还的

柯炳生怎么都想不起自己究竟是怎样走出冯有权的房间的。

彭晓婉打电话通知柯炳生去铁道大厦时，他还在呼呼大睡。他迷迷糊糊睁开眼，瞥了一眼号码，不熟悉。

"哪位？"柯炳生不耐烦地问道。

"你好柯大处长，我彭晓婉。"

"彭晓婉？"柯炳生的脑子一时发生短路。

"看来这真是要当大局长了，连老妹都不认识了。"彭晓婉酸溜溜地说："局干部部彭晓婉。"

柯炳生恍然大悟："哎哟，是我们的美女部长啊。你在哪打的？这不是你的号码啊。美女部长有何吩咐？"

"一听就不是真心话。这要真是美女，还要看号码？一听声音就知道了。"彭晓婉笑着回敬了一句，立刻言归正传："我在大厦了，刚刚部考察组的林晓彤找我——这可是位真美女哦，说冯有权司长要上午跟你见个面。"

"没说是什么事吗？"

彭晓婉实事求是，"没有。"

"好，谢谢你，我这就起。彭部长还有什么要交代的吗？"

彭晓婉吃吃笑着，"你要非让我交代，那就是，待会见了那位林美女，可千万别失态啊！"

"放心，有彭美女垫底，什么样的美女我全能对付。"

"你就贫吧。"

放下电话，柯炳生一骨碌爬起来，感觉头还昏昏沉沉的。他摇摇头，硬撑着下了床，来到卫生间，看见镜子里的自己还满脸通红满眼血丝，吸口气，自己都能闻得到熏天的酒气，心中不免一阵懊悔。唉，又意气用事了！他使劲地挤了一大长条牙膏，里里外外刷着。好不容易刷完，吐了一口气，用鼻子闻闻还有酒气，不放心，重挤牙膏里里外外又刷了一遍。刷牙时，柯炳生看了还在睡梦中的妻子一眼，是不是让这娘们开车送自己一程呢？柯炳生已经好久没有跟妻子接吻了，更奢谈做爱。这娘们正在更年期，天天疑神疑鬼。柯炳生每天回家，她都跟审贼似的前前后后问个遍。她自己也明白，这种问法，是得不出个啥子结果的，况且，柯炳生也不会跟她说实话。可她还是要固执己见坚持到底。不如此，她就夜不能寐。柯炳生回来得晚，她得问：今天又跟哪个浪女人一起喝的？喝得怪高兴的，要不咋能喝成这个熊样！柯炳生回来得早，她还得问：今天怎么回来这么早？怎么没跟哪个浪女人去疯？柯炳生都快要被她逼疯了。能晚回家绝不早一分，能不见面绝不往灯影里闯。让她送一趟，不知这一路上又得浪费她多少唾沫。所以，想想，还是算了。哪这么巧就碰上查酒驾的了。刷完牙，柯炳生"咕咚咕咚"连喝了三大杯水，又剥了两块口香糖放在嘴里。然后，放心地走出了家门。

　　这时，铁路局机关大院门口发生的事情，柯炳生还一无所知。

　　他一边心不在焉地开着车，一边兴致勃勃地打着电话："宝贝，起床了吗？还没起啊？懒。"

　　"宝贝"睡意蒙眬地说："你是人逢喜事精神爽，俺又没有喜事，起这么早干吗？又有好消息了？"

　　"确切地说，是又有消息了。"

　　"什么意思？"

　　"刚刚接到电话，部考察组的冯司长要见我。"

　　"这算是好消息呢，还是坏消息？"

　　"目前还不知道这到底是馅饼还是陷阱。"柯炳生油腔滑调地说。

　　"宝贝"不高兴地说："这都啥时候了，你还有心思开玩笑！"

　　"那咋办？是福不是祸，是祸躲不过。听天由命好了。"没等"宝贝"说完话，他已经驶进了铁道大厦的停车场。"不说了，我到了。"

　　"宝贝"叮咛道："有好消息及时告诉我。"

　　"这是必须的。"

　　林晓彤在冯有权的门前来回踱步，看见一个西装革履的男人满头大汗地匆匆赶来，断定就是此人，遂上前问道"请问，是柯炳生柯处长吗？"

　　"是是，我是柯炳生。"柯炳生毕恭毕敬地答道。

　　"冯司长正在等你，请跟我来吧。"

　　"好的，谢谢。"

柯炳生一进门就看见冯有权正斜着身坐在沙发上，右手半举着一只晶莹剔透的玻璃茶杯，专心致志地看杯中绿芽飞舞。

"你好冯司长！"柯炳生一进门就春风满面地扑过来，要跟冯有权握手，看见冯有权没有任何反应，连眼帘都没抬，就跟没他这个人似的。柯炳生一下子怔住了，满面的春风刹那间烟消云散，伸出的手也悬在了半空。

"坐吧。"冯有权冷冰冰地说，目光还停留在杯子上。

"谢谢冯司长。"柯炳生心中一凉，局促不安地在柯炳生对面的沙发上坐下半个屁股。

"群众来信，反映了几个问题，想跟柯处长核实一下。"良久，冯有权才转过脸来，慢条斯理地说道。同时，向一直站在柯炳生身后的林晓彤点了下头，示意她做好记录。

"冯司长请讲。"柯炳生小心翼翼地说道。

"听说，你的爱人、孩子，很多年前，就到了美国，而且，已经拿到了绿卡。有没有这事？"冯有权的声音低沉而平静，说完，就睁大眼睛瞪着他。

冯有权的话听起来温温吞吞，不愠不火。然而，对如惊弓之鸟的柯炳生来说，却如兜头一盆凉水，让他顿觉一股寒意由心而生。"这个……我、我爱人主要是为、为了陪孩子，孩子年纪还小。她……她现在就在国内。"

"你只需要回答我，有，还是没有？"

"……有。"柯炳生淌汗了

"第二件，据反映，你们运输处有一辆奥迪A6轿车，车的主人为云河矿务局，对方美其名曰是借给你们使用，所有费用包括加油、过桥过路费都是对方埋单。这辆车，一直是你个人在用。这事有没有？"

"这是矿务局——"

"你不需要解释，只要告诉我，有，还是没有？"冯有权的腔调里第一次带上了几分严厉。

"有。"柯炳生的声音低得只有自己能够听见。

"第三件事，也可以说是第二件事的第二个部分。群众反映，"冯有权有意把话说过得很慢，像是在斟酌着每一个措辞。"经手借这部车于你的这个人，是个女人，名字叫骆朗，你们的关系非同一般……"

冯有权还问了什么，自己还回答了什么，柯炳生全都不记得了，脑子一片空白。他只知道，在走出房间的时候，自己的脊背全湿透了，拔凉拔凉的，两条腿仿佛灌满了铅，沉重得迈不开。柯炳生跌跌撞撞地走下电梯，走进大厅。在他走出大厅的那一瞬间，一场久候不至的暴风雨突然间不期而至。天上白沫飞舞，地下波浪翻卷，一派狂躁不安的景象。柯炳生似乎浑然不觉，就听见有人朝他喊道："柯处长，外面下雨了。给你把伞！"柯炳生置之不理，仍然直着头往外走。全身都湿透了，依然不管不顾。柯炳生一直走到车前，拉开门钻进车，把整个上半身，包括头，全都趴到了方向盘上。好久，好久，都没有动一动。等他再抬起头时，透过后视镜，他看见自己的脸上满是泪水。

他颤颤巍巍地掏出手机，拨通电话：泣不成声地说道："宝贝……完了，我这次，算是彻彻底底……完了。"

"宝贝"被他吓了一跳，"到底怎么回事？你先别急，慢慢说。"

"我的事……包括和你的事，他们都知道了。"

"怎么会这样？半个小时前，你不是还高高兴兴的吗？"

"宝贝，你说，你说这到底是谁在害我？"

"宝贝"在等待下文，没有说话。再说了，这些都是柯炳生单位内部的事，她一个外人，也不可能说得清。

"他们害了我，我当不上局长，他们又能有什么好处？"

"宝贝"脱口而出："这谁好说，也许——人家就当上了呢"

"你说什么？"柯炳生大吃一惊，"你说，这事儿是三弟干的？"

"宝贝"似乎也被自己这信口一说吓了一跳。嗫嚅道："我、我……什么都没说。"

柯炳生擦干泪水，"是，我敢肯定就是他！昨晚，他跟李小曼沆瀣一气，处心积虑地灌我酒，我还糊里糊涂地拿他做朋友。我真是瞎了眼了！"

"事情也许不是你想的那样，你——还是先别这么肯定。"

"这还有悬念吗？你说对了，我下来了，受益的就只有他。而且，我的事，他知道得最清楚。"

"宝贝"有苦难言，"里里外外都是你说的，这咋又成了我说对了呢？"

（九）此时方知万事空

与王旭明的谈话，更是至简。连一个回合都没坚持住，王旭明就败下阵来，灰溜溜地走出了冯有权的房间。

——柯炳生兵败滑铁卢，王旭明成了副局长的不二人选。

他打电话给李小曼，"小曼，你说这是不是天意？"

"这就叫错失了夏花绚烂，你就必将会走进秋叶静美。"李小曼毫不掩饰内心的喜悦，"这个位置本来就该你是的，是大哥在中间横插一杠子，才有了这一番曲折。还记得我跟你说过的那番话不，世间之事，该是谁的就是谁的，抢是抢不走的。"

"记得，记得。李小曼领导的话我时时刻刻谨记在心！"

"去你的！"李小曼忽然想起，"对了，大哥给你解释了吗？"

"没有。有几次，就我们俩在一起，我以为他会说，可他就是没说。"

"真不知大哥是怎么想的！"李小曼的话语里不无埋怨。

"大哥肯定有大哥的考虑。再说了，这个结果不也很好吗？"

李小曼叹了一口气，"唉，你总是心太软，把所有问题都自己扛！"

但也仅仅只高兴了一天，情势便急转直下。柯炳生的悲剧原模原样地复制到了王旭明的身上。

王旭明是在办公室被彭晓婉喊到铁道大厦的。

王旭明一进房间，就很不自在地发现冯有权正在用一种异样的目光凝视着他，让他莫名地产生了一种如芒在背的感觉。

"我，想向王调度长，打听一个人。"冯有权故伎重演，压低着嗓音说。

王旭明点点头，"冯司长请讲。"

"希尔顿大酒店的餐饮部经理李小曼，王调度长认识吗？"

"……"王旭明一下子惊恐不安地睁大了眼睛，呼吸也变得急促起来。

有一瞬间，房间里寂静无声，充满了紧张和不安的气氛。

冯有权目不转睛地注视着王旭明，表情冷峻。少顷，他清了清喉咙。说："你，不会告诉我，说你不认识这个人吧？"

王旭明的脸色，看上去既憔悴又痛苦，目光里满是心绪不宁的神情。

"……认识。"

冯有权问询的李小曼，就是几天前还在希尔顿酒店与柯炳生、王旭明斗酒的那位餐饮部经理。

——三年前，李小曼从外省一所民办大学酒店管理专业毕业，孤身一人来到这座城市，在一家以做家常菜为主的小餐馆做服务员。那时的李小曼，脸庞白白净净，肌肤柔柔细细，身材纤弱娇小，说话柔声细气，说话时，一对黑漆漆的眼珠随波流转，让人情不自禁地要生出一种我见犹怜的心动。李小曼来到的第三天，有一客户邀请柯炳生、王旭明到这家小餐馆来品尝家常菜。李小曼进来给客人倒水，善于明察秋毫的柯炳生目光犀利地发现李小曼的一双纤手皓肤如玉，映着绿波，如透明一般。他假装接杯子，神不知鬼不觉地摸了一下，很嫩，特有质感。柯炳生的心旌摇荡起来。李小曼来送凉菜时，柯炳生又看见了那双玉手，抬起头很用心地注视了李小曼一眼，由衷地夸奖道："小姑娘不错。"王旭明听见这话，也抬起头看了一眼，附和道："嗯，是好。"李小曼来送热菜时，柯炳生又夸："这小姑娘真不错。"王旭明继续附和："嗯，是真好。"李小曼来送汤时，柯炳生已经醉眼蒙胧了，仍没忘夸赞，含混不清地说："这……小姑娘……不错。"

常言说，言者无意，听者有心。这言者都有意了，听着还会没有心？客户满脸堆笑地问："柯处长是不是喜欢上这小姑娘了？你要是喜欢，咱——"柯炳生打了一个饱嗝："呃！胡说，我堂堂一个处、处长，怎……怎么可能喜欢一个端盘子、端碗的小、小服务员？"李小曼当时正好走到门边，听到这话，那一汪波光粼粼的泪水身不由己地溢了出来。

过三天，王旭明约柯炳生到"希尔顿"吃饭。酒至半酣，李小曼来敬酒。服务小姐介绍说："我们酒店新来的李经理来给各位客人敬酒。"李小曼身着一套黑色羊毛裙，领子开得很低，露出一片迷人的雪白，柯炳生当时就愣住了。"我看这位经理怎么这么面熟呢？"李小曼宛然一笑："这不可能。你一个高高在上的大处长怎么可能会认识我这个端盘子、端碗的小服务员？"柯炳生没听出李小曼话里话外的冷嘲热讽，也许是他已经记不得那日在家常菜馆自己酒后都说过什么话了。"肯定见过，"他在脑子里转悠着："肯定见过，只是一时半晌想不起来了。"李小曼说："再想你也想不起来，还是我来提示你一下吧：三天前，春来家常菜馆——"柯炳生若有所思地拍了拍自己的额头："哦，想起来了，想起来了。你在那儿不是干得好好的嘛，怎么又到这儿来了呢？"李小曼说："看领导这话说的。人往高处走，水往低处流。我还能一辈子就当个端盘子、端碗的小服务员？"在给柯炳生倒酒的时候，李小曼趴在他的耳朵上小声说："柯处长，从今以后，我就叫你二哥了，好吗？"柯炳生莫名其妙地望着她，"这从何叫起呢？"李小曼淡淡一笑，"旭明不是叫你二哥吗？我跟着他叫的啊！"说完，冲王旭明笑着点了一下头。王旭明不知李小曼跟柯炳生说了些什么，见他们二人同时瞪着眼睛在看自己，便笑着向二人点了点头。柯炳生仿佛受到了电击一般，精神顿时处于半痴半呆的状态之中。"这、这、这、这怎么可能？"口气中掩饰不住流露出的怀疑。"一切皆有可能！"李小曼跟柯炳生眼睛瞪着眼睛，互相对视着。最终，柯炳生心虚地转过了头。李小曼笑了，那笑里半是诡异，半是委屈。柯炳生咂咂嘴，还想说什么，李小曼已经飘到别人那儿去了。

由于李小曼的到来，柯炳生的情绪受到了严重的影响，仿佛一下子从山巅跌落到了谷底。王旭明敬他酒时，他说："三弟，你小子不讲究。"王旭明一脸无辜："二哥，你这话可真是冤了三弟了，你说，三弟对大哥、对你啥时候不是忠心耿耿？"柯炳生不满地说："你知道，我说的不是这事。"王旭明更一头雾水了，"那是啥事？"柯炳生朝李小曼努努嘴，"这样的小姑娘你也下得去手啊！"王旭明知道柯炳生是醉翁之意不在酒，遂一脸坏笑着说："二哥，这你可怪不得我啊。你想想，那晚，电厂跑车皮计划的那个老程是不是问了，你是不是喜欢上这小姑娘了？你跟人家瞪眼，说你堂堂一个处长，怎么可能喜欢一个端盘子、端碗的小服务员？"柯炳生盯着王旭明的眼睛："我这么说了？"王旭明说："千真万确。"那晚的酒，柯炳生喝得郁郁寡欢，酒没喝完，就提前离席了。

那时，所有熟知内情的人，包括柯炳生，都在想，二人不过是一时兴起逢场作戏罢了。谁知二人还就真刀真枪假戏真唱地过起来了。电厂专门在铁路跑车皮计划的老程，说通他们领导，特聘李小曼为他们公司的营销顾问，并还奖励了一套三居室的住房。李小曼是一个非常乖巧的女孩，深谙滴水之恩涌泉相报的内涵，从不向王旭明抱怨。王旭明来，她高高兴兴尽心尽力地哄着爱着伺候着，王旭明不来，她就剪烛西窗一心一意地念着想着等候着。王旭明心里十分过意不去。有次问李小曼："你这样，心里会不会觉得苦？"李小曼摇摇头，"我常常想邓丽君的一首歌：如果没有遇见你，我将会是在哪里？日子过得怎么样，人生是否要珍惜？可是，我非常非常幸运地遇见了你，所以，就一切都变得不一样了。我从来都没觉得过苦。"王旭明觉得不可思议，"逢年过节，最该陪在你身边的时候，我都是在陪自己的老婆。你就一点儿怨气都没有？"李小曼语调和婉地说："只有不爱了，才会抱怨。只要是你还真心真意地爱这个人，再苦再累都不会觉得。这是我自己选择的路，要怨，也只能怨我自己。"去年春上，李小曼如愿以偿地给王旭明生了一对龙凤胎。吃满月酒时，王旭明喊了有数几个亲朋挚友，柯炳生参加了。汪洞箫人没有到，但让柯炳生带了两千块钱的贺礼过来。

"这个场景，你不会陌生吧？"冯有权用中指和食指从身边的茶几上夹起一张照片，王旭明看见欠起身想过来接，冯有权示意他坐着，不要动。而是把夹着照片的手伸向了林晓彤。林晓彤赶紧站起身，紧走两步，接过，递给王旭明。

照片上，王旭明和李小曼笑容可掬地并肩而坐，俩人的怀里，各抱了一个襁褓中的婴儿。这张照片，是满月酒宴上，柯炳生用手机给他们照的。可它怎么会出现在冯有权的手上呢？

此时此刻，说吃惊已不足表达王旭明的心情，震惊，无比的震惊，这才是王旭明最真切的感觉。

"是的，不陌生！"王旭明一字一顿地说，仿佛吐出的每一个字，都牵扯着无尽的疼痛。说完，低下头，两眼直视地面，深深地吸了一口气，接着，吐出了一声又粗又长痛苦不堪的叹息。

（十）看风景的人在楼上看你

这段时日，汪洞箫总有一种被人玩弄于股掌之间的感觉。这感觉并非空穴来风。细细回想起来，这件事确乎从一开始就被一双无形的大手掌控着——

大幕拉启，锣鼓响起，胜券在握的柯炳生迈着细碎的步伐粉墨登场，一个圆场都没有走完，亮相连架势都还没有拉开，就被人凌空一脚，马翻人仰。王旭明仓促上阵，连手脚都没活动开，又被人一剑封喉，殉节沙场。枕戈以待的郑树森不费一兵一卒，不战而屈人之兵，轻而易举地就站稳了骐骥一跃的最佳位置。这双手似佛祖如来，翻手起云覆手落雨，刀锋所向，势不可挡。一切都发生得这么快捷，白驹过隙，迅雷不及掩耳；一切都变幻的这么莫测，物换星移，令人眼花缭乱。真是"园中有树，其上有蝉，蝉高居悲鸣，饮露，不知螳螂在其后也；螳螂委身曲附，欲取蝉，而不知黄雀在其旁也。"连一贯处变不惊的汪洞箫都看得心惊肉跳、目瞪口呆。没有高人指点，不经精心谋划，这步棋绝不可能走得如此精妙。虽然眼下汪洞箫还不敢妄下结论这位风谲云诡的高人究竟是哪方神圣！

——汪洞箫不讳言，这次赛场选马，这三人中，他确确实实倾向于柯炳生和王旭明——就像陈百川偏向于郑树森一样，内中原因不言自明。而柯炳生、王旭明二人中，汪洞箫又尤重柯炳生。因为，无论是能力、业务、人品还是群众威信，王旭明都远胜于柯炳生。他的观点是，弱的问题都解决了，强的还不指日可待？他这种心理，不知是不是受了"冬天到了，春天还会远吗"这句诗的影响？但是，有一点，汪洞箫忽略了，官场就是官场，官场不承认诗意，官场只承认现实。因而，他的浪漫诗意在严酷的现实面前碰得头破血流，输得一败涂地。连妻子都跟着数落他："你看看你的人，你再看看人家陈书记的人，姜还是老的辣啊！"妻子都这样看他，外人还不知怎么看呢！汪洞箫苦心孤诣虎踞龙盘铁路局多少年，顺风顺水，似这种马失前蹄的事，闻所未闻。他想办的事情，不是几乎，就没有办不成的。然自今日始，一言九鼎、一手遮天、一呼百应的神话被彻底打破了。他的权威受到了挑战，形象受到了损伤，标准受到了质疑，自以为固若金汤的铜墙铁壁出现了松动。

冯有权在与陈百川告别时那一番话，在汪洞箫听来，就是故意说给他的："这次到咱们北方铁路局来考察，感觉真是触目惊心啊，差一点儿我们就犯下了养痈成患的大错。在前不久召开的中央组织工作会议上，中央领导同志言之凿凿：有的干部身上有那么多毛病，而且早就有群众不断反映，举报不断，民怨沸腾，但那里的党委和组织部门都不知道，或者知道了也没当回事，让这些人一而再、再而三被提拔起来，岂非咄咄怪事。贪腐分子，当然，我不是单指哪一个人啊，为何能成为漏网之鱼，且还边腐边升，唯一的原因就是法纪的笼子太不严密，制度和措施成了聋子的耳朵——摆设。陈书记，风成于上，习化于下。风清才能气正，气正才能心齐，心齐才能事成啊！"陈百川看了汪洞箫一眼，模棱两可地说："冯司长放心，我和汪局长都会引以为戒的。"汪洞箫听了，绷着脸，未置一词。而冯有权却不愿就这么放弃公报私仇的大好时机，他有些得意忘形地走到汪洞箫跟前，盯着汪洞箫的眼睛，说："汪局长，现在不是春秋时代了，老皇历不能再念了。如有才虽仇不弃，苟无才虽亲不用。这才是用人的根本。幸亏还有郑树森备选，否则，你们这次真有可能要收不了场喽。"汪洞箫也冷冷地盯着他的眼，"冯司长杞人忧天了吧？我十几万人的一个铁路局会愁选不出一个合格的副局长吗？"冯有权皮笑肉不笑地说："呵呵，或许吧。"

时人不识凌云木，直待凌云始道高。对汪洞箫来说，这样的打击可能致伤，但绝不会致命。汪洞箫就是一个勇士，而真正的勇士是不会惧怕磨难的，任何磨难一经过去，就会在他的心里变为甘美。当下，汪洞箫首当其冲的是要先解决柯炳生和王旭明的问题。

大水冲了龙王庙，同门好友反目成仇，对面相逢亦不识，从此天涯是路人。

清明节放假。汪洞箫设劝和宴，以期柯炳生、王旭明二人握手言和，相逢一笑泯恩仇。仿佛预示着要下雨，一大早，天就灰蒙蒙的。一如柯炳生和王旭明的心情，失落、灰暗、阴沉、怨愤……

聚餐的地点在城边的一座公园里，酒店依湖而建，连造型都设计成船坞的模样。汪洞箫预定的是一张临窗的桌子，一眼看出去，浩渺的湖面蒙上了一层薄薄的青雾，亦真亦幻，一点儿都不确切。

"古人云：无花无酒过清明，兴味萧然似野僧。所以，你不请我我自请，酒不醉我我自醉。"汪洞箫的目光细腻柔滑，一寸一寸溢着痛惜和爱怜。

柯炳生感受到了，眼圈一红，"对不起大哥，是我忽略了。"

王旭明也跟着认错："是是，忙晕乎了。谢谢大哥。"

这时，服务员破门进来问喝什么茶，王旭明从包里摸出一包"碧螺春"说："泡我这个吧，这是今年的明前茶。"服务员接过茶叶，取开，倒进壶里，沁上开水，房间内顿时暗香涌动，到处氤氲着袭人的清幽。

柯炳生和王旭明相对无言，在心里，彼此都为对方感到极大的遗憾和失望。

汪洞箫看在眼里。语重心长地说："《诗经·大雅·大明》有'肆伐大商，会朝清明'；《岁时百问》有'万物生长此时，皆清洁而明净。故谓之清明'；《后汉书·班固传》有'固幸得生于清明之世'的话，可见'清明'指从美好时令引申出的一种安定祥和的状态。希望你俩可不要辜负了我的一番好意啊。"

汪洞箫话音刚落，柯炳生就抢过话头："谢谢大哥一番好意。对你，我没啥说的，对有些人，我只想说句话：做人别太奸，都有一片天；你若想玩人，山外有座山。"说完，把脸仰到了天上。

"这话我同意。我记得这后面还有一句：做人别太滑，自己像乱麻；天天算计人，迟早要挨砸。"王旭明毫不示弱。

"不是感觉谁不行，没两下子别多情。不是你的，就是把别人搋下去了，也落不到你的头上。"

"是的，那你也别忍一时得寸进尺，退一步变本加厉啊！"

柯炳生和王旭明就像两只斗急了眼的公鸡，眼睛瞪着眼睛，脸红脖子粗地争吵着。

汪洞箫狠狠地点了一下桌子，"你们把这儿当成古罗马的斗兽场了吧？啊？"汪洞箫的声音虽说只是稍微提高了那么一点点，但是效果却很惊人，两人顿时噤若寒蝉。汪洞箫怒视着两人，他的脸因愤懑而变得铁青，"你们自己好好回忆回忆，我有没有提醒过你们，不要在背后对别人耍手段和玩伎俩，尤其是不要当着人的面，以这种方式显示自己的聪明与高明。因为，没有人会把无耻当作聪明，更没有人喜欢这种貌似高明的无耻！"

柯炳生红着脸，小声地辩解道："我从来也没想过去争。大哥，你说这次副局长考核把我放在第一位，是我争来的吗？我在你面前争过一次吗？我上，上得清清白白；下，下得坦坦荡荡。我不会像有些人，心中不服就背信弃义，恶意中伤，暗箭伤人——"

柯炳生话没说完，王旭明猛然回头，圆睁怒目逼了过来："柯炳生你把话说明白，谁恶意中伤、暗箭伤人了？告诉你，我王旭明不是这样的人！不管你怎么想，怎么猜，今天大哥在这儿，我以我那一双儿女起誓，所有告你的那些电话、短信、大字报，统统与我无关。如果有一句假话，今晚就叫雷电劈死！"

这誓起得太重，柯炳生一下子就愣住了。"那——"

"那什么？你尽管说。"

"那绿卡的事，冯有权怎么知道的？这事只有大哥和你知道。"

王旭明负屈衔冤地说："你错了，你自己想想，是只有大哥和我知道吗？给二嫂送行的时候你请了多少人？如果我没记错的话，我们的新科状元郑树森就位列其中。凭什么就只怀疑我一人？我还想问你呢，那张满月照片是谁寄给冯有权的？"

"照片不是我寄的。"柯炳生矢口否认，"虽然我当时很生气，但我一直想，你不仁，我不能不义。不论怎样，都决不能做插朋友两刀的事。"

"可这张照片就是你拍的。"

"怎么就肯定是我拍的？当时，大家都拿着手机拍，郑树森也……"

王旭明和柯炳生只顾着鹬蚌相争了，一点儿也没注意汪洞箫的眉头已经锁了起来。"且住！"汪洞箫眉间一抖，深深地吸了一口气。"你俩都把嘴给我闭上，我现在要问你们。有一点，你俩必须保证跟我讲真话。谁若是骗了我，你们是知道我的性格的。"

"保证！"两人异口同声地答道。

"柯炳生，你敢不敢对我发誓，绝没有做过对不起王旭明的事？"

"敢！我用我的生命起誓。"

"王旭明，你敢不敢对我发誓，绝没有做过对不起柯炳生的事？"

"我刚刚说过了，我以我那一双儿女向你起誓，所有——"

"闭上你的嘴！"汪洞箫粗暴地阻断了王旭明的话，"你给我记住，从今往后，不论是任何事情，我绝不准你再拿孩子说事。张口闭口你一双儿女，就你本事大啊！"

王旭明强词夺理，"这不是——"

汪洞箫早已转过了脸，直截了当地问道："柯炳生，秀琴去美国的时候，送行的人群里有没有郑树森？"

"有。"柯炳生斩钉截铁地答道。

"你和骆朗的事，郑树森知道不知道？"汪洞箫问的都是最本质的问题。

柯炳生犹豫了片刻，仿佛在掂量着这句话。"……知道。"

汪洞箫再次锁紧了眉头，脸色也愈发阴沉。

"王旭明，你和小曼办满月酒的时候，郑树森参加了吗？"

"参加了。"王旭明惶恐地点头称是。

"行了，别再说了。这真是一个精致的利己主义者！"汪洞箫霸道地把大手往空中一挥，下意识地低下了头，半晌，才提起头，冷冷地说道："太妙了。'你站在桥上看风景，看风景的人站在楼上看你。明月装饰了你的窗子，你却装饰了别人的梦。'真是太有讽刺意味了。"

柯炳生和王旭明莫名其妙地望着汪洞箫。

汪洞箫的神色突然变得阴冷、轻蔑，低缓的语气中仿佛结着冰霜："现在你们知道这盆水是谁淌浑的了吧？啊？这么简单的答案，之前你们为什么就不知道动脑子去想一想呢？扪心自问，在互相怀疑的时候，有没有想过你们是多年的兄弟，而真正的兄弟是不会落井下石的？没有。你们没有去想。你们想的只是自己的利益，想的只是自己的得失。连最起码的信任都没有，你们还做什么朋友？还做什么兄弟？都到这时节了，你们还在怨天尤人，你们还在自相残杀。有什么可怨的？有什么可争的？这就是咎由自取，就是罪有应得。自己不检点、不争气、不做出样子，指望别人来帮你？怎么帮？想拉你一把都不知你手在哪里！你们自己好好清醒清醒吧。"

汪洞箫满怀失望的愤怒，默默地注视了两人好一会儿，然后，一语不发地站起身，迈着孤独的步子一步步远去。

柯炳生、王旭明目瞪口呆地坐在椅子上，望着汪洞箫的身影一点点消失。

清明的雨，在这一刻，姗姗而来……

（首刊于《奔流》2015 年第 6 期）